Karl Ludwig von Ulrichs

Skopas

Leben und Werke

Karl Ludwig von Ulrichs

Skopas
Leben und Werke

ISBN/EAN: 9783743435520

Printed in Europe, USA, Canada, Australia, Japan.

Cover: Foto ©Raphael Reischuk / pixelio.de

Manufactured and distributed by brebook publishing software (www.brebook.com)

Karl Ludwig von Ulrichs

Skopas

Skopas

Leben und Werke.

Von

Ludwig Urlichs.

Mit einer lithographierten Tafel.

Greifswald.

C. A. Koch's Verlagshandlung, Th. Kunike.

1863.

Agorakritos, der seinen Meister nicht lange überlebt zu haben scheint. Denn von seinen Werken schrieb man einige dem Phidias selbst zu; das einzige, welches ihm ohne Widerspruch beigelegt wird, die ehernen Bilder der Athene Itonia und des Zeus im Tempel zu Koronea (Pausan. IX. 34. 1), war für das Bundesheiligthum der Böoter, also gewiß zu einer Zeit verfertigt, wo zwischen Athen und Böotien Friede bestand, d. h. während des sog. dreißigjährigen Friedens Ol. 83, 4. und 87, 1. Denn mit Recht hebt O. Müller de Phidiae vita p. 15. hervor, daß die Athener ihren Künstlern nicht gestatteten, den Feinden des Staates öffentliche Kunstwerke zu liefern. Zweifelhafter ist das Alter des Thrasymedes, welcher das sitzende Tempelbild des Asklepios in Epidauros aus Gold und Elfenbein verfertigte. Es war halb so groß wie die Statue des olympischen Zeus zu Athen (Pausan. II. 27. 2), also, wenn diese nach dem Verhältnisse des Tempels in Olympia, wo das Gebäude ungefähr zwei Drittel des athenischen, das Tempelbild etwa 40 Fuß maß, gegen 60 Fuß hoch war, ungefähr 30 Fuß und an dem Throne mit den Thaten des Perseus und Bellerophon verziert. Daß dieses bedeutende Bild des Gottes, den Stab in der einen Hand, die andere über der heiligen Schlange erhoben, erst aus dem dritten Jahrhundert v. Ch. herrühren solle, vermuthet Roß Inscript. Graec. fasc. III. n. 298. und Panofka Abh. der Berl. Akad. 1845. S. 284. Indessen spricht die dort angeführte Inschrift aus Kalydna, deren Schriftzüge in jene Zeit fallen mögen, ganz allgemein von Werken eines Thrasymedes, von deren Ertrage sein Sohn Nikias dem Apollon ein Weihgeschenk widmete. Da diese Inschrift im Tempelbezirke Apollons gefunden worden ist, so liegt es viel näher an Sculpturen

zu denken, die ebendaselbst ausgeführt waren. Mit gutem
Grunde schließt Brunn Gesch. I. S. 246. aus einer Stelle
des Athenagoras leg. pr. Chr. 14, welcher das Bild des
Asklepios dem Phidias selbst beilegt, daß Thrasymedes
dessen Schüler gewesen sei. Der Künstler nannte sich Sohn
des Arignotos, vielleicht des tüchtigen Kitharöden, der von
Aristophanes Eqq. 1278. mit Lob erwähnt wird und das
athenische Bürgerrecht bekommen haben mag. Epidauros
nahm an dem peloponnesischen Kriege auf der Seite
Spartas Theil. Das Werk wird also vor dem Ausbruche
desselben, auf jeden Fall vor Phidias Tode, ausgeführt
worden sein. Auch Kolotes stammte aus Paros, und
nicht viel jünger war wohl Lokros aus Paros, der in
dem Tempel des Ares in Athen neben der Statue des
Gottes, einem Werke des Alkamenes, eine Bildsäule der
Athene aufstellte (Pausan. I. 8. 5).

Zu diesen parischen Künstlern gehörte als jüngster
Aristandros, nach Böckhs wahrscheinlicher Vermuthung
der Vater des Skopas. Eine parische Inschrift des zweiten Jahrhunderts v. Chr. (Corp. inscr. Gr. tom. II. n.
2285. b) nennt nämlich einen Künstler Aristandros, Skopas
Sohn. Daraus schließt Böckh sehr ansprechend, daß in
derselben Familie die Namen wechselten, somit auch der etwa
6 bis 7 Generationen ältere Künstler Skopas Sohn eines
Aristandros gewesen sei. Dieser Aristandros ist es dann
gewesen, welcher um die 94. Olympiade als Erzgießer eines
namhaften Rufes sich erfreute. Nach der Revolution der
Vierhundert führte Paros eine oligarchische Regierungsform
ein; vielleicht suchte es sich zugleich mit seiner Kolonie Tha-
sos (Thucyd. IV. 104, VIII. 64) von Athen loszureißen.
Noch in demselben Jahre Ol. 92, 2, wenn nicht in dem

folgenden, stellte zwar Theramenes das alte Verhältniß
her (Diodor XIII. 47), indessen nur auf kurze Zeit. Denn
Ol. 93, 4. fiel es unstreitig in Lysanders Hände. Daher
erklärt es sich, wie der Sieger einem parischen Künstler die
Verherrlichung seiner Thaten übertragen konnte. Eine
Menge von Kunstwerken bezog sich auf den Sieg bei Aegos
Potamos. In Sparta selbst (um andere zu übergehen)
schmückte er eine Stoa mit zwei Adlern und zwei Niken
(Pauf. III. 17. 4); wahrscheinlich war er es auch, der die
persische Säulenhalle am Markte prachtvoller umbaute und
mit Bildsäulen aus weißem, wohl parischem, Marmor ver=
zierte (ebd. 11. 3). Der Göttin auf der Akropolis zu Athen
weihete er einen goldenen Kranz (C. I. n. 150), die reichsten
und kunstvollsten Gaben aber erhielt Apollon, sowohl in
Delphi (Pausan. X. 9. 7, Plutarch Lys. 18) als in Amyklä,
wo neben den älteren Dreifüßen aus den messenischen Krie=
gen und aus der Zeit kurz vor den Perserkriegen zwei viel
größere von den Spartanern aufgerichtet wurden. Unter
einem bildete der jüngere Polyklet aus Argos Aphrodite,
der andere stellte die Heroine Sparta, die Mutter des Amy=
klas (Pauf. II. 16. 4, III. 1. 2) als Leierspielerin dar (Pauf. III.
18. 8), sowohl dem Charakter Lysanders, dessen Liebe zur
Musik wir aus Plutarch a. a. O. kennen, als der musikalischen
Bildung des Volkes gleich angemessen. Diesen bildete Ari=
standros, von allen Künstlern, welche Lysander oder die
Spartaner bei dieser Gelegenheit beschäftigten, der einzige
Fremde. Es läßt sich daher wohl annehmen, daß Ari=
standros, nachdem sein Vaterland in die Hände der Spar=
taner gefallen war, schon in reiferem Mannesalter aus Athen
in den Peloponnes übersiedelte, freilich auch, daß er schon
früher in Folge der engen Verbindung mit Argos dorthin

gewandert war und dadurch den Spartanern, welche vorzugs=
weise auf die polykletische Schule hingewiesen waren, sich
empfahl. Denn daß er seine künstlerische Ausbildung in
Athen gewonnen hatte, ist von einem Parier nicht zu be=
zweifeln. Sein großer Sohn empfing von dem Vater den
Unterricht in seiner Kunst und folgte in seinem ersten selb=
ständigen Werke dessen Richtung als Erzgießer.

Dafür halte ich die Aphrodite Pandemos in Elis.
Sie stand nahe bei dem Tempel der Aphrodite Urania
in einem Temenos, welches mit einem Gitter umgeben
war, auf einer Basis, eine eherne Figur auf einem
ehernen Bocke reitend. Denn da Skopas weiter keine Erz=
figur verfertigt hat, so liegt es näher anzunehmen, daß er
unter dem Einflusse seines Vaters mit dem Erzgusse anfing
und diesen nachher verließ, als daß er später noch einmal
sich darin versuchte, besonders nachdem er die Halbinsel
verlassen hatte. Möglich, daß Plinius Angabe XXXIV. 49,
er habe um Ol. 90. geblüht, seine Geburt mit seiner Größe
verwechselt. Denn da er, wie wir sehen werden, um
Ol. 107—8. noch lebte, würde er auch unter dieser Voraus=
setzung ein ansehnliches, aber mögliches Alter erreicht haben.
Dann hätten wir diese Statue zwischen die verheerenden
Kriege, welche Ol. 95, 2 und 3. Elis verwüsteten, und den
Bau des Tempels zu Tegea, also Ol. 96. zu setzen, in die
erste Jugend des Meisters. An einen ältern Künstler des
Namens zu denken, wie Winckelmann IX. 2. 25. thut und
Brunn S. 319. vgl. 325. nicht abweist, ist gar kein Grund.
Beide Werke, das chryselephantine des Phidias und das
eherne des Skopas, waren wie dem Raume, so dem Be=
griffe nach verwandt, und man thut sehr Unrecht, wenn
man, wie Müller Arch. H. 125. 3. und Walz in der Real=

Encyklopädie u. d. W. Skopas, der Kunst des jüngeren Meisters einen lasciven Charakter beilegt. Warum Phidias seinem Standbilde eine Schildkröte unter den Fuß, Skopas dem seinigen einen Bock beigegeben habe, überläßt Pausanias VI. 25. 2. dem Leser zu errathen; IX. 16. 2. deutet er aber die Urania als die reine, Pandemos als die sinnliche Liebe, und es läßt sich nicht läugnen, daß nicht allein nach der Auffassung der Philosophen (Plato Sympos. p. 180, Cicero Nat. Deor. III. 23), sondern auch nach dem späteren Cultus jene eine höhere Bedeutung gewonnen hatte, da man ihr, wie den Lichtgottheiten, nüchterne Wasseropfer brachte, vgl. Polemo bei Schol. Oed. Col. 100. S. 73. Preller. Von Hause aus war aber Aphrodite Urania eine reine Naturgöttin der Produktion*), die Mylitta des Orients (Herod. I. 131, III. 8), deren Dienst von Phönicien über Paphos und Kythera (Paus. III. 23. 1) nach Griechenland kam und an den ältesten Cultus= stätten in alterthümlichen Schnitz = und Hermenbildern verehrt wurde (Paus. I. 14. 7, 19. 2, II. 23. 8, VI. 20. 6, VII. 27. 7, VIII. 32. 2, IX. 16. 3). Wegen Kinderlosigkeit führte Aegeus ihren Dienst ein (Paus. I. 14. 7, vgl. 22. 3, Plutarch Thes. 18). Auch den zeugungskräftigen Bock brachte die semiti= sche Göttin aus dem Orient mit (Hesychius Οὐρανία αἴξ, Tacitus Hist. II. 3, Movers Rel. d. Phönic. S. 593), in dem= selben Sinne, wie ihr die weiße Taube, der Hase, das Ka= ninchen oder Fische heilig waren, und nicht allein der Pan= demos, sondern auch ihr opferten die Hetären (Lucian. Dial. meretr. 7. 1). Schon Theseus kannte die Göttin mit dem Beinamen Ἐπιτραγία. Derselbe soll den Dienst der Pan=

---

*) Böckh metrol. Untersuch. S. 43, 'Engel Kypros II. S. 360, Gerhard Venusidole S. 3, Jahn Peitho S. 4.

demos begründet und ihr an der Agora ein Standbild er=
richtet haben, damit sie von allen Gauen, welche er verei=
nigte, verehrt würde (Apollodor bei Harpokrat. u. d. W.).
Allmählig aber trennten sich die Begriffe dergestalt, daß
Aphrodite in ihrer höhern geistigen Bedeutung als Urania
oder Olympia der physischen Liebe, der Pandemos, gegen=
über gestellt wurde, ohne daß deshalb auf die letztere, der
Solon einen Tempel gebaut hatte (Athenäus XIII. p. 569. d),
nothwendig ein Makel fiel. Die an andern Orten vor=
kommende Dreitheilung der Urania, Pandemos und Apo=
strophia (Pausan. IX. 16. 3, VIII. 32. 3?) scheint vielmehr
in letzterer den Gegensatz zu schändlichen Vergehungen aus=
zudrücken*). Pandemos begriff die eheliche Liebe eben so
gut in sich wie die ungezügelte. Doch was brauchen wir
unsern Künstler noch weiter zu vertheidigen? Auch in Athen
waren die Statuen der Pandemos und Peitho von einem
ausgezeichneten Meister (Paus. I. 22. 3), höchst wahrschein=
lich einem Zeitgenossen. Es fragt sich also blos, weshalb
Skopas die Göttin auf einem Bocke reitend darstellte.
Wahrscheinlich that er das nicht zuerst, wie schon der athe=
nische Beiname Epitragia ausdrückt, ja es ist möglich, daß
die Pandemos in Athen in derselben Stellung erschien.
Aus Pausanias Stillschweigen ist namentlich bei der au=
ßerordentlichen Kürze des ersten Buchs, worin auch Phidias
Urania nicht beschrieben wird, nichts zu schließen. Daß
aber Göttinnen auf ihren Thieren sitzen, ist nichts Unge=
wöhnliches. So wird, um einige Gemmen = Darstellungen

---

*) wenn Pausanias Recht hat. Seine Auffassung sieht etwas
speculativ aus, besonders weil in Megara eine Epistrophia verehrt
wurde, I. 40. 6. Vgl. Gerhard S. 5, der an eine Todesgöttin denkt.

zu erwähnen, Zeus von einem Adler Impr. gemm. V. 58, Aphrodite von einem Seethier auf dem schönen Steine des Glykon (Millin Gal. myth. 42.) getragen, wie auf der brut= tischen Münze bei M. u. Oest. II. Nr. 68, Athena von einem Widder ebb. 225, vom Sternbild des Widders Impront. gemm. I. 6, Bacchus von einem Panther IV. 37, Hermes von einem Widder V. 81, Hygiea von dem Hunde des As= klepios bei Panofka Asklepios Tf. V. Nr. 4. In Elis lud namentlich die Bezeichnung der Urania, wozu die Eleer, dem athenischen Beispiele folgend, eine Pandemos bestellten, zu einer passenden Charakterisierung der letztern durch ein Thiersymbol ein. Phidias hoher Geist wird die himmlische Göttin, wie in Athen, so auch in dem berühmten eleischen Bilde (Cicero a. a. O.) in erhabener Schönheit dargestellt haben. In Elis wählte der denkende Künstler ein von der Oertlichkeit dargebotenes Attribut. Wie Arkadiens Berg= wälder mit sehr großen Schildkröten angefüllt waren (Paus. I. 23. 6), weshalb Hermes dort die Leier erfunden hat und in einer Gemme (meine dreizehn Gemmen, Bonn 1846. Nr. 10) auf dem Schooße eine Schildkröte birgt, so hat auch das eleische Vorgebirge Chelonatas seinen Namen von dem= selben Thiere. Auch das Vorgebirge Chelone auf Kos ver= anlaßte, daß dem Asklepios eine Schildkröte beigegeben wurde (Panofka Tf. 1. 6, S. 290). Daher nahm Phidias sein sinnvolles Attribut für Aphrodite, wie die Alten es erklären, als domiporta, das Zeichen der Häuslichkeit (Plut. de Is. et Osir. 75, coniug. praec. 32), wie die Vergleichung eines etruskischen Kandelabers (Gerhard Tf. 2. 3) nicht unwahr= scheinlich macht, zugleich als Andeutung des Himmelsgewölbes. Eben so stellte in Paträ Apollon einen Fuß auf einen Ochsen= schädel (Paus. VII 20. 3). Wenn also Skopas die Göttin zum Unterschiede in einer anmuthigen Stellung auf das ihr von Alters her geweihte Thier setze, so brauchte er sie keineswegs frech, in der Art etwa wie die Figur bei M. und Oest. II. 265, zu bilden. Es unterliegt vielmehr kaum einem Zweifel, daß nur etwa der Oberkörper unbekleidet war, um den Unterleib sich ein Gewand legte, weil sonst die reitende Gestalt ungraziös erschienen wäre. Der Name thut dabei nichts, denn gerade die himmlische Aphrodite in Knidos (Lucian. p. imag. 23) war nackt. Den Ausdruck des Gesichts haben wir uns frei und lieblich, aber keineswegs frech und leichtfertig, das Thier kräftig und gedrungen vorzustellen.

Ol. 96. 2. brannte den Tegeaten ihr Haupttempel, das Heiligthum der Athena, ab, das von Aleos, dem Oekisten und Heros der Stadt, nach dessen Namen die Pflanzstadt Alea benannt wurde, seinen Ursprung herleitete und der Macht jenes Hauptortes der Arkader gemäß durch Größe und Schönheit sich auszeichnete (Paus. VIII. 46. 4). Dieser ohne Zweifel dorische Tempel war von den Tegeaten „eine Zeit nach“ dem mythischen Baue des Aleos neben dem ältern der Polias errichtet worden, vermuthlich gleichzeitig mit dem Olympieion Athens und dem delphischen Heiligthum Apollons in der Periode, als Tegea sogar den Spartanern an Macht überlegen war, zwischen Ol. 46, 1. und 58, 1, wohl wegen des großen Sieges über die Spartiaten, zwischen Ol. 52. und 55, weil darin die Fesseln der lacedämonischen Gefangenen aufgehängt und daneben im Stadium die Spiele Halotia wegen der Gefangenen gefeiert wurden. Denn an die Folgen der Perserkriege zu denken, verbietet uns der Umstand, daß die eherne Krippe des Mardonios darin, als einem schon be-

stehenden, aufgestellt wurde (Herodot IX. 70). Der Dienst
der Athena war nicht gleichmäßig über Arkadien verbreitet:
der Norden, wo die Verehrung des Hermes zu Hause war,
kennt ihn wenig. Er hängt also vermuthlich mit der Aus=
breitung der Arkader zusammen, welche die ureinwohnenden
Pelasger zurückdrängten (Curtius Peloponnes I. S. 159 ff.).
Diese Einwanderer brachten den Cultus der Athena als
Licht= und Feuergöttin mit sich, eine Bedeutung der Gott=
heit, womit auch ihr Beiname wahrscheinlich zusammenge=
stellt werden muß. Denn ἀλεός bedeutet „heiß", und es
ist am natürlichsten mit Creuzer und Gerhard zu vermuthen,
daß aus dieser ihrer Eigenschaft der Heros Aleos eben
so erwuchs, wie Akakos aus dem Hermes Akakesios (Pauf.
VIII. 36. 9). Die Ableitung von ἀλέη Il. XXII. 301, welche
Wesseling zu Herodot a. a. O. und nach ihm Jacobi myth.
Wörterb. u. d. W. so wie Schwenk Myth. d. Gr. S. 70.
versuchen, widerlegt sich schon dadurch, daß andere Tem=
pel der Alea kein Asylrecht hatten; Völckers Erklärung
japet. Mythol. S. 174. als „nährende," wofür man Alpheios
und Aliphera anführen kann, entfernt sich zu sehr von der
Wortform. Diese alte Gottheit des südlichen Landes war
in Aliphera geboren (Pauf. ebd. 26. 6), das seinen Namen
von einem Sohne Lykaons herleitete, und wurde dort ge=
meinschaftlich mit Asklepios verehrt, hatte auch in Teuthis
eine Statue (28. 3), unter dem Namen Mechanitis am
Wege von Megalopolis nach Mänalon am Helisson einen
Tempel (36. 3). In Bathos nahm sie am Gigantenkampfe
Theil (29. 2) und hieß davon oder als Doppelgängerin des
Poseidon Hippios in Manthyreia Hippia. Diese wird von
der Alea nicht verschieden sein, da sie an deren Stelle trat.
Sonst genießt nur Alea eine ausgebreitete Verehrung.

Außer Tegea hatte sie Heiligthümer in Alea selbst, in Mantinea (9. 3), ein Schnitzbild auf dem Wege von Sparta nach Therapnä (III. 19. 7), das ihr wahrscheinlich ein Spartaner geweiht hatte, welcher, wenn nicht schon einer seiner Vorfahren, ihr Asyl benutzt hatte. Denn das Asylrecht in Tegea, in dessen Gebiete auch die Lichtgestalten Auge und Telephos zu Hause waren, war alt und von allen Peloponnesiern geachtet. In seinen Waldesschatten (templum nemorale bei Statius Theb. IV. 288) flohen Pausanias, Leotychides, Chrysis (Paus. II. 17. 7, III. 5. 6, 7 8), und daher rührten zum Theil die Schätze der Tegeaten.

Bei dem Brande rettete man unter Anderem das elfenbeinerne Tempelbild des Endöos und die Reliquien des kalydonischen Ebers; diese blieben in dem neuen, bis sie mit Ausnahme der Eberhaut nach der Schlacht bei Actium in Rom die Masse der geraubten Denkmäler vermehrten*).

---

*) Nach Prokopius de bell. Goth. I. 15. zeigte man die Zähne des kalydonischen Ebers, von denen Pausanias VIII. 46. 5. den einen in Rom sah, während der andere nach der Aussage der Ciceroni zerbrochen war, in Benevent. Dieser Tradition zufolge muß es Diomedes gewesen sein, welcher die Zähne des Ebers in Kalydon erbeutete oder von Oeneus erhielt und nach der von ihm gestifteten Stadt brachte. Eine namhafte Zahl von Reliquien der Heroen (vgl. Nitzsch Heldensage S. 12), führen Lobeck Aglaoph. I. p. 51, Schneidewin de loco Horatii p. 2. und Schömann de Phorcyne p. 24. auf. Hinzufügen lassen sich: ein Stück vom Steine des Prometheus (Plinius XXXVI. in.), ein Brief Sarpedons (XIII. 88), eine Rippe des Pelops (XXVIII. 34), dessen Schulterblatt (Paus. V. 13. 3), Gebeine des Theseus (Plut. Thes. 36), Helm und Spieße des Meriones und Odysseus (Plut. Mar. 20), Diomedes Schild in Argos (Kallimachos lav. Pall. 35), von ihm geweihte Waffen und eine goldene Kette in Luceria und bei den Peucestiern (Strabo VI. p. 286. und Pseudo-Aristot. mirab. ausc. 120). Curtius deutet an (Pelop. I. S. 434), daß das Bild des Endöos, „wegen der uralten Beziehungen zu Italien einen besondern Werth für die Römer hatte." Nicht wahrscheinlich.

Wie es ausgesehen habe, läßt sich nicht errathen: auf den
Münzen von Tegea kömmt es nicht vor*). Den neuen
Bau, so wie dessen Ausschmückung übertrugen die Tegeaten
dem Skopas, „der auch Bildsäulen an vielen Orten des
alten Griechenlands, so wie in Jonien und Karien verfer=
tigte" (Paus. VIII. 45. 5). Tegea war damals noch mit
Sparta in Frieden und Bündniß und konnte, ungestört
durch den korinthischen Krieg, welcher fern von seinen Grän=
zen wüthete, seine reichen Hülfsquellen auf das National=
heiligthum verwenden. Skopas, der, wie ältere Künstler,
Polyklet und Kallimachos, sich auch als Baumeister aus=
zeichnete, schuf ein Wunderwerk, welches alle peloponnesischen
Tempel, den von Phigalia und den olympischen des Zeus
nicht ausgenommen, an Größe und Kostbarkeit übertraf. Er
umgab das Ganze mit einer ionischen Säulenhalle; die Cella
aber schloß, wie bei Hypäthraltempeln die Regel ist, eine
doppelte Säulenstellung über einander ein, die untere dori=
scher, die obere korinthischer Ordnung. Auf dieser ruhete
das nach innen geöffnete Dach**). Diese Anordnung ist
merkwürdig, weil sie das erste Beispiel einer umfassenderen

---

*) Gerhard Ant. Bildw. 1. 8. sieht in einer mehrmals wiederholten
Statue der Pallas mit eingewickeltem linken Arme und sternbesäeter
Ägis die Alea.

**) Klenze aphorist. Bemerk. S. 647. will bei Pausanias ἐντός
statt ἐκτός lesen, weil „ein am Aeußeren ionischer Tempel, der innen
dorische und korinthische Säulenordnung habe, nicht wohl denkbar wäre."
Curtius 1. S. 272. widerspricht mit Recht. Allerdings entspricht die
Anordnung des Skopas nicht dem phigalischen Tempel, wo das Aeu=
ßere mit dorischen Säulen, das Innere mit ionischen Halbsäulen geziert
ist. Aber mußte dieses überall so sein? Vielmehr paßte die ionische
Ordnung für einen in der Niederung gelegenen Tempel (Curtius S.
254), wofür man nach Leakes Bemerkung (Topog. v. Athen S. 239.
d. Uebers.) den ionischen Stil vorzog. Die dorischen Tempel liegen
meist auf Erhöhungen.

Anwendung des korinthischen Stils zeigt, dessen Geschichte
im Dunkeln liegt. Wie der Name besagt, entstand er in
Korinth, nach Vitruvius IV. 1. 9. durch die bekannte Wahr=
nehmung des Kallimachos, welcher die schöne Form einer
Akanthuspflanze bemerkte, die an einem bedeckten Korbe
wucherte und an den Ecken dem Drucke nachgebend in Vo=
luten sich auslud. Zieht man das Anekdotische ab, so bleibt
immer die bestimmte Angabe, daß Kallimachos zuerst das
ausgebildete Kapitell, indem er den Wuchs des Akanthus nach=
ahmte, zu Säulenstellungen in Korinth benutzte. Da nun u. a.
das vereinzelte korinthische Kapitell in Phigalia noch eine sehr
unentwickelte Form zeigt, sehe ich keinen Grund zu bezwei=
feln, daß Kallimachos als der eigentliche Erfinder dieser
Säulenordnung in so weit betrachtet werden muß, als er
sie vollendete und in größerem Maße anwandte. So ur=
theilt auch Brunn S. 251. Kallimachos war Phidias jün=
gerer Zeitgenoß; sein goldener Leuchter im Erechtheum
wird bei der Vollendung dieses Gebäudes Ol. 93. aufgestellt
worden sein. Die Erfindung war also noch eine sehr junge,
als Skopas sich ihrer bediente. Er nahm die anmuthige
Mannichfaltigkeit einer dreifachen Abwechselung gewiß mit
Freuden auf, gab aber der korinthischen Säule mit richtigem
Urtheile den untergeordnetern Platz dort, wo die größte Höhe des
Baues und die Kleinheit der Säulen einen besonders ausgezeich=
neten, vegetabilisch vorsprießenden Abschluß wünschenswerth
machte. Erst später gelangte der korinthische Stil zur Herr=
schaft, die üppigste Blüthe der schönen griechischen Architektur,
in Rom übermächtig, heutzutage mitunter zu ungünstig
beurtheilt. Allerdings darf die korinthische Säule weder
mit der grandiosen Einfachheit der dorischen, noch mit der
keuschen Grazie der ionischen sich messen, weil sie keine

originale Grundform, sondern eine verzierte Ausbildung ist. Aber sie ist als solche natürlich, phantasiereich und verständig, und während in der Baukunst nur das Widersinnige, den geometrischen Formen Widersprechende, so wie das Phantastische, welches diese in der Ueberwucherung des Ornaments erstickt, verwerflich erscheint, haben wir in dem korinthischen Stil eine gesetzmäßige, den veränderten Lebensverhältnissen und der Richtung der übrigen Künste entsprechende Entwicklung zu schätzen. Auf der Stätte von Tegea finden sich nicht unbedeutende Reste, darunter Stücke von dorischen Säulen, 5 Fuß im Durchmesser (Curtius S. 254)*). Da diese zum Innern gehört haben werden, lassen sie auf die erstaunliche Größe des Ganzen schließen. Die äußern Säulen waren, wenn man das Verhältniß des Parthenon zu Grunde legt (4′ : 5¼′ : 6′ 2″) 6′ 8″ dick. Hält man den Tempel, wie den Parthenon, für einen Oktastylos (und weniger Säulen in der Front erlaubt Pausanias Zeugniß nicht anzunehmen), so ergeben sich folgende Maße, die Säulenweite zu 3 Moduli berechnet:

$$8 \text{ Säulen} \quad \times 6′ \ 8″ = 53′ 4″$$
$$7 \text{ Säulenweiten} \times 8′ 10\tfrac{3}{4}″ = 62′ 2\tfrac{3}{4}″$$

Ganze Breite $\qquad\qquad$ 115′ 6¾″

$$17 \text{ Säulen} \quad \times 6′ \ 8″ = 113′ 4″$$
$$16 \text{ Säulenweiten} \times 8′ 10\tfrac{3}{4}″ = 142′ 2\tfrac{3}{4}″$$

Ganze Länge $\qquad\qquad$ 255′ 6¾″

die Eckdifferenz ungerechnet.

---

*) Roß Reisen im Peloponnes S. 73. gibt noch folgende Maße: an einem dorischen Kapitell maß die Plinthe 2′ 10¼″ Engl. ins Gevierte, der Hals 1′ 6″ im Durchmesser, ferner ein Triglyph 1′ 11″ Höhe: 1′ 4¼″ Breite.

Da ferner die Säulen wenigstens, wie im Parthenon und in Phigalia, 5¾, bei der jüngern Bauart wahrscheinlich 6 Durchmesser hoch waren, erhalten wir nach Maßgabe des Parthenon:

Säulenhöhe	40'
Gebälk	28½'
Ganze Höhe	**68½'.**

Das Gebäude betrug also in der Länge 255' 6¾'', in der Breite 115' 6¾'', in der Höhe 68½' d. h. in jedem Betracht etwas mehr als der Parthenon (101' 2'':227' 7'':66' Engl.) und der Tempel des olympischen Zeus (95' : 230') und stand nur sehr wenigen antiken Gebäuden nach. Einige Architrave ragen außer den Säulenstücken gegenwärtig aus dem Schutte hervor; viele mögen im Mittelalter zum Baue der Stadt Nikli, die sich auf derselben Stätte erhob, verwandt worden sein; indessen sind sie mit ihr zum zweiten Male in den Boden versunken, und da nach Tripolitza nur kleinere Stücke verschleppt wurden, dürfte außer Olympia Tegea derjenige Ort der Halbinsel sein, wo eine große Ausgrabung die bedeutendsten Schätze zu Tage fördern würde. Glücklich wem es gelingt, die Bildwerke zu heben, womit Skopas das Heiligthum schmückte.

Die Tempelstatue des Endöos erhielt ihren gebührenden Platz wieder und wurde nach ihrer Entfernung durch eine Athena Hippia aus Manthyrea ersetzt. Sie sei so genannt worden, berichtet Pausanias, weil sie gegen Enkelados ihr Gespann getrieben habe. Vermuthlich war sie also in einer kriegerischen Haltung gebildet. Neben jene stellte Skopas Bildsäulen des Asklepios und der Hygiea, ebenfalls hochverehrter Landesgottheiten. Ueber Asklepios

und die Asklepiaden handelt in einem schönen Aufsatze Panofka in den Abhandl. der Berl. Akademie 1845. S. 271 ff.
und gibt eine zweckmäßige Auswahl seiner Darstellungen
in der Kunst. Der Gott war, wie O. Müller Orchom. S.
190 ff. nachweist, einer der ältesten des Phlegyer = oder
Minyerstammes, in Lakereia oder Trikka, Städten der mi-
nyschen Thessaler, geboren. Mit ihnen oder, was dasselbe
bedeutet, den Lapithen, die sich in Pheneos, Malea und Elis
niederließen (Diodor IV. 69), gelangte der Kultus in den
Peloponnes. Daß die Heiligthümer des Asklepios von
Trikka abstammten, bezeugt von Serenia Strabo VIII. p. 360.
Weil aber von Epidauros aus die meisten angelegt wurden,
machte man den Gott zum Angehörigen der Halbinsel, ließ
ihn dort geboren und erzogen werden, indem man entweder
den ursprünglichen Zusammenhang festhielt und Phlegyas
mit seiner Tochter und des Asklepios Mutter Koronis nach
Epidauros kommen ließ, oder auch die Vorfahren zu Peloponnesiern umschuf. Dies geschieht in der allgemeinen
Sage durch Ischys, den Buhlen der Koronis, einen Arkader, Sohn des Elatos, eigenthümlich in der messenischen
Erzählung, Arsinoe, Tochter des Leukippos, sei seine Mutter
gewesen (Paus. IV. 3. 2). Auch der arkadische Gott ist ein
epidaurischer, nur in soweit verschieden, als man seine Geburt für Arkadien in Anspruch nahm und den Berg bei
Thelpusa zeigte, wo er aufgesäugt wurde (Paus. VIII. 25.
3). Dort, wo frische Bergwälder und zahlreiche Quellen
schönen Wassers viele Heilorte darboten, verehrte man den
Heilgott bald als Knaben mit seinem Vater oder allein,
wie in Megalopolis und Thelpusa, bald als unbärtigen
Jüngling, wie in Gortys und außerhalb in Sicyon und
Phlius, bald als verheiratheten Mann mit Hygiea als

seiner Gattin oder Tochter, auch als väterlich thronender
Gott allein oder umgeben von seinen Kindern. Allen diesen
Phasen des Kultus folgte die bildende Kunst, zum Theil
noch in erhaltenen Werken, worin freilich die pergamenische
Gestalt des bärtigen Weisen überwiegt. Von seinen Attributen kennen wir blos das Scepter, die Schlange und den
Fichtenapfel als Symbol der Lebenskraft. Warum Skopas
ihn mit Hygiea in den Tempel der Athena Alea stellte,
läßt sich errathen, auch ohne mit Panofka S. 300. die jungfräuliche Göttin zu seiner Frau zu machen. Athena hieß
in Athen selbst Hygiea, weil sie Licht, Wärme und Gesundheit spendete; sie hatte dem Asklepios das Blut der Gorgo
gegeben, womit er heilen oder tödten sollte, und, wie sie
überhaupt die Heroen schützt, kränzt sie auf Münzen von
Pergamos Asklepios, da er ihren Liebling Herakles geheilt
hatte (Paus. III. 19. 7, Mionn. Suppl. V. 999. p. 440). Daher kommt es denn auch, daß seine Mutter Koronis im
Heiligthume der Athena zu Titane ihre Opfer erhielt (Paus.
II. 11. 7). Außerdem war seine Großmutter Gorgophone,
des Perseus Tochter (Paus. IV. 2. 3), die in Argos neben
dem Denkmale der Gorgo begraben lag (II. 2. 8). Wie
also Athena selbst als Göttin des lichten Aethers die nächt-
liche Gorgo verderbt, so steht Asklepios, der, eben so wie
er tödten kann, die Nacht des Todes überwindet, mit der
erhaltenden Hygiea neben der wohlthätigen Gottheit. Er
wird aber im Mythos als Heros gedacht, wie er im Kultus
als Gott erscheint. Will man aus jeder für den Gedanken
klaren, von den Künstlern dargestellten Beziehung der verehrten Wesen mystisch verwandtschaftliche Verbindungen
folgern, so muß man Athena als Hygiea zu Asklepios
Frau, als Koronis zu seiner Mutter, als Gorgophone, wie

die Orphiker sie nennen, zu seiner Großmutter machen.
Von diesen Bildwerken des Skopas haben wir keine Nachbildung; denn der Einfall Hirts im myth. Bilderbuch S.
84. Tf. XI. 2, eine vaticanische Marmorgruppe, worin Asklepios als bärtiger Mann sitzend, Hygiea neben ihm stehend dargestellt wird, dafür zu halten, wird mit Recht von
Panofka S. 303. verworfen, schon deswegen, weil es eine
Gruppe ist. Vielmehr bin ich sehr geneigt, mit Curtius
S. 351. zu glauben, Asklepios sei der jugendlichen Hygiea
entsprechend, d. h. als Jüngling gebildet worden, wodurch
er der Athena gegenüber in ein gleiches Verhältniß mit ihr
tritt. Auch liebte Skopas besonders jugendliche Gestalten
darzustellen. Bedenklich bleibt nur, daß Pausanias diese
zu seiner Zeit ungewöhnliche Erscheinung nicht anführt.

Neben diesen gewiß mehr als lebensgroßen Standbildern
war das Innere des Tempels mit einer Menge großentheils
älterer Denkmäler geschmückt, die Pausanias sorgfältig verzeichnet, wir aber übergehen können, da sich Skopas Thätigkeit nicht darauf erstreckte. Dagegen glänzten die beiden
Vorderseiten in reichem bildnerischem Schmucke, den der
Baumeister ohne Zweifel selbst verfertigt hatte. Ob er den
Fries verziert hat, wie Curtius S. 256. meint, läßt sich
nicht sagen: nothwendig war es bei einem ionischen Gebäude nicht. Die beiden Giebelgruppen (τὰ ἐν τοῖς
ἀετοῖς) beschreibt Pausanias: sie stellten die Jagd des Kalydonischen Ebers und eine Schlacht des Telephos dar.
Nicht am wenigsten zeigt sich die Weisheit der Meister
jener Blüthezeit in der Wahl der Gegenstände für ihre
Kompositionen. Die vortrefflichen Arbeiten Welckers über
die Giebelgruppen in seinen alten Denkmälern haben auch
hierüber ein helles Licht verbreitet. Nicht allein wußten

jene alten Künstler Stoffe zu finden, welche dem Locale
eigen und deswegen den Einwohnern werth waren, sondern
zugleich solche, die, der ganzen hellenischen Nation durch
die Dichtung bekannt, auch künstlerisch günstige Motive
darboten. Gleichgültig würde man bei jenen arkadischen
Heroen vorübergegangen sein, welche das tegeatische Weih=
geschenk in Delphi darstellte (Pauf. X. 9. 5). Das Lied kannte
sie nicht, und kaum vernehmbar redete die Sage von ihnen.
Aber die kalydonische Jagd und die Thaten des trojanischen
Krieges waren jedem Griechen geläufig und werth, und
doch konnten die Tegeaten sie sich als ihren eigenen Ruhm
beimessen. Denn wie Telephos war Ankäos, der mit vielen
Helden dem kalydonischen Eber widerstand, ein Arkader, Sohn
des Lykurgos und mit Epochos ein Enkel des Aleos (Apol=
lodor III. 9. 2). Mehrere andere arkadische Helden bethei=
ligten sich an dem Abenteuer. Atalante aber, die Tochter
seines Bruders Jasus, die auf dem Berge Parthenion aus=
gesetzt und von einer Bärin gesäugt war, traf das Thier
mit dem Pfeile und erhielt dessen Kopf nebst der Haut als
Preis. Es war also ein sehr glücklicher Gedanke, gleich an
dem fernher sichtbaren Giebel des Tempels die Jagd dem
Beschauer zu zeigen, deren kostbare Beute er im Innern
sehen sollte, den Tegeaten selbst aber die früheste Großthat
vor die Augen zu stellen, welche Aleos Nachkommen außerhalb
Arkadiens vollbracht hatten. Pausanias beschreibt das Werk mit
folgenden Worten: „In den Giebelfeldern aber ist an der Vor=
„derseite die Jagd des kalydonischen Ebers; und indem der
„Eber fast in der Mitte gebildet ist, steht auf der einen Seite
„Atalante, Meleagros, Theseus, Telamon auch mit Peleus,
„und Polydeukes, Jolaos, der dem Herakles bei den meisten

„Arbeiten beistand, und die Söhne des Thestios, Althäas
„Brüder, Prothoos und Kometes; auf der andern Seite des
„Ebers aber steht Epochos, wie er den schon verwundeten
„Ankäos, der das Beil fallen läßt, unterstützt, neben ihm
„aber Kastor und Amphiaraos der Sohn des Oikles, neben
„ihnen Hippothoos der Sohn des Kerkyon, Sohnes des Aga=
„medes, Sohnes des Stymphalos, zuletzt aber ist Peirithoos
„gearbeitet."

In dieser Beschreibung fällt die verhältnißmäßig ge=
ringe Zahl der Figuren auf, ohne den Eber im Ganzen 15,
während z. B. der kleinere Parthenon über 20 enthielt.
Ebenso befremdet die ungleiche Vertheilung, indem auf die
eine Seite 9, auf die andere 6 Heroen kommen. Da nun
Apollodor I. 8. 3. im Ganzen 20 Jäger namhaft macht, liegt
die Vermuthung nahe, Pausanias werde einige übergangen
haben, da er, wie Welcker A. Denkm. I. S. 157. hervorhebt,
nicht die Kompositionen ins Auge zu fassen pflege, vielmehr
darauf aus sei, Personen und Inhalt der Kunstwerke anzu=
geben. Welcker meint daher, daß der Schriftsteller das
Verzeichniß der Jäger, wo sie anfingen ihm gleichgültig,
unbekannt oder zweifelhaft zu sein, abgebrochen habe. S.
200. vermuthet er, es möge das Werk unvollständig geblieben
oder geworden, oder auch im Terte des Pausanias einige
Namen ausgefallen sein. Indessen werden gerade auf der
leereren Seite die einzelnen Kämpfer so aufgezählt, daß an
eine Lücke nicht gedacht werden kann: κατὰ δὲ ὗς τὰ
ἕτερα — παρὰ δὲ αὐτόν — ἐπὶ δὲ αὐτοῖς — τελευταῖος δέ.
Wahrscheinlich ist nun zunächst, daß die spitzen Eckwinkel
keine liegenden Figuren enthielten, etwa Hyleus und Eu=
rytion, sondern vielleicht Strauchwerk als Andeutung der Oert=

lichkeit. Sonst könnte Peirithoos nicht der Letzte heißen.
Verengert sich dadurch der für Statuen bestimmte Raum
um wenigstens zwei Personen, so kommt es bei der Verthei=
lung der übrigen darauf an, wie viel Raum wir für den
Eber in Anspruch nehmen. Dabei werden wir das Gesetz
der symmetrischen Ordnung, welches in Giebelgruppen nach
Welckers schönen Ausführungen von den vorzüglichen Künst=
lern befolgt wird, als maßgebend erkennen. Da nun zwei
Gruppen von Gefallenen vorkommen, Ankäos und Epochos
auf der einen, Telamon und Peleus (τε-καὶ Pauſ.) auf
der andern, so haben diese an den entsprechenden Stellen
gestanden. Zu beiden Seiten folgen dann in strenger Re=
gelmäßigkeit vier Jäger. Dem Polydeukes entspricht Kastor,
dem Jolaos Amphiaraos, den beiden Thestiaden Hippothoos
und Peirithoos, die ohne Zweifel ihre Lanzen schleudern.
Dem Eber stehen also Atalante, Meleagros und Theseus
gegenüber. Hiernach haben wir uns das Thier, welches
an sich schon so viel Raum als zwei Personen der Länge
nach ausfüllt, als besonders riesig zu denken, wie es auf
ältern Monumenten, der chiusinischen Vase Monum. dell'
Inst. IV. tv. 54. und dem volcentischen Gefäß ebb. 59, in
ungeheuerem Maße erscheint, dabei den Felsen, wo man
ihn aufjagte, und einige Hunde daran. Die eigentliche
Mitte scheint entweder leer geblieben oder von Atalante, auf
einem Felsenvorsprunge stehend, eingenommen zu sein; hart
daran befand sich der Eber. Bei der Auswahl der Jäger
richtete sich der Künstler theils nach der arkadischen Natio=
nalität, theils nach der Geltung, welche sie in der atheniſchen
Dichtung gewonnen hatten. Atalante stand der Artemis
ähnlich, wie sie den Bogen abschoß, hinter ihr Meleagros,

Theseus, Telamon und Peleus. Ersterer war über einen Baumstamm gestürzt (Ovid Metam. VIII. 378, vgl. das Relief bei Millin Gal myth. 103. 412), und wurde von Peleus erhoben. Dann folgte Polydeukes, ein Neffe Althäas, Jolaos und die beiden Söhne des Thestios, Prothoos und Kometes*). Kenntlich waren sie durch die Beschuhung des rechten Fußes nach Euripides Fragm. Meleagr. 4. bei Makrobius Sat. V. 18, Telamon durch das Schildzeichen des Adlers und den Rebenkranz auf dem Haupte. Auf der andern Seite haben wir uns zuerst den Eber zu denken, der „ungefähr in der Mitte stand," darauf die eigentlich arkadischen Helden. Ankäos, der Sohn des Königs Lykurgos in Tegea, von dem wilden Thiere in der Seite verwundet, läßt die Streitart, die er auch nach Euripides trug, fallen und sinkt seinem Bruder Epochos, dem Halter, in die Arme. Neben ihnen stand Kastor, gewiß zu Fuß**), Amphiaraos, der Enkel des Thestios, aber durch seinen Aeltervater Melampus mit Arkadien verwandt, Hippothoos, der Urenkel des Arkaders Stymphalos, endlich Peirithoos, als Lapithe den Arkadern nicht fremd, als Theseus Freund einem mit der attischen Sage vertrauten Künstler theuer. Als zarte Jünglinge erschienen Hippothoos, Zeitgenosse des trojanischen Kriegs (Paus. VIII. 5. 4), und Amphiaraos, als bejahrtere Männer die Söhne des Thestios

---

*) Statt Jolaos nennt Apollodor I. 8. 3. seinen Vater Jphikles, (vielleicht eine Verwechselung mit Jphikles, dem Sohne des Thestios ebb. 9. 16), Prothoos heißt bei ihm Neffe des Thestios, Kometes Vater des Asterios 9. 16. Die Söhne des Thestios führen andere Namen. Epochos läßt Pausan. VIII. 4. 10. vorher sterben. Auf Vasen schwanken die Benennungen.

**) Auf einer Vase bei Gerhard Berl. ant. Bildw. Nr. 1022. erscheinen die Dioskuren wie bei Ovid zu Pferde. Vgl. ebb. Nr. 524.

und vielleicht Ankäos, die übrigen Männer in kräftigem, aber jugendlichem Alter. Die Hauptperson war offenbar Atalante. Nach ihr wird sich auch der Eber, nachdem er Ankäos geschlagen hat, umgewandt haben, da es unangemessen erschiene, wenn die Haupthelien Atalante und Meleagros ihn nicht von vorn hätten angreifen sollen. Auch dringt auf dem Sarkophage bei Braun Ant. Marmorw. II. Tf. 6 a. und den meisten Vasengemälden der Eber auf Meleagros und Atalante ein, während ein Gefallener hinter ihm liegt. Aus der alten Kunst, welche schon auf dem amykläischen Throne denselben Gegenstand darstellte (Pyl Zeitsch. f. d. A.-W. 1853. Nr. 25), sind uns mehrere bedeutende Vasenbilder erhalten, aus der römischen einige Sarkophage. Für Skopas Kunstwerk haben wir keinen Anhalt außer Pausanias dürftiger Beschreibung und vielleicht einer Münze von Tegea (Eckhel D. N. II. p. 299, Jahn Arch. Aufs. S. 166), welche Atalante darstellt, wie sie den Eber verwundet. Denn das capitolinische Relief, wodurch Overbeck Gallerie heroischer Bildw. S. 295. Anm. 7. die Schwierigkeiten der Anordnung „vollständig heben zu können" glaubt, indem er Atalante zu Roß in die Mitte des Giebels stellt, ist „ohne Zweifel nicht antik, sondern von der Hand eines vorzüglichen Meisters des sechszehnten Jahrhunderts" (Platner Beschr. d. St. Rom III. 1. S. 196). Ankäos pflegt die bildende Kunst als einen kräftigen, bärtigen Mann darzustellen, der, wie ihn Apollonius I. 168 ff. schildert, mit einer Bärenhaut bekleidet und mit der Doppelart bewaffnet ist. So erscheint er auf mehreren Sarkophagen, z B. dem pamfilischen bei Braun Ant. Marmorwerke II. 6 a, wo ihn Jahn Bullet. 1846. p. 131. richtig erkannt hat, und ähnlich auf Vasen, wie bei Gerhard Apul. Vasenb. 9.

Aber auf dem vortrefflichen Relief in gebrannter Erde*), welches von der Insel Melos herrührt und von Jahn Ber. d. sächs. Gesellsch. d. Wiss. 1848. S. 123 ff. bekannt gemacht wird, sehen wir ihn als kräftigen Jüngling, wie Meleagros, mit Chlamys, Petasus, Schwert und Lanze, am rechten Beine verwundet. Nur mit Mühe hält er sich aufrecht und zieht das Bein vor Schmerz etwas in die Höhe. Die Haltung des Verwundeten, der auf Vasenbildern niedergestürzt ist, so wie die Schönheit der Arbeit macht mich sehr geneigt, zu vermuthen, daß Skopas ihn ebenfalls jugendlich gebildet hat. Ein älterer Mann in den Armen eines andern macht nicht den rührend gefälligen Eindruck, wie ein hinsinkender Jüngling; auch die Gegenüberstellung der Gruppe von Peleus und Telamon, den Gefährten und Altersgenossen des Arkaders, spricht gegen einen Altersunterschied. Dann wird man, wie Jahn bemerkt, unwillkührlich an die bekannte Gruppe des phigalischen Frieses erinnert**). Mit größerer Bestimmtheit würde ich mich für diese Auffassung entscheiden, wenn nicht jenes Relief auch in andern Einzelheiten von den gewöhnlichen Darstellungen abwiche. Nicht Ankäos, sondern Meleagros führt die Art, und Atalante nicht den Bogen, sondern ein kurzes Schwert. Da diese Züge entschieden auch von Skopas Gruppe verschieden sind, wage ich nicht zu behaupten, daß die Figur des Ankäos ihr entsprochen habe. Dem Geiste seiner Kunst ist sie angemessen.

---

*) Ein Thongefäß in Odessa (Arch. Ztg 1851. Tf. 34. 2), welches eine bekleidete Göttin, wahrscheinlich Aphrodite, auf dem Bocke sitzend zeigt, hätte ich S. 8 f. anführen sollen. Amor auf einem Bock, Bronze in Arolsen.

**) Die Verschiedenheit des Alters rührt vielleicht daher, daß Einige Ankäos für den Sohn, Andere für den Enkel des Lykurgos hielten, vgl. Hygin 14. Bei Schol. A. zu Il. II. 604. scheint οὐ Λύκουργος, das sich bei B. L. zu 609 findet, ausgefallen zu sein.

So viel ergibt sich aus Pausanias, daß die Handlung
sich auf die Mitte vereinigte und einen Charakter der Einheit bewahrte, wie ihnz. B. die Arbeiten des Herakles, welche
Praxiteles in Theben ausführte, nicht gehabt haben können.

„Auf der hintern Seite," fährt Pausanias fort,
„befindet sich in dem Giebelfelde der Kampf des Telephos
„gegen Achilles in dem Felde des Kaikos."

Telephos, der Sohn des Herakles und der Auge*),
die der gleichartigen Lichtgöttin als Priesterin diente, hatte
dadurch für Tegea eine besondere Bedeutung gewonnen, daß
seine Thaten vor allen arkadischen Heroen von der Dichtung
verherrlicht wurden. Nach wunderbaren Schicksalen gelangte er dazu, als Nachfolger des Königs Teuthras in
Mysien zu herrschen. Sowohl dort in Pergamos am Kaikos
wie auf dem Berge Parthenion in Arkadien wurde er als
Heros verehrt, an dem ersteren Orte, der sich als seine Kolonie betrachtete (Pauf. I. 4. 5, Aristides or. de concord. p. 520)
und ihn auf seinen Münzen darstellte**), bei den Festen des
Asklepios in Hymnen besungen. Während er in Teuthranien, wie sein Reich auch genannt wird, regierte, landeten
die Griechen auf der Fahrt nach Troja an der Mündung
des Kaikos, indem sie in Troja zu sein glaubten. Telephos
warf sich ihnen entgegen und trieb sie in einer glücklichen
Schlacht in ihre Schiffe zurück. Der erzürnte Dionysos

---

*) Die Alten leiten seinen Namen von ἔλαφος her, weil er von
einer Hirschkuh gesäugt worden war. Dies ist unmöglich. Seine
Mutter Αὔγη bedeutet Helle, wie ihre Verwandte Sterope. Τήλεφος
heißt wohl der Weithinstrahlende. Gerhard die Heilung des Telephos
S. 11. nach Welcker Kret. Kol. S. 45.
**) Auch auf Münzen von Germe in Mysien kömmt seine Ernäh-
rung durch die Hirschkuh vor. Streber in den Abh. d. Münch. Akad.
1835 S. 191.

aber ließ ihn sich in eine der Weinreben, womit das my-
stische Gefilde bedeckt war, verwickeln, und so verwundete
ihn Achilles Speer. Diese Begebenheiten, wovon Homer
nichts wußte (Schol. Il. I. 59), erzählte von den jüngern
Dichtern der Verfasser der Kypria ausführlich; Pindar erwähnte sie an mehreren Stellen (Ol. IX. 70, Isth. IV. 41,
VII. 54, Schol. Ol. II. 76), auch wahrscheinlich Bacchylides
(Fr. 60), und die Leiden seiner Wunde wurden von den Tra-
gikern wie in der bildenden Kunst häufig behandelt. Jene
Schlacht aber, der schönste Gegenstand, welchen Skopas
zur Verherrlichung der Stadt auswählen konnte, wird uns
leider durch kein größeres Kunstwerk verdeutlicht, und auch
die Litteratur gewährt nur einen unsichern Anhalt. Es
läßt sich freilich nicht zweifeln, daß ein Künstler, welcher
an den Gebilden der Dichtkunst seinen schöpferischen Geist
genährt hatte, der Erzählung der Kypria in wesentlichen
Dingen gefolgt sein wird. Die Form aber, welche dieses
Gedicht dem Kampfe gegeben hatte, läßt sich nicht mit
völliger Sicherheit ermitteln. Namentlich ist die Darstellung
des Philostratos in seinen Heroika II. 14 ff. worin Welcker mehrere Züge aus den Kyprien erhalten glaubt (s. seine Abhandlung in der Zeitschrift f. d. A-W. 1834. Nr. 4 ff. der
epische Cyklus S. 139)*), so sophistisch gefärbt, und die
ganze Schrift ein so wunderliches Spiel des Witzes, daß
ich von seinen Angaben keine der Benutzung fähig halte. Man
braucht nur auf seine Gigantenknochen I. 3 ff., seine 10 Ellen

---

*) Fuchs de varietate fabb. Troic. p. 100. schließt aus den
Worten des Philostratos, wohl aus ἤδεα καὶ ποιητικά II. 19, daß er
einen Dichter benutzt habe, und citiert Apoll. v. Thyan. IV. 18 (wahrscheinlich VI. 43). Dort wird aber nur eine ziemlich frostige Anwendung des τρώσας καὶ ἰάσεται auf ein Wunder des Apollonius gemacht.

hohen Helden II. 5, die Art, wie Philoktetes II. 5. und Idomeneus
II. 7. geschildert werden, namentlich aber auf das gespenstische
Auftreten der Helden, den vertrauten Umgang des Schriftstellers
mit Protesilaos, das Wunder, wodurch Hektor seinen Verächter
straft, hinzuweisen, um die Unechtheit dieser Erzählungen
darzuthun. In Betreff der Schlacht ist vor Allem der Umstand verdächtig, daß Thersandros, der, wie Pausanias IX.
5. 14. gewiß aus dem Gedichte anführt, sich in Mysien
auszeichnete, von Philostratos nicht erwähnt wird. In
entschiedenem Widerspruch gegen das alte Gedicht läugnet
ferner Philostratos das Zufällige der Landung und läßt
Telephos durch Tlepolemos von dem Anzuge der Griechen
benachrichtigt werden, während dieser selbst . sich unter
den Feinden der Myser befindet. Protesilaos, sein Haupt-
held, der sonst nirgends bei dieser Gelegenheit erwähnt wird,
zeichnet sich bei dem Angriffe und bei der Landung aus,
während die Landung ohne erheblichen Widerstand geschah.
Allerdings mögen auch ächte Züge aus den Kyprien oder
aus ältern Sagen vorkommen, aber auch sie werden umgebildet und unzuverlässig, indem Motive aus dem spätern
Kriege benutzt werden. So streiten Protesilaos und Achill
um die Waffen des Telephos, wie später Ajax und Odysseus
um die achilleischen; so ist die Königin Hiera, welche Helena an Schönheit übertrifft und von dem schönsten Griechen
Nireus getödtet wird, mit ihrer weiblichen Reiterei aus
der Amazone Penthesilea gemacht, während sonst Telephos
Frau Astyoche, Agriope oder Laodike heißt*). Tzetzes, der

---

*) Ich will nicht läugnen, daß die Gemahlin des Telephos auch
Hiera heißt. Das ist aber die Mutter des Tarchon und Tyrrhenos
nach der italischen Sage, wovon später die Rede sein wird. Vgl.
Tzetzes zu Lykophron V. 1249.

sie vom Wagen kämpfen läßt Antehomer. 273, dichtet
ihr zu seinen Antehomerica, die aus Philostratos herzurühren scheinen, eine Grabschrift, „da sie in dem aristotelischen
Peplos keine habe." Vgl. zu Lykophron 200. Ja Abier und
Scythen holt jener erfindungsreiche Schriftsteller herbei. Dagegen enthält Diktys trojanischer Krieg, soviel Romanhaftes
auch sonst vorkommen mag, mehrere Züge, die den Kyprien
nachweislich entsprechen. Er hat die Reise des Menelaos nach Kreta, wenn schon vor Paris Ankunft, die Begleitung des Paris durch Aeneas, seine Fahrt nach Sidon,
die Berathung zwischen Agamemnon, Menelaos und Nestor
(freilich in Sparta, während im Gedichte Menelaos den
Letztern aufsucht), die Fahrt von Aulis nach Teuthranien
mit den Kyprien gemein. Auch in der Schlacht am Kaikos
stimmt der Tod des Thersandros und Telephos Verwundung
mit dem Gedichte überein. Besonders fein ist der Zug,
daß Diomedes die Leiche des Thersandros auf den Schultern fortgetragen habe. Denn da beide Fürsten von dem
thebanischen Kriege her mit einander eng verbündet waren,
geziemte es dem Dichter, den Sohn des Tydeus seinem
todten Freunde treu zu schildern. Ebenso scheint Tlepolemos Gesandtschaft echt episch. Man darf ihn daher bei der
Herstellung des Giebels, freilich mit Vorsicht, benutzen.

Fragen wir nun, welche Helden in der Giebelgruppe
dargestellt wurden, so ergibt sich zunächst aus Pausanias
Ausdruck deutlich, daß Telephos im Kampfe mit Achilles
begriffen war. Denn sonst würde nicht die Schlacht gegen
Achilles, sondern gegen Agamemnon genannt werden, wie
I. 4. 6. und bei Strabo I. p. 10. Da nun, nach dem gegenüberstehenden Giebel zu schließen, wenigstens 16, wahrscheinlicher 18 Figuren anzunehmen sind, weil dort der

Eber mehr Platz wegnahm, so fehlen auf jeder Seite noch
7 bis 8 Kämpfer. Unter den Griechen waren gewiß Pa=
troklos, welcher bei Pindar vorkömmt, und der von Telephos
verwundet wurde, ferner Thersandros, welcher nach rühm=
lichem Kampfe von dem Myserkönige erschlagen wurde,
Diomedes, der seine Leiche nach Diktys II. 2. aus dem Ge=
tümmel auf den Schultern forttrug, Ajax, neben Achilles
der Vorfechter der Griechen (Diktys II. 3), und wahrscheinlich
Odysseus, welchen Telephos verfolgte (ebd.). Die übrigen
Stellen wurden wohl von unberühmteren Kriegern einge=
nommen, welche entweder zu Tegea oder zu der Oertlichkeit
der Schlacht in irgend einer Beziehung standen. Dazu
gehörte höchst wahrscheinlich Agapenor, der Sohn des An=
käos und Neffe des Telephos, welcher die Tegeaten mit
den übrigen Arkadern gegen Troja führte (Il. II. 609).
Ihn wird Skopas dem Oheim gegenüber zu stellen kein
Bedenken getragen haben, da der Ruhm der Tegeaten durch
die doppelte Betheiligung nur erhöht wurde. Ferner Me=
nestheus, der Athener, der spätere Stifter von Eläa, in
dessen Nähe das Treffen vorfiel (Strabo XIII. p. 622), und
wo Thersandros Denkmal stand (Paus. IX. 6. 7). Endlich zählt
Welcker ep. Cyclus S. 140. Palamedes unter den Strei=
tenden auf, da er in den Kyprien eine große Rolle spielte.
Ob als Krieger, ist freilich zweifelhaft. Eher möchte ich
an den Bogenschützen Teukros denken, dessen kniende Stel=
lung zu der Giebelform vortrefflich paßt. Auf der gegen=
überstehenden Seite ist neben Telephos gewiß sein Sohn
Eurypylos als Vorkämpfer thätig gewesen, dessen Ruhm
in der kleinen Ilias groß und schon dem Dichter der
Odyssee XI. 518. bekannt war, auf pergamenischen Münzen
(Eckhel II. 1. p. 463) als Heros verherrlicht; ferner Teuthra=

nios, des Königs Stiefbruder, welchen Ajax tödtete, der
namenlose Begleiter des Telephos, welchen Diktys K. 2.
von Thersandros erschlagen werden läßt, endlich vielleicht
die beiden Myserfürsten Chromios und der Vogelschauer
Ennomos, die wir aus Jl. II. 860. als die Führer der my=
sischen Bundestruppen kennen. Die übrigen Kämpfer mögen
Arkader gewesen sein, die nach einer Umbildung der Sage
dem Telephos gefolgt sein sollen, wie jener von Diktys
erwähnte Begleiter. Parthenopäos, den Hygin Fab. 99 und
100. erwähnt, war vor Theben gefallen. Skopas stellte
also nicht Barbaren, sondern Griechen dar, welche andern
Griechen siegreich widerstanden in einer Schlacht, die beiden
Theilen zur Ehre, dem Helden von Tegea und seiner Stadt
zu glänzendem Ruhme gereichte.

Auf zwei Monumenten hat man bis jetzt einen Kampf
des Telephos zu erkennen geglaubt. Das eine ist die
wunderschöne und große, ehemals vaticanische Vase, jetzt
im Louvre, von Millingen Anc. uned. monum. vol. I. pl.
XX—XXIV. vortrefflich herausgegeben. Auf der Vorder=
seite des Gefäßes erblickt dieser ausgezeichnete Archäologe
gewiß richtig Achilles und Patroklos, wie sie von ihren Vätern
Peleus und Menötios Abschied nehmen, um in den Krieg
zu ziehen. Die Rückseite erklärt Millingen selbst zweifel=
haft für den Zweikampf zwischen Achilles und Telephos,
eine Vorstellung, die man auf Vasen sonst nicht findet, also
nur, wenn alle Figuren sich so, daß sie dazu passen und
nicht anders, auslegen lassen, annehmen darf. Nun war
aber der König Teuthras, welcher abmahnend hinzutreten
soll, damals schon todt, und Telephos herrschte als sein
Nachfolger. So viel erhellt aus der Vorderseite, daß auch
hier Achilles dargestellt sein muß, und zwar über einen

berühmten Helden siegreich. Ich halte es demnach für sehr
wahrscheinlich, daß wir Achill und Hektor vor uns sehen.
Seinen Speer hat der Held abgesendet; von ihm im Schen=
kel getroffen, sinkt Hektor in die Kniee, hält aber den Speer
noch kräftig in der Rechten und das Schild in der Linken.
Zwar durchbohrt die Lanze bei Homer die Kehle; die Kunst
aber zieht aus Schönheitsgründen vor, den Helden am Beine
verwunden zu lassen (Gerhard Auserl. Vasenb. III. 201, 202,
203). Ganz in derselben Stellung sinkt er auf unserer
Vase nieder. Ferner wird der Kampf durch einen Baum
bezeichnet, worin Millingen den Weinstock angedeutet glaubte,
in dessen Reben Telephos sich verstrickte. Dann würde er
aber am Boden liegen oder wenigstens straucheln. Der
Baum ist aber entschieden kein Weinstock, was Millingen
wohl einsieht. Er steht statt der großen Buche, die auf
der capitolinischen Brunnenmündung (Gal. myth. 153.552.h)
nach Homer vorkömmt, während auf der Vase bei Gerhard
203. ein entblätterter Baum zu sehen ist. Den unsrigen
kann man weder für jene noch für den homerischen Feigen=
baum halten, sondern dem Aussehen nach nur für einen Lorbeer,
wodurch der Künstler Apollons nunmehr entzogenen Beistand
sinnvoll andeutet. Apollon hat sich entfernen müssen; nun
wird auch Athena nicht abgebildet, sondern an ihrer Stelle
tritt Nike an den Sieger heran. In dieser Abweichung von
der gewöhnlichen Weise liegt wohl der Grund, warum man
den Gegenstand verkannt hat. Da nun die Symmetrie auf
Hektors Seite eine andere Person erheischt, eilt ein bewaff=
neter Troer, voll Bestürzung in seinem edlen Angesicht,
dem fallenden Vorkämpfer zu Hülfe. Ihm folgt der König
Priamos in langem Gewande, das Scepter in der einen
Hand, die Rechte jammernd erhoben. Dicht neben Hektor

in die Nähe des Kampfes durfte der Unbewaffnete nicht gebracht werden. Aber im Freien vor dem Thore sehen wir ihn auch auf dem Gefäße bei Gerh. Tf. 203, wodurch nach Overbecks S. 450. richtiger Bemerkung der ergreifende Ausdruck gesteigert wird. Ihm entspricht wieder auf der andern Seite ein junger Grieche, der eilig zu Hülfe kömmt (Jl. XXII. 205). Durch diese größere Figurenzahl werden endlich beide Seiten der herrlichen Vase in größere Ueber=einstimmung gebracht.

Schwieriger ist die Deutung des andern Denkmals. Die sogenannte Ara Casali im Vatican, ein Werk von mittelmäßiger römischer Arbeit, stellt auf der Vorderseite außer der Dedicationsinschrift des Ti. Claudius Faventinus Mars und Venus dar, wie sie von Sol entdeckt, von Vulcan belauscht und gefesselt werden*), auf zwei Seiten in je drei Streifen über einander Scenen aus dem trojanischen Kriege, auf der letzten die Ueberraschung der Rea Silvia, die Ge=burt, Aussetzung und Entdeckung ihrer Kinder Die dritte Seite enthält die Schleifung und Bestattung Hektors. Auf der zweiten Seite (Tf. II. bei Wieseler) zeigt der erste Streif das Urtheil des Paris, der dritte wahrscheinlich den Kampf zwischen einem Griechen, der bei der Landung zuerst festen Fuß gefaßt hat, und einem im Wagen anstürmenden Troer (wie man diese auch benennen mag). Auf dem zwei=ten erblickt man einen bärtigen, herkulisch gebildeten, unbe=helmten Krieger, von Minerva unterstützt, im Kampfe gegen einen behelmten Helden, zu dessen Füßen auf einem Hügel

---

*) Danach glaube ich, der Altar sei nicht Vulcan, wie Wieseler die Ara Casali S. 5. ff. meint, sondern Mars und Venus gewidmet worden. Auf diese Götter lassen sich die folgenden Reliefs allein passend beziehen.

ein Erschlagener ausgestreckt liegt. Wegen seiner Körper=
bildung, der neben ihm angelehnten Keule und der Gegen=
wart seiner Schutzgöttin erklärte ich den baarhäuptigen
Streiter für Herkules (Rheinl. Jahrb. I. S. 54) und seinen
Gegner für Laomedon, welcher Oikles erschlagen hatte. Unter
dieser Voraussetzung stellte ich dies Relief mit dem a. a. O. ab=
gebildeten Bonner Erzgefäße zusammen, wo auf der einen
Seite Mars und Rea Silvia, auf der andern Herkules im
Kampfe mit einem gerüsteten Helden neben einem Gefalle=
nen erscheint, und erklärte die letztere Scene nicht für Mars,
Herkules und Cyknus, sondern für Herkules, Oikles und
Laomedon, der, wie ich zu beweisen nicht für nöthig hielt*),
von den Römern als ihr und insbesondere als der Rea Silvia
Vorfahr angesehen wurde. Diese Beziehung schien mir das
Schildzeichen der Wölfin anzudeuten. Diese Erklärung
verliert ihre Hauptstütze, wenn das Relief Casali einen
andern Gegenstand darstellt. Und so scheint es in der That.
Sehr scharfsinnig vermuthet Wieseler darin den Kampf
zwischen Telephos und Thersandros, welcher jenen oben er=
wähnten Begleiter des Mysers erschlagen hatte. Allerdings
läßt sich darüber noch streiten. Denn wenn nach meiner
Erklärung das Urtheil des Paris zu früh gebildet wird, so
befremdet bei Telephos besonders die Keule, sowie die Ge=
genwart Athenas bei einem Feinde der Griechen. Indessen

---

*) Die Trojaner heißen Laomedontiadae Aen. III. 248, die Rö=
mer bei Silius Ital. X. 630, sie müssen den Meineid des laomedonti=
schen Troja büßen Georg. I. 502. Aeneas heißt Laomedontius heros
Aen. VIII. 18, und Ilia wird von Tiberinus angeredet: Ilia ab Idaeo
Laomedonte genus (Ovid Amor. III. 6. 54). Die Römer hatten also
allerdings „vergessen, daß Aeneas von der Seitenlinie des Assarakus
stammte" (Wieseler Zeitschr. f. d. A.W. 1843. Nr. 61) Ja sie ließen
Troer des Laomedon noch vor Aeneas auf den Palatin kommen (Dio=
nys. I. 34).

läßt sich erstere als ein Attribut auffassen, welches den Sohn
des Herkules bezeichnet, die Theilnahme der Göttin aber
dadurch einigermaßen begründen, daß Telephos der Sohn
ihres Lieblings und ihrer Priesterin war. Telephos Ruhm
paßt aber zu einer Darstellung der römischen Vorgeschichte
eben so gut wie Herkules Sieg. Denn Telephos spielte in
den italischen Sagen, wie sie unter dem Einflusse der spätern griechischen Litteratur aufgenommen und ausgebildet
waren, keine unbedeutende Rolle. Mit Odysseus vereinigt
wohnen Tarchon und Tyrsenos, seine und der Hiera Söhne,
in Tyrrhenien (Tzetzes zu Lykophron 1242. und 1249).
Auf Münzen von Kapua sieht man Telephos von der Hin-
din gesäugt, auf der andern Seite Herkules oder einen
Jüngling in phrygischer Mütze*) (Carelli tab. 69. 14, Arch.
Ztg. I. S. 153). Ja Rome, des Aeneas Frau, war des
Telephos Tochter (Plut. Romul. 2, vgl. Klausen Aeneas
S. 570, 1216). Es ergibt sich also, daß Telephos für ein
römisches Kunstwerk sehr gut benutzt werden konnte**).
Jahn trägt nun Arch. Aufs. S. 164—72. kein Bedenken,
dieses Relief auf das Giebelfeld des Skopas zurückzuführen,
indem er den Gedanken Gerhards (die Heilung des Telephos
S. 11), daß Thersandros als Gefallener in der Mitte des
Bildes dargestellt worden sei, dahin ausführt, die Haupt-

---

*) Telephos oder Kapys. Bei Carelli 46. 1. vielleicht Tarchon
und Tyrrhenos? Von Tegea kommen arkadische Ansiedler nach Etrurien (Probus zu Georg. I. 16).

**) Overbeck S. 296. kann freilich nicht umhin, „auszusprechen,
daß er nicht begreift, wie die Geschichten von Telephos und Achilleus"
(er berichtet nämlich, daß Wieseler das Relief durch Telephos und
Achilleus Kampf über Thersandros erklärt habe) „hieher unter lauter
Darstellungen, die mit Rom in enger mythischer Verbindung stehen,
gerathen sein sollte."

scene sei der Kampf um die Leiche des Thersandros ge=
wesen*). Wieseler selbst erhebt in den Gött. G. A. 1844. S.
1075 ff. gegen jene Vermuthung gegründete Bedenken,
Welcker A. Denkm. I. S. 201. verwirft sie durchaus, ich
glaube, mit Recht. Eine hingestreckte Leiche in der höch=
sten Stelle des Giebels hat an sich, wenn nicht, wie in
Aegina, eine Gottheit dahinter steht, etwas Unschönes, weil
der leere Raum durch eine horizontale Linie, von unten
kaum sichtbar, ungenügend ausgefüllt wird. Nimmt sie
aber in der Komposition einen so hervorragenden Platz ein,
so muß sie die Hauptperson vorstellen, wie Achill oder Pa=
troklos, um deren Gewinnung die besten Helden sich abmühen
Die beiden Hauptfiguren waren aber Telephos und Achilles,
Thersandros Leiche entfernte Diomedes aus der Schlacht,
den wir dem Myser nicht gegenüber stellen dürfen. Welc=
ker hat den Hauptmoment richtig erkannt: es ist der Au=
genblick der höchsten Gefahr für die Griechen, worin dem
ungestüm vordringenden Telephos Achilles sich entgegen=
wirft. Beide Kämpfer haben also, wie etwa auf der einen
Seite des Parthenon Athena und Poseidon, die dem Gipfel=

---

*) Jahn hält den Todten für Thersandros und meint, auf dem
Original des Reliefs sei auch Achilles im Kampfe gebildet gewesen,
der erhaltene Held sei Patroklos, welcher auch bärtig erscheine. Er
verweist auf Panofka Bilder ant. Leb. S. 10, der nach K. Meyers
ausführlicher Erörterung über das Verhältniß der bärtigen und ju=
gendlichen Heroen Annal. VIII. p. 34 ff. auf Plato Symp. p. 180 A
verweist. Aus dieser Stelle folgt aber gerade im Gegentheil, daß
man gewöhnlich Patroklos jugendlich, als Achills geliebten Freund
(vgl. Lucian. Amor. 64), darstellte. Diese gewöhnliche Vorstellung, wo=
gegen Phädros aus Homer streitet, wird natürlich in der spätern Kunst
eben so wie in Polygnots Gemälde (Paus. X. 30.3) ausgedrückt worden
sein. Aeltere Vasen stellen freilich Patroklos, aber auch Achill bärtig
dar (Gerhard Auserl. Vasenb. III. 227).

3*

punkte nächsten Stellen des Giebels ausgefüllt, Achill in
jugendlicher Kraft, Telephos wohl in dem anziehenden Kon-
traste gereifter Männlichkeit. Denn ich kann mich nicht
mit der geistreichen Vermuthung Jahns befreunden, der
jugendlich anstürmende, mit Schild und Schwert bewaffnete
Held auf Münzen von Tegea (das. Tf. I. 2) stelle Telephos
nach dem Werke des Skopas dar. Derselbe Typus erscheint
auf Münzen der opuntischen Lokrer, wo man ihn richtig für
Ajax den Sohn des Oileus hält (Eckhel II. p. 192, Bröndsted Bronzen von Siris S. 68), und Trikka, wo Panofka
Asklepios a. a. O. S. 331. Machaon erkennt, der auch als
Krieger im Epos sich auszeichnet und auf Gemmen jugendlich gebildet wird. Aber Telephos war zu alt, um als
Altersgenosse Achills gebildet zu werden. Sein Verhältniß
zu Herakles, die Gesellschaft des Parthenopäos rückt ihn
eine Generation weiter hinauf und macht ihn zum Altersgenossen des Telamoniers Ajax, der ebenfalls bei Herakles
Lebenszeit geboren war und deshalb den Typus eines reifen
Mannes in der Kunst erhalten hat. Auch Telephos trägt
in der griechisch-römischen Kunst einen herkulischen Charakter (Rheinl. Jahrb. III. S. 95), den etruskische Aschen-
kisten zuweilen verwischen. Es scheint mir daher kaum
glaub..., daß ein Künstler, welcher gewiß vom Geiste des
Epos durchdrungen und von dem Theater her mit den Gestalten der Helden vertraut war, den Sohn des Herakles
zu einem Jüngling umgebildet haben sollte. Vortrefflich
paßt dagegen jener Münztypus zu einem andern Tegeaten, Echemos, welcher Hyllos den Herakliden im Zweikampf überwand. Wie auf andern Münzen Kepheus die
heilige Locke der Medusa von Pallas empfängt, die der
Stadt ihre Uneinnehmbarkeit sichern sollte (Eckhel II. p. 299),

so bewahrt hier Echemos das Land vor seinen Feinden (vgl.
Bröndsted Reisen II. S. 312). Auf diesen Zweikampf, welchen nach Pausanias VIII 53. 10. ein Relief an Echemos
Grabmal in Tegea darstellte, wird sich auch die Münze
beziehen.

Sind wir dergestalt nicht im Stande, von den Hauptfiguren bestimmte Kopien nachzuweisen, so dürfen wir doch
nach andern Denkmälern und innerer Wahrscheinlichkeit vermuthen, daß auf der griechischen Seite nach Achill Patroklos und Ajax mit Speer und Schwert ihren Feinden ge-
genüberstanden, Achilles dem Telephos, sein Busenfreund
Patroklos etwa dem ebenfalls jugendlichen Eurypylos, der
bejahrtere Ajax vielleicht jenem Begleiter des Königs. Zwischen diesen und den weniger hervorragenden Gestalten entsprechen einander vielleicht zwei Gruppen, zu deren einer
Thersandros gehört haben wird. Er sowohl wie Teuthranios waren zu bedeutend, um in die Ecken verwiesen zu
werden. Da sie an der Schlacht nicht mehr Theil nehmen
konnten, wird, so denken wir, der sterbende Thersandros von
seinem Waffengefährten Diomedes, Teuthranios von einem
Freunde gehalten und aus dem Gefecht hinweggeführt worden sein. Dies konnte nach der Erzählung des Diktys so
geschehen, daß Diomedes die Leiche auf den Schultern forttrug; und es fehlt nicht an Monumenten, die ein gleiches
Motiv zur Schau tragen. Dahin gehören die größeren
und kleineren Statuen, die Hektor zeigen, wie er den ent-
seelten Knaben Troilos auf den Schultern fortträgt (Overbeck S. 365, Tf. XV. 7, Knebel de signo eburneo Progr.
von Duisburg 1844). Sehr häufig findet sich ferner auf
alten Vasenbildern, auch auf einem etruskischen Spiegel
und Gemmen die Darstellung des Ajax, welcher knieend

Achills Leiche auf den Schultern hält, so daß jene über ihn
herabhängt oder aufrecht stehend sie fortträgt. Vgl. Millin
169. 602, Panoska Bild. ant. Leb. Tf. VI. 4, Gerhard Auserl.
Vasenb. III. S. 124, Overbeck S. 546. Ein Blick auf diese
Denkmäler genügt darzuthun, daß eine Gruppe, welche einen
erwachsenen Mann matt von den Schultern eines andern
herabhängen läßt, für den Giebel ungeeignet, der Zeit des
Skopas in ihrer Charakteristik unschön erscheinen mußte.
Dagegen bietet sich in mehreren kleineren Denkmälern und
berühmten Statuenfragmenten ein Motiv von der höchsten
Schönheit dar, das ich für den Tempel zu benutzen keinen
Anstand nehme: ich meine die sog. Gruppe des Pasquino,
worin wir einen bärtigen Helden erblicken, der vorüberge=
bückt eine jugendliche Leiche erhebt, um sie aus dem Ge=
tümmel fortzutragen. Nicht als ob ich dieses köstliche Werk
selbst für eine direkte Nachbildung unseres Giebelbildes
hielte. Denn wenn es auch nicht an Kunstwerken fehlt,
welche Diomedes bärtig und in kräftigem Alter zeigen
(Millin 155. 572, 157. 573, Overbeck Tf. 24. 23, 25. 14, Monum. d. Inst. IV. 54), so überwiegt doch die mit Homer Il. IX.
57. übereinstimmende jugendliche Bildung, welche dem Typus des Achilles nahe kömmt; und die Annahme, Skopas
werde davon abgewichen sein und Diomedes älter, Thersan=
dros jung vorgestellt haben, wäre willkürlich. Vielmehr
sehe ich mit Welcker akad. Kunstmus. S. 75 ff. und ältern
Gelehrten in jener Gruppe Ajar und Achill. Aber auch sie
kann nicht allein gestanden haben, sondern ist im Gegensatze
gegen andringende Feinde zu denken. In diesem trägt sie
den Charakter einer solchen Vollendung und paßt durch die
etwas gebückte Stellung so gut zu einem Giebelfelde, daß
sich für Skopas Werk eine ähnliche Haltung füglich anneh=

men läßt. Ueber die übrigen Figuren wage ich keine Vermuthung.

Wie lange der Bau des Tempels gedauert habe, wird
uns nicht berichtet; indessen dürfen wir gewiß annehmen,
nicht kürzere Zeit als bei der außerordentlichen Raschheit
der perikleischen Bauten auf den Parthenon in Athen verwandt wurde, d. h. etwa acht Jahre*), von Ol. 96, 3. bis
98, 3. Während desselben konnte Skopas, welcher als Bildhauer und Architekt ununterbrochen damit beschäftigt war,
Arkadien nicht auf längere Zeit verlassen, wohl aber in der
Nachbarschaft Aufträge übernehmen. Das that er ohne
Zweifel für den Tempel des Asklepios zu Gortys, einer
alten Pflanzstadt von Tegea, die westlich von der Hauptstadt an dem Nebenflusse des Alpheios Gortynios, einem
kühlen und heilskräftigen Wasser, lag (Curtius I. S. 351 ff.).
Das Heiligthum bestand nach Pausanias VIII. 28. 1. ganz
aus pentelischem Marmor, was sonst von keinem Tempel
im Peloponnes und sehr wenigen außerhalb gerühmt wird.
Da er aber nur klein war (90': 45'), und der Transport
des pentelischen Marmors damals überhaupt außerordentlich lebhaft zu Statuen, wie zu Gebäuden und Altären betrieben wurde (Xenophon de redit. 4), so haben wir wohl
keinen Grund, die ausdrückliche Angabe des Pausanias zu
bezweifeln**) und dürfen füglich annehmen, daß der Bau

---

*) Phidias Blüthe setzt Plinius XXXIV. 49. Ol. 83. Die Statue
der Athena wurde Ol. 85, 3. eingeweiht. Wahrscheinlich wurde der
Bau in der 83. Olympiade begonnen. So nach Quatremère de Quincy
Leake S. 333, Müller de Phidiae vita p. 23, Brunn S. 158.

**) Schubart Zeitsch. f. d. A.-W. 1840. Nr. 75. will statt Ἔστι
δὲ αὐτόθι ναὸς Ἀσκληπιοῦ λίθου Πεντελησίου· καὶ αὐτός τε οὐκ ἔχων
πω γένεια καὶ Ὑγιείας ἄγαλμα lesen: Ἀσκληπιοῦ λίθου Π. αὐτός τε
u. s. w. Aber καί steht in fast allen Handschriften.

gleichzeitig mit dem tegeatischen Tempel, vielleicht unter
Skopas Oberleitung, Statt fand. Asklepios Grab und Hain
wurde am Flusse Lusios oder Gortynios gezeigt (Cicero d.
nat. Deor. III. 22); sein Dienst war nach Gortys eben so
wie nach dem kretischen Orte gleiches Namens wohl von
Tegea in einer frühen Zeit gelangt; wir dürfen also die
Gestalt des Gottes, wie sie an einem Orte verehrt wurde,
auch für den andern benutzen.   Nun sagt Pausanias, daß
Skopas auch hier Hygiea und Asklepios jugendlich, letzte=
ren unbärtig gebildet habe; in dem kretischen Gortys aber
stellt ein von Curtius Arch. Ztg. 1852. Nr. 38. Tf. 38. 1.
vortrefflich erklärtes Relief das Götterpaar neben Zeus eben
so dar. Hygiea ist sittig gekleidet und hält in dem gesenk=
ten Arme eine Opferkanne; neben ihr erscheint Asklepios
ganz als Jüngling, die Chlamys von der Schulter herab=
hängend, den linken Arm auf einen Stab gestützt, der einem
Speere sehr ähnlich sieht. Man würde in dieser schönen
Gestalt einen Epheben erblicken, wenn nicht der daneben
sitzende Zeus und die weit kleinere Figur eines bärtigen
Mannes das Ganze als ein Votivbild erkennen ließe, wel=
ches ein Genesener den Heilsgottheiten darbringt. So, in
lebensfrischer Jugendlichkeit, als einen durch die Gymnastik
gestärkten Heroen bildete Skopas den Geber der Gesundheit
neben seiner Genossin; so sein Gefährte Timotheos, von dem
wir später zu reden Gelegenheit finden, in Trözen, wo man
ihn als Hippolyt deuten konnte (Paus. II. 32. 4), sehr ver=
schieden von dem uns geläufigen Typus, aber ganz im Geiste
einer Kunstrichtung, welche die Schönheit der „glatten Wan=
gen", die an Polyklets Werken gerühmt wird, zum Ideal
der Vollendung erhob und in dem günstigsten Materiale,
dem Marmor, ausdrückte.

Während dergestalt Skopas Arkadien mit seinen Gebilden erfüllte, verhinderte der korinthische Krieg, woran die
Tegeaten zwar auf Spartas Seite, aber, die Durchzüge
abgerechnet, ohne Schaden für ihr Gebiet Theil nahmen,
daß in Argolis, Korinth, Achaja größere Unternehmungen
ausgeführt wurden. Bald nach dem Frieden des Antalkidas
Ol. 98, 2. mag der Tempel in Tegea fertig geworden sein.
Nun finden wir in Argos einen Tempel der Hekate (Pauf.
II. 22. 8) mit drei Bildsäulen der Göttin, wovon das eigentliche Tempelbild von Skopas aus Marmor, die beiden
gegenüberstehenden aus Erz von berühmten einheimischen
Meistern, dem jüngern Polyklet und dessen Lehrer Naukydes
(VI. 6. 1), gearbeitet waren. Die Statue des Skopas war
schwerlich jünger, wie Brunn S. 282. meint, sondern gleichzeitig mit den beiden andern aufgestellt. Da nun von Polyklet gewiß ist, daß er um Ol. 98. noch arbeitete (Brunn
a. a. O.), Naukydes von Plinius XXXIV. 76. in die 95.
Olympiade gesetzt wird, also um dieselbe Zeit noch thätig
gewesen sein kann, so steht der Vermuthung nichts im Wege,
daß die drei Bildsäulen bald nach Ol. 98, 2. ausgeführt
wurden. Ja der Tempel selbst, worin keine älteren Werke
aufgeführt werden, scheint aus derselben Zeit herzurühren.
Die drei Werke gehörten einem künstlerischen Gedanken und
waren auf die gleiche Aufstellung berechnet. Denn seit Alkamenes die geheimnißvolle Göttin, welche noch Myron in
Aegina einfach darstellte, in ihrer dreifachen Gestalt in die
Kunst eingeführt hatte, lag es nahe, diese drei Begriffe
wieder dergestalt zu zerlegen, daß ein jeder selbständig in
einer eigenthümlichen Weise erschien. Wodurch gerade das
Hauptbild des Skopas sich unterschied, ob es mit einer
Fackel oder mit chthonischen Attributen versehen gewesen

sei, zu untersuchen ist vergeblich. So viel aber läßt sich
sagen: die Schönheit dieser ebenfalls jugendlichen Figur
war von tiefem Ernst durchdrungen. Ihrer mag sich der
Künstler erinnert haben, als er in Athen eine Eumenide zu
bilden unternahm.

Außer diesem wird nur noch ein Werk des Skopas im
Peloponnes erwähnt, eine marmorne Statue des Herakles
im Gymnasium zu Sicyon, wo man dem Herakles jähr-
liche Feste feierte (Pauf. II. 10. 1). Sicyon litt von dem
Kriege ganz besonders; es läßt sich also auch hier vermuthen, daß jenes mit dem Gymnasium verbundene Kunstwerk
erst nach dem Frieden aufgestellt wurde. Wie es gebildet wurde,
läßt sich wohl aus seiner Bestimmung entnehmen. Mit
Hermes theilte Herakles den Schutz der Gymnasien, mit
dem Gotte der Halbgott, durch die Fülle der Jugendkraft
den Epheben ein Muster der Nacheiferung (Pindar Nem.
X. 53). Deshalb finden wir seinen Tempel in Theben neben
dem Gymnasium und Stadium (Pauf. IX. 11. 6), in Sparta
seine Bildsäule, der die Epheben opferten, am Dromos (III.
14. 6), in Megalopolis sein und des Hermes Heiligthum
vor dem Stadium (VIII. 32. 3), in Messene im Gymnasium
die Statuen des Hermes, Herakles uud Theseus, „welche
alle Hellenen und viele Barbaren bei den Gymnasien und
Paläftren zu ehren pflegen" (IV. 32. 1). Auf Vasen, Spie-
geln sind dahin gehörige Vorstellungen nicht selten (Braun
Annal. VIII. tv. E, F, Panofka Zeus Bafileus und Herakles
Kallinikos, Gerhard etr. Spiegel II. Tf. 129 ff.). Meistens
erblickt man Herakles unbärtig, als einen kräftigen Jüngling, zuweilen die Schläfen mit einem Siegerkranz um-
wunden, und so zeigen ihn auch römische Bildwerke, mitunter nach Winckelmanns Bemerkung a. m. St. mit zer-

schlagenen Pankratiaftenoh⬛ (vgl. z. B. Mus. Pio-Clem.
VI. 12, Chiaram. 43). Diese Bildung scheint sogar in der
Kunst vor Lysippos sehr gebräuchlich gewesen zu sein. Wenigstens verfertigte schon Ageladas eine jugendliche Figur
(Pauf. VII. 24. 3); und von seinem Schüler Myron, der sich
in athletischen Bildsäulen auszeichnete, wird er kaum anders
als im Athletencharakter dargestellt worden sein. Skopas
ließ sich die Gelegenheit, in einem zwar kräftigen, aber zugleich durch die Anmuth der Jugend gefälligen Gott an
der Grenze des Ephebenalters die Vereinigung von Stärke
und Schönheit auszudrücken gewiß nicht entgehen.

Bald nach der Vollendung dieser Arbeiten scheint der
Künstler den Peloponnes auf immer verlassen zu haben.
Denn in dem Ol. 98, 4. zerstörten, Ol. 102, 2. hergestellten
Mantinea wird kein Werk von seiner Hand angeführt. Er
wandte sich nach Athen, das sich schon lange von seiner
Schwäche erholt hatte und von Ol. 100, 3. an wieder in den
Besitz der frühern Seeherrschaft trat. Dort, an dem Mit-
telpunkte der Kunst, von wo er gewiß auch während seines
Aufenthalts im Peloponnes vielfache Anregungen empfan-
gen hatte, sollte Skopas den Kreis seiner Thätigkeit erweitern und zu einer eigenthümlichen Meisterschaft ausbil-
den. Ueberblicken wir aber die vorher besprochenen Werke,
Aphrodite, Asklepios, Hygiea, Hekate, Herakles, Atalante
und Meleagros, so zeigt sich unverkennbar schon hier die
Vorliebe für jugendlich anmuthige Gestalten, welche ihm
auch in der Folge eigen blieb.

Das neue Geschlecht Athens, welches im korinthischen Kriege gefochten hatte, war von den Kämpfern der alten Zeiten sehr verschieden. Rühmlicher Anstrengungen nicht unfähig, vermochte es nicht sich einer kraftvollen Leitung zu nachhaltiger und gleichmäßiger Wirksamkeit hinzugeben. Der Staat schwankte zwischen widerstrebenden Rednern und Feldherrn hin und her; erfolgreiche Unternehmungen wechselten mit argwöhnischem Verzagen, und der Geldmangel lähmte den kaum begonnenen Aufschwung. Aber je mehr sich das Gemeinwesen zu lösen drohete, desto mehr traten die Individuen in den Vordergrund. Es hat keine Zeit gegeben, in welcher mehr geistreiche Männer sich hervorthaten, mannigfaltigere Geistesrichtungen neben einander herliefen. Die Dichtkunst war auf der Bühne nicht erloschen, und in dem Dithyrambus sowie der umgestalteten Musik ein leidenschaftlich aufgeregtes, bewegliches Element hinzugetreten. Die Beredsamkeit blühete öffentlich, und zu der Schule des Isokrates strömten die Lernbegierigen selbst aus dem Pontus und Sicilien zusammen. Vor allen aber

lehrte Platons Philosophie die höchsten geistigen und sittli=
chen Ziele schärfer zu erfassen, ohne daß die ererbte poetische
Empfänglichkeit darunter litt. Damit hing eine veränderte
Richtung der Religion zusammen. Man verließ die alten
Götter nicht, aber theils hob man einzelne mehr hervor,
theils gesellte man ihnen die Verehrung neuer hinzu, die,
alten Gedichten entnommen, den Abstraktionen des Verstan=
des unmittelbar entsprachen. Plutos, Tyche, Eirene,
Peitho erhielten Tempel und Altäre, und Aphroditens
Sohn fand in Pothos und Himeros Gespielen, welche die
verschiedenen Seiten seiner Macht vor Augen stellten. Und
während dergestalt die den großen Göttern beiwohnenden
Ideen sich in mannigfach individualisierte Begriffe spalteten,
erfreute man sich auch im bürgerlichen Leben mehr am Ein=
zelnen und an geschmackvoller Ausschmückung der gewöhn=
lichen Existenz als an erhabenen und kostspieligen Anlagen.
Es mehrten sich die Palästren und Stadien, die anmuthigen
Haine, Straßen und Häuser füllten sich mit Statuen, die
Hallen mit Gemälden. Aber man verleugnete die große
Vorzeit nicht, man spiegelte sich gern in den Thaten der
Vorfahren und fand seine Freude daran, was sie unvollen=
det hinterlassen hatten, zu ergänzen und zu vervollständigen.
Die bildende Kunst folgte diesen Tendenzen, eben so wie
sie die Hoheit der perikleischen Periode und die erhabenen
Dichtungen des Dramas mit ihren Schöpfungen begleitet
hatte. Auf die Bildung bedeutender Statuenvereine und
Kolosse, auf die Verzierung großer Tempel und Hallen,
auf die prachtvolle Darstellung der Götter in Gold und
Elfenbein mußte sie verzichten. Sie suchte ihren Ruhm in
dem lebendigen Schwunge der Phantasie, in holder Anmuth,
in feiner Charakteristik und meisterhafter Technik, womit

sie einzelne Marmorstatuen und kleinere Gruppen aus=
statten konnte.

Alkamenes war es gewesen, um welchen nach der Be=
freiung der Stadt die Künstler sich sammelten. Er hatte,
wie es scheint, allein von den Schülern des Phidias den
Fall Athens überlebt; gewiß war er der Größte unter ihnen,
und nicht in seiner Heimath allein, sondern auch in Theben
und andern Nachbarstädten der Lehrer und der Meister der
jungen Generation. Unter seinen Nachfolgern war wohl
Kephisodotos der Aeltere der Bedeutendste, wenigstens wird
von seinen Zeitgenossen, die sich vorzugsweise mit der Ab=
bildung berühmter Männer und Athleten beschäftigten, kein
besonders hervorragendes Werk genannt. Auch er erreichte
den Ruhm seines Vorgängers und wahrscheinlichen Meisters
nicht, indessen verdient er theils wegen einiger ausgezeich=
neten Statuen theils wegen seines Sohnes Praxiteles*) vor
andern in Erz und Marmor thätigen Meistern einen ehren=
vollen Platz in der Kunstgeschichte.

Zu diesen Künstlern kam um Ol 100, 3. Skopas, schon
ein Bildhauer von großem Ruf und in dem kräftigsten
Mannesalter. Seine Heimath hatte sich ohne Zweifel der
unter Kallistratos verständiger Leitung neu gebildeten Bun=
desgenossenschaft angeschlossen. Er selbst mochte das Bür=
gerrecht geerbt oder erlangt haben, indessen genügte sein
Ursprung, ihm eine günstige Aufnahme zu sichern, und in
dem Mittelpunkte einer ansehnlichen Macht wurde seine
Werkstatt bald von nah und fern aufgesucht, sein Stil und
seine Technik bewundert und nachgeahmt. Binnen Kurzem
gruppierte sich eine Reihe jüngerer Künstler um ihn, welche

---

*) Brunn Gesch. d. gr. Künstl. Bd. I. S. 269.

den Ruhm der frühern erreichten, Leochares, Timotheos,
Bryaris und wahrscheinlich sein großer Nebenbuhler Praxiteles, der von Pausanias VIII. 19. 1. in die dritte Generation nach Alkamenes gesetzt wird, während Skopas mit
Kephisodotos in die zweite gehört. Zwar wird er nicht
erst um Ol. 104, wie Brunn S. 336. meint, sondern schon
vor Ol. 101. selbständig zu arbeiten angefangen haben.*)
Indessen scheint er, da die Kenner in Rom seine Werke von
denen des Skopas nicht unterscheiden konnten (Plin. XXXVI.
28), dem Letztern eine Weise abgelernt zu haben, die von
der sonst üblichen sich unterschied. Schon für das Material
wirkte Skopas Beispiel. Praxiteles arbeitete viel in Erz,
wie sein Vater und Alkamenes gethan hatten. Skopas benutzte ausschließlich den Marmor, und zwar den herrlichsten
unter allen, den parischen, welcher nach Herstellung der
Verbindung mit Paros den pentelischen mehr und mehr
verdrängte. Auch Praxiteles ließ vom Erzgusse ab und
wetteiferte in Marmor mit Skopas so erfolgreich, daß er
ihm in der Vollendung seiner Technik gleich kam und seine
eigenen Erzarbeiten übertraf (Plin. XXXVI. 30). Freilich
kam ihm dabei seine attische Herkunft zu Statten. Wie
Agorakritos dem Athener Alkamenes hatte weichen müssen,
so wurde Praxiteles das Schooßkind seiner Vaterstadt und
verfertigte die meisten ihrer öffentlichen Werke. Skopas aber
wurde von den Athenern, so sehr er auch ihre Heimath
verherrlichte, nicht eigentlich für den Ihrigen gehalten.
Keine Erzählung, keine Anekdote, wie sie von Phidias, Alkamenes, Praxiteles im Schwange sind, kein Zeichen öffent-
licher Anerkennung und leider auch kein charakteristischer

---

*) S. meine Bemerkungen in den Jahrb. für Philol. LXIX. S. 382.

Zug wird von ihm berichtet. Deshalb begreift es sich, daß auch er sich nicht als Athener fühlte und seine Kunst wandernd dahin trug, wo man ihrer begehrte. Die nächsten Jahre aber blieb er in Athen, dort und in der Umgegend mit zahlreichen Werken beschäftigt. Zwar wird nur eine einzige Gruppe ausdrücklich erwähnt, aber nicht wenige Statuen lassen sich mit großer Wahrscheinlichkeit nachweisen.

Jene stand in dem Heiligthume der Eumeniden oder Semnai am Abhange des Areopags (Pausan. I. 28. 6). Dort sah Pausanias drei Statuen der Göttinnen, welche, dem verschönernden Geiste der hellenischen Kunst angemessen, nicht in der von Aeschylos auf der Bühne eingebürgerten Gräßlichkeit erschienen, sondern „nichts Furchtbares an sich hatten." Von ihnen hatte Kalamis, dessen weibliche Ge= stalten sich durch Anmuth auszeichneten, die mittlere ge= bildet*), die beiden andern Skopas aus lychnitischem d. h. parischem Marmor (Plin. XXXVI. 14), dessen sich auch Kalamis öfters bediente. Befremdlich könnte es scheinen, daß der Letztere nur eine Erinys verfertigte und erst eine Generation nachher deren uns geläufige Dreizahl vollendet wurde. Es ließe sich die Frage aufwerfen, ob nicht längere Zeit zu Athen überhaupt nur eine Erinys, Demeter Erinys, verehrt wurde, die sich erst allmälig unter dem Einflusse der Tragödie vervielfältigte**). Indessen reicht jene ur=

---

*) Polemo Fr. 41. S. 72. Preller. Osann hat zuerst bemerkt (Ann. d. Instit. arch. 1830 p. 149), daß bei Clemens Alex. Protrept. S. 41. Potter statt *Κάλως* gelesen werden müsse *Κάλαμις*, und daß dieser richtige Name beim Schol. zu Aeschines g. Timarch. S. 737. Reiske vorkomme. Brunn konnte sich S. 320. bestimmter ausdrücken.

**) O. Müller Aeschyl. Eumenid. S. 166. ff. Fritzsche's Einwen= dungen (II. Anhang zu M. Eum. S. 32) treffen den ältesten Mythus nicht.

sprüngliche Einheit über die historischen Zeiten hinaus.
Man verehrte die Semnai an ihrem Altar in einer unbestimmten Mehrzahl (vgl. z. B. Pausan. VII. 25. 2), und es
mögen sich daselbst, wie in Keryneia (Pauſ. ebd. 7), alte hölzerne Schnitzbilder befunden haben, welchen man blutfar-
bene Purpurgewänder umlegte. Statt ihrer, die den mehr-
fachen Einzel-Erinyen des Volksglaubens, den rächenden
Keren der Frevelthaten*), entsprachen, wenn sie im persischen
Kriege untergegangen waren, oder neben sie stellte Kalamis
in der Erinnerung an die ursprüngliche Einheit eine marmorne Tempelstatue. Inzwischen hatte sich durch Euripides
Dramen die Vorstellung der Dreizahl für jene furchtbaren
Göttinnen, die übrigens ihre Eigennamen Tisiphone, Alekto,
Megära wohl erst in Alexandrien erhielten, so fest ausgebildet, daß dieses eine Bild nicht mehr genügte. Skopas
bekam den Auftrag, die beiden fehlenden anzufertigen, wie
später Leochares ein Gegenbild zu einem Apollon des Kalamis arbeitete (Pauſ. I. 3. 5). Diese letzteren als die be-
rühmtern hatte Phylarchos im Auge, wenn er angab, in
Athen seien zwei Eumeniden vorhanden, die volle Zahl
Polemo (Schol. Oed. Kol. 57). Weil die Göttinnen als
versöhnte und gnädige verehrt wurden, war ihr Anblick nicht
entsetzlich, sondern voll ernster Freundlichkeit. Ich möchte
es bezweifeln, daß sie „jene Mischung von Lust und Ent-
etzen, welche in dem sogenannten Rondaninischen Medusen-
haupte so tiefsinnig ausgedrückt ist", zeigten. Als Attribute
hielten sie ohne Zweifel Fackeln in den Händen (Aristoph.
Plut. 424, Aelian Var. Hist. IX. 29).

---

*) Schömann Aesch. Eumenid. S. 59. ff. Ind. Schol. Gryph.
1845|46. p. 17. sqq.

Plinius nennt ferner, indem er Skopas mit seinen Zeit=
genossen vergleicht, item Apollinem palatinum, Vestam
sedentem laudatam in Servilianis hortis duosque campteras circa eam, quorum pares in Asini monumentis
sunt, ubi et canephoros eiusdem (XXXVI. 25). Asi=
nius Pollio hatte die reiche Beute, welche seine Siege in
Illyrien und Dalmatien ihm gewährten, dazu angewandt,
der Libertas auf dem Aventin ein prachtvolles Gebäude zu
errichten, dessen Atrium er mit einer Bibliothek, den Bild=
nissen berühmter Schriftsteller und mit auserlesenen Kunst=
werken schmückte. Dies waren sämmtlich Marmorwerke,
zum geringern Theil von seinen Zeitgenossen oder unmittel=
baren Vorgängern in Rom verfertigt, von Arkesilas, Ste=
phanos und wahrscheinlich Heniochos, meistens aus Grie=
chenland angekauft. Unter den letztern befand sich eine
Statue des Dionysos von Eutychides, einem sicyonischen
Meister, Hermeroten von Tauriskos aus Tralles, sowie die
berühmte Gruppe des farnesischen Stiers von Apollonios
und Tauriskos, die, wie Plinius ausdrücklich bemerkt, von
Rhodos gebracht worden war. Die übrigen Werke rührten
sämmtlich von athenischen Künstlern, Kephisodotos, Kleo=
menes, Papylos und dessen Lehrer Praxiteles her. Es·ist
also so gut wie gewiß, daß Skopas Werke ebenfalls in Athen
erworben waren, woher auch Cicero seinen bescheidenen Vor=
rath bezog. Die Kanephore war eine echt attische Gestalt.
In langen Zügen*) schritten die Jungfrauen an den Pana=
thenäen einher, den Korb mit heiligen Geräthen der Athena
auf dem Haupte. Wenn schon die graziöse Haltung der

---

*) Goldene und silberne Geräthe für hundert Kanephoren erwähnt
der dritte Volksbeschluß hinter dem Leben der zehn Redner.

Frauen in Italien, welche den Wasserkrug mit einer Hand
auf dem Kopfe festhalten, im Leben und in Gemälden die
Beschauer entzückt, so können die alten Bildhauer für die
Darstellung reizender Sittsamkeit keinen schönern Vorwurf
gefunden haben, als jene Jungfrauen, wie sie, sanfte Fröm=
migkeit in ihren Zügen, bei der Procession erschienen, mit
niederwallenden Haarlocken, in einer leichten und geraden
Haltung, welche um die heilige Last im Gleichgewichte zu
tragen nöthig war, den einen von den entblößten Armen
zum Haupte erhebend, den andern zu dem würdevollen io=
nischen Chiton gesenkt, über welchen bis zu den Hüften
das Diploidion in schönen Falten herabfiel. Bekannt ist
es, mit welchem Glücke dieses Motiv zu architektonischen
Statuen benutzt wurde, und welchen Eindruck die noch er=
haltenen Korai, oder, wie sie auch genannt wurden, Karya=
tiden*) am Pandroseion machen. Aber auch zu freistehenden
Bildsäulen wählte man gern einen so gefälligen Gegenstand.
Zwei nicht sehr große Statuen aus Erz von Polyklet wer=
den von Cicero geg. Verr. IV. 3. mit großem Lobe genannt.
Sie hatten, ähnlich wie eine Figur in Villa Albani (Clarac.
pl. 442. 807) beide Arme erhoben, um die Körbe zu halten,
während die Jungfrauen im Pandroseion und die schönen
Statuen im Vatican und im Pallaste Giustiniani beide
Arme senken, andere den rechten oder linken Arm zum Haupte
führen (Clarac pl. 443. und 44, Winckelmann Mon. ined.
182). Von der Haltung, welche Skopas wählte, schweigt
Plinius. An einem allgemein zugänglichen Orte und in

---

*) Böttiger Amalthea III. S. 157. ff. O. Müller Minerv. Pol.
sacra p. 40. u. a. unterscheiden beide Benennungen. Daß sie schon in
Griechenland gemeinschaftlich gebraucht wurden, zeigt Preller Annal.
dell' Instit. T. XV. p. 396. ff.

einer berühmten Sammlung aufgestellt, mögen sie den Rö=
mern eher als Muster für ihre zum Theil vortrefflichen
Werke gedient haben als Polyklets Erzbilder, von deren
Schicksalen, nachdem Verres sie aus Messana entführt hatte,
wir nichts vernehmen.

Die beiden Kampteren ebendaselbst waren der Renn=
bahn entnommen. Es pflegten ihrer zwei zu sein, welche
die Richtung des Doppellaufs so wie der Wagenrennen
bestimmten, indem man an dem letzten ($\pi\acute{\upsilon}\mu\alpha\tau o\varsigma\ \varkappa\alpha\mu\pi\tau\acute{\eta}\varrho$
Anthol. XII. 257, Pacuvius bei Novius v. praegreditur)
umwendete.*) Es waren Säulen, vielleicht wie die römi=
schen Metä des Circus, die wir aus verschiedenen Monu=
menten kennen (Visconti P—Cl. tom. V. 38. ff.), Spitzsäulen.
Eine der Art scheint in Villa Albani erhalten zu sein. Sie
ist mit Reliefs verziert; wie vielmehr läßt sich behaupten,
daß die Werke des Skopas mit schönen Figuren in Hoch=
relief geschmückt waren, die in rhythmischen Bewegungen
die Spiele des Gymnasiums oder wahrscheinlicher die ver=
schiedenen Jahrszeiten darstellten.**) Die anmuthigen weibli=
chen Figuren an einer Säule im Vatican (Clarac 446. 815),
etwa auch die drei Nymphen einer Brunnenmündung (Gal.
myth. 53. 326) entsprechen ungefähr dem Bilde, das wir uns
von jenen Arbeiten zu machen haben.

Diese beiden Kampteren, die ohne Zweifel von irgend
einem gymnastischen oder agonistischen Gebäude herrührten,
stellt Plinius mit zwei andern zusammen, welche zu beiden
Seiten einer Statue der Hestia sich in den Servilianischen

---

*) Pollux III. 147.

**) Bacchische Figuren von anmuthiger Erfindung sieht man nebst
Olivenkränzen auf jenem Monumente der Villa Albani bei Zoega
Bassiril. tav. 34.

Gärten befanden. So nämlich Vestam sedentem laudatam*) in Servilianis hortis duosque campteras circa
eam lief't man jetzt aus der Bamberger Handschrift mit
Recht statt der absurden Vulgata chamaeteras, woraus
die falsche Vorstellung, Skopas Kunst sei eine lascive gewesen, vornehmlich geflossen ist. Sie waren mit den vorher beschriebenen gleichartig, folglich einem ähnlichen Gebäude entnommen. Es fragt sich, in welchem Zusammenhange sie mit dem Bilde der Göttin standen. Hestia war
nicht allein die Vorsteherin des Heerdfeuers, welches die
Mitte des Hauses und der Prytaneen bezeichnet, sondern
auch der festgegründete Heerd des Weltalls selbst, die Erde
als Thron der olympischen Götter, weshalb sie vielfältig
mit den Gottheiten des Meers zusammengestellt wird**).
Von Ge unterschied sie sich, sofern diese in Verbindung mit
dem dunkeln Schooße der Unterwelt als chthonisches und
zugleich prophetisches Wesen gedacht und mit den unterirdi-
schen Göttern zusammen gebildet wurde (Paus. I. 28. 7. vgl.
18. 7). Indessen konnte es nicht fehlen, daß sie wegen dieser doppelten Beziehung verbunden und identificiert wurden.
So dichtete Euripides nach ältern Sängern und der Lehre
des Anaxagoras, daß der Aether und die Erde, die von
ihm umgebene und fest gegründete, die Principien der sichtbaren Welt seien (Valckenaer Diatribe cap. VI) und ließ
aus der Mischung der Erde und des Himmels im Regen
die Dinge hervorgehen, wie eine Statue der Ge auf der

---

*) laudatam ist ein Kunstausdruck, d. h. ein Werk ersten Ran-
ges, dessen sich Plinius nach Katalogen der bedeutendern Sammlungen
bediente, vgl. §. 24, 34, 36, XXXIV. 61. Sie scheinen in griechischer
Sprache geschrieben gewesen zu sein; wenigstens heißt ein Werk des
Alkamenes XXXIV. 72. encrinomenon.
**) Preller Mythol. Bd. I. S. 164.

Akropolis den Zeus um Regen bat (Pauf. I. 24. 3). In einer von Macrobius Sat. 1 23. erhaltenen Stelle spricht er die Identität der Ge und Hestia mit folgenden Worten aus:

$$\varkappa\alpha i\ \Gamma\alpha\tilde{\imath}\alpha\ \mu\tilde{\eta}\tau\epsilon\varrho,\ {}^{\prime}E\sigma\tau i\alpha\nu\ \delta\acute{\epsilon}\ \sigma^{\prime}\ o i\ \sigma o\varphi o i$$
$$\beta\varrho o\tau\tilde{\omega}\nu\ \varkappa\alpha\lambda o\tilde{\upsilon}\sigma\iota\nu,\ \dot{\eta}\mu\acute{\epsilon}\nu\eta\nu\ \dot{\epsilon}\nu\ \alpha i\vartheta\acute{\epsilon}\varrho\iota.$$

Vgl. Ovid. Faſt. VI. 267. und 460. In ſpäterer Zeit, da man Kybele oder Rhea und Ge für dieſelbe Gottheit hielt, darf es uns daher nicht wundern, wenn man in Konſtantinopel eine Statue der Erſtern, welche durch das Tympanon bezeichnet wurde, für ein Bild der Ge oder Heſtia erklärte (Suidas $\Gamma\tilde{\eta}\varsigma\ \check{\alpha}\gamma\alpha\lambda\mu\alpha$). Sillig, dem wir bis jetzt gefolgt ſind, meint zu d. St. des Plinius ferner, auch Skopas habe ſein Werk durch die beiden Kampteren als ein Bild der Erdgöttin charakteriſirt. Denn dieſe bedeuten die $\tau\varrho o\pi\alpha i$ $\dot{\eta}\epsilon\lambda i o\iota o$ (Odyſſ. XV. 404), oder die Pole, von denen aus die Erde die Mitte des Himmels ſei (Plin. II. 63). Aber jene Wendungen der Sonne, die man allerdings figürlich Kampteren nennen könnte, lagen im Weſten und Oſten*), die Scheitel oder Pole der Erde im Norden und Süden. Auch kann man wohl von Kampteren der Sonne, aber nicht der Erde ſprechen. Denn ſie bewegt ſich nicht, ihre Pole ſind vielmehr feſte Punkte, um welche keine Drehung Statt findet, und werden nirgends $\varkappa\alpha\mu\pi\tau\tilde{\eta}\varrho\epsilon\varsigma$ genannt. Skopas hätte alſo der Heſtia als Erde ganz ungeeignete Attribute gegeben. Auch begreift man nicht, wie die Kampteren des Aſinius Pollio, bei denen ſich keine ſolche Statue befand, den beiden aſtronomiſchen Symbolen gleichartig ſein ſollten. Es bleibt alſo nur übrig anzunehmen, daß Heſtia

---

*) Voß mythol. Briefe Bd. II. S. 156. Ukert Zeitſchrift f. d. Alterthumsw. 1841. No. 15.

zwiſchen zwei Kampteren ſaß, ohne dadurch näher als Erd=
göttin beſtimmt zu werden. Ich glaube auch nicht, daß
dazu eine Veranlaſſung vorlag. Ihre Statue hatte ſich,
ehe ſie nach Rom kam, wirklich in einem agoniſtiſchen
Zwecken gewidmeten Gebäude zwiſchen zwei Kampteren be=
funden, und zwar in demſelben Sinne wie in dem römi=
ſchen Circus und gewiß auch in Konſtantinopel Kybele er=
ſchien, als Erde. Nach der ſchönen Auffaſſung der Göttin
konnten alle baulichen Anlagen der Heſtia geweiht und durch
dieſe als feſte Wohnſitze gleichſam in Beſitz genommen wer=
den, ſo daß durch die Vereinigung von Hermes als dem
Schutzgotte des Straßenverkehrs und Heſtia als Gottheit
der Wohnungen der Inbegriff des bürgerlichen Lebens er=
füllt wurde. Dies wird auch in demjenigen Gebäude der
Fall geweſen ſein, wofür Skopas Meißel thätig war. An
das panathenäiſche Stadium darf man wohl nicht denken,
da dieſes erſt von Lykurgos um Ol. 110. vollendet wurde,
zu einer Zeit, als Skopas, wenn noch am Leben, gewiß
nicht mehr in Attika ſich aufhielt. Aber wer will die Gy=
mnaſien, Paläſtren, Stadien, Hippodrome Attikas alle be=
ſtimmen, die der Demos ſich erbaute*)? Einen ſolchen
Bau hütete Heſtia als Beſchützerin der Spiele, in einer
Eigenſchaft, in welcher ſie auf einem Relief des brittiſchen
Muſeums (Synopſis, Elgin ſaloon 375) nebſt Athena einen
Jüngling bekränzt. Sie war ſitzend gebildet, wohl, wie
Ge, mit halb verſchleiertem Hinterkopfe, und mochte einer
oder der andern von den ſeltenen Abbildungen, welche auf
uns gekommen ſind, zum Vorbilde gedient haben. Am mei=

---

*) Xenoph. Staat d. Athen. 2. 10; Platos Lyſis ſpielt in einer
neu erbauten Paläſtra; Lykurgos baut ein Gymnaſion beim Lykeion
und eine Paläſtra (Plut. zehn Redner 7).

ſten entſpricht die Münze der Kaiſerin Sabina (Müller
Denkm. d. alt. Kunſt II. 339) der Vorſtellung, welche man
ſich gern von Skopas Werke machen möchte. Das halb
verſchleierte Haupt der Göttin iſt mit der Sphendone ge=
ſchmückt; ſie ſitzt auf einem Throne und hält in der Linken
ein Scepter, in der Rechten das Palladium des römiſchen
Tempels. Denkt man ſich ſtatt deſſen eine Nike oder
eine Schale in ihrer Hand, ſo wird man die milde Hoheit
der hehren Jungfrau der Erfindung des Skopas nicht un=
werth achten. Die Statue befand ſich in den Serviliſchen
Gärten, die, wie an einem andern Orte ausgeführt werden
ſoll, erſt unter Nero in den Beſitz der Kaiſer kamen und
nach dem Brande Roms mit neu aus Griechenland und
Aſien geholten Kunſtwerken ſich füllten. Es gab aber noch
ein anderes berühmtes Bild der Veſta in Rom, welches von
Tiberius aus Paros entführt und im Tempel der Concordia
aufgeſtellt worden (Dio Kaſſ. LV. 9) und vielleicht ſtehend gebil=
det war. War auch dies ein Werk des pariſchen Meiſters?

Auch was wir von Skopas Hermen wiſſen, führt
uns nach Athen. Ein gutes Epigramm (Anthol. Planud.
IV. 192) redet den Beſchauer an:

ʼΩ λῶϲτε, μὴ νόμιζε τῶν πολλῶν ἕνα

ʽΕρμᾶν θεωρεῖν· εἰμὶ γὰρ τέχνα Σκόπα.

Durch die Beimiſchung der Dorismen verräth ſich der ſpä=
tere Urſprung des Gedichts, das ſich ſonſt mit den beiden dem
Simonides (d h. einem jüngern, wenn der Name Glauben
verdient) zugeſchriebenen (ebd. IV. 60. und 82) vergleichen
läßt. Dieſe beſchreiben ebenfalls in je zwei Jamben die
Bacchantin des Skopas und den Koloß des Chares und mö=
gen von demſelben Verfaſſer herrühren. Ohne Zweifel ſah
der Dichter den Hermes vor Augen, ja ſeine Verſe können

darunter gestanden haben. Da er das Bild von den ge=
wöhnlichen Hermen zu unterscheiden nöthig findet, muß es
mit ihnen gleichartig gewesen sein, d. h. nicht eine Statue,
sondern ein Pfeiler mit dem Kopfe des Gottes. Solche
Hermen aber gehören nach Athen, wo sie von der Zeit der
Pisistratiden an die Wege zierten (Pauf. I 24. 3, IV. 33. 3)
und einer Straße den Namen gaben. Skopas, dessen Auf=
enthalt in eine Zeit fiel, wo man zu großen künstlerischen
Unternehmungen die Mittel nicht fand und sich mit Straßen,
Brunnen und Tand begnügte*), hatte es also nicht ver=
schmäht, den vielen Dutzendhermen in der Stadt ein Werk
seiner Hand beizugesellen und seine Kunst auf den Ausdruck
des klugen, lauernden Gesichtes verwandt, welches dem
Hermes eigen war; der geistreiche Kopf im Vatican (P.
Cl. VI. 3, Braun Kunstmythol. Th. 87) welcher auf ein
Pfeilerstück gesetzt ist, mag davon einen Begriff geben, frei=
lich einer von den „vielen Hermen".

Nicht allein einköpfige Hermen gab es in Athen, son=
dern auch zwei=, drei=, ja vierköpfige Bilder des Gottes,
theils Pfeiler theils Statuen, zum Theil berühmte Kunst=
werke, je nachdem der Gott an einer Straße oder an Kreuz=
wegen aufgestellt war**). Ein Werk dieser Art hatte
Augustus aus Aegypten mitgebracht und in dem Tempel
des Janus als dessen Bild geweiht, wo es später Nero in
verkehrter Bewunderung mit Golde überzog. Man wusste
nicht, ob es von Skopas oder Praxiteles herrühre. Item
Ianus pater in suo templo dicatus ab Augusto, ex
Aegypto advectus, utrius manu sit, iam quidem et auro

---

*) Demosth. Olynth. III. 36.
**) Harpokrat. Phot. Hesych. Suid. *Τριχέφαλος* u. *τετραχέφαλος*
'*E* Eustath. zu Il. XXIV. 334. Odyss. IV. 1504.

occultatus (Plin. XXXVI. 28. vgl. XXXIV. 63). Janus wurde zwei- und vierköpfig dargestellt, indessen herrscht erstere Bildung vor, und es wird ausdrücklich berichtet, daß der vierköpfige Janus, den wir in Rundbildern und Reliefs*) erblicken, zuerst von Falerii herkam, also der etruskischen Kunst angehörte (Servius. zu Aen. VII. 610). Das Denkmal, welches Augustus von Alexandrien nach Rom brachte, kann entweder kein Janus gewesen sein oder nicht von einem alten Griechen herrühren, da sie die italische Gottheit nicht kannten. Merkel vermuthet zu Ovids Fasten p. CCLXIII, daß cuius statt utrius gelesen werden müsse. Aber der Zusammenhang der Stelle lehrt, daß nur von griechischen Meistern die Rede sein kann. Völkel (über die Wegführung der Kunstwerke aus den eroberten Ländern nach Rom S. 70) und Petersen (Einleit. in die Archäol. S. 83) meinen, die Statue habe ursprünglich Kronos vorgestellt und sei zu der Bildsäule des verwandten Janus benutzt worden. Aber zweiköpfig wurde Kronos niemals gebildet. Vielmehr gab es keinen griechischen Gott, welcher dem Janus mehr entsprach als Hermes.**) Beide standen an Wegen und Thoren, beide wurden bald als Pfeiler bald als Statuen dargestellt. Nichts lag also für Augustus näher, als ein ausgezeichnetes Werk, welches er in Alexandrien, wo Antonius der Kleopatra zu Ehren eine Menge von Kunstschätzen aller Art zusammengeschleppt hatte (Dio Kass. XLVIII. 38, LII. 17), vorgefunden hatte, aus einem Hermes zu der mit denselben Funktionen ausgestat-

---

*) Vier vierköpfige Janushermen sieht man am Ponte quattro capi, einen auf dem zuerst von Rosini bekannt gemachten Relief Ann. d. Inst. 1837. Tav. d'agg. C.

**) Zoega de obeliscis p. 223. Gerhard de religione Hermarum p. 12.

teten römischen Gottheit umzuschaffen. Den Ruhm, welchen er sich selbst im Monum. Ancyran. tab. IV. 49. beilegt, daß er die von Antonius geraubten Tempelgüter den
früheren Eigenthümern zurückgegeben habe, können wir ihm
nicht ohne Einschränkung lassen: eine nicht unbedeutende
Zahl von Kunstwerken, z. B. einen Zeus von Myron, sparte
er für seinen Triumph auf, andere nahm er den Griechen
zur Strafe ihrer Anhänglichkeit an Antonius fort. Keineswegs haben wir diesen Hermes für bärtig und bejahrt
zu halten. Denn daß man ihn auch in jugendlichem Alter,
unbärtig und nicht ithyphallisch, wie die älteren Hermen
(Plut. an seni ger. s. res. p. z. E.), bildete, sagt Cornutus
de nat. deor. 16. p. 68. Os. ausdrücklich, und so erscheinen
jugendliche Hermen auf Vasengemälden*), wie der eine
Kopf des Hermherakles P—Cl. V. 13. Ebenso wie der alte
etruskische Janus Geminus (Plin. XXXIV. 33), keine Herme,
sondern eine Statue war, haben wir diesen neuen griechischen in dem Tempel, welchen zu schließen Augustus sich
zur Ehre rechnete, nicht für einen Pfeiler, sondern für einen
Ἑρμῆς δικέφαλος zu halten, eine Doppelgestalt, welche mit
dem Rücken sich wohl an eine Säule lehnte, nach Art der
bekannten Bilder der Hekate. Vielleicht gingen beide in
einem Brande unter, entweder demjenigen, welcher unter
Commodus die Tempel des Clivus verzehrte, oder dem
gleich verderblichen unter Carinus, der mehrere Gebäude
des Forums in Asche legte. Prokopius wenigstens scheint
nur einen ehernen Koloß des Janus in seinem Tempel zu
kennen (Bell. Goth. I. 25). Daß die Tradition über den
Urheber der marmornen Statue schon zu Plinius Zeit ver-

---

*) Gerhard p. 8. L. F. Hermann de terminis p. 32.

loren war, rührte von der zwiefachen Wanderung derselben her. Antonius mochte sie aus Athen, wo er mehrere Winter zubrachte, entführt haben, und in Alexandrien fand sich keine Notiz über den Meister vor.

Von den athenischen Werken des Skopas bleibt uns noch ein sehr berühmtes Werk, welches besonders dazu beigetragen hat, von seiner Kunstrichtung einen zwar nicht unrichtigen, aber einseitigen Begriff zu erwecken: die Bacchantin. Vom Theater her hatte man sich in Athen an den Anblick der von Begeisterung glühenden, in ekstatischem Taumel dahin rasenden Mänaden gewöhnt und durch die aufgeregtere Musik der Dithyrambendichter in der Bewunderung eines gottgesandten Wahnsinns befestigt. Wie Euripides die Bakchen und ihre Führer schildert, das zarte Haar in den Lüften fliegend, das Haupt gewaltsam zurückgeworfen, so daß es dem Nacken nicht mehr zu gehören schien, in stürmischer Eile, die Böcklein zerreißend, vom Fleische und Blute der Opferthiere trunken (Bakch. 138, 150, 240) und von einer wilden Begeisterung durchzuckt, die nach Aeschylos Ausdruck von den Sohlen bis in den Scheitel sich erstreckte: so hatte man sie auf der Bühne oft gesehen, aber vor Skopas nicht im Marmor nachzubilden versucht. Ihm gab vielleicht der Bau des großen Theaters, den Lykurgos nach Ol. 109, 3. vollendete, Anlaß zu dem Wagestücke, die Macht des Gottes, welchem die dramatischen Spiele gewidmet waren, in ihrer Wirkung darzustellen. Es gelang in einem Maße, welches uns die erhaltenen Beschreibungen unvollkommen beurtheilen lassen. Ein gutes und altes Epigramm, welches den Namen eines Simonides, auf jeden Fall nicht des berühmten, trägt, setzt den Künstler dem Dionysos selbst gleich, insofern nicht der Gott,

sondern er es gewesen, welcher jenem Bilde den göttlichen
Wahnsinn eingehaucht habe (Anthol. Planud. IV. 60).

Τίς ἅδε; Βάκχα· τίς δέ μιν ξέσε; Σκόπας.
τίς δ'ἐξέμηνε, Βάκχος ἢ Σκόπας; Σκόπας.

Dieselbe Spitze kehrt, wie dies oft in der Anthologie
der Fall ist, bei einem spätern Nachahmer, Paulus Silen-
tiarius, wieder mit dem Beisatze εἰς Βάκχην ἐν Βυζαντίῳ
(ebd. 57), während ein anderes Gedicht (58) die Schnelligkeit ihrer Bewegung preist. Ferner bezieht sich von zwei
Epigrammen des Glaukos aus Athen (Anthol. IX. 774. und
775) eines gewiß auf unser Werk.

Ἁ Βάκχα Παρία μὲν, ἐνεψύχωσε δ'ὁ γλύπτας
τὸν λίθον· ἀνᾳρώσκει δ'ὡς βρομιαζομένα.
ὦ Σκόπα, ἁ ϑεοποιὸς*).. ἐμήσατο τέχνα
ϑαῦμα χιμαιροφόνον, Θυιάδα μαινομέναν.

Glaukos gehörte zu den Dichtern der Sammlung Me-
leagers (Weigand N. Rhein. Mus. III. S. 177), lebte also
vor Ol. 170. Da er ein Athener genannt wird, scheint
das Werk des Skopas damals noch in Athen gestanden zu
haben. Da auch Kallistratos keine italienischen Statuen
beschreibt, scheint es bis spät in die Kaiserzeit hinein dort
geblieben und dann nach Byzanz gekommen zu sein. Wir
besitzen nämlich von diesem magern Sophisten eine schwung-
volle Schilderung (stat. 2), der, wie Winckelmann sich ausdrückt „noch zehnmal soviel Statuen hätte beschreiben können, ohne eine einzige gesehen zu haben; unsere Begriffe
schrumpfen bei den mehrsten solcher Beschreibungen zusammen und was groß gewesen, wird wie in einen Zoll ge-

---

*) Lies: ὦ Σκόπα, ἁ ϑεοποιὲ, τεὰ γὰρ ἐμήσατο τέχνα.

bracht." So viel geht indessen aus seinen Worten hervor, daß die Mänade mit aufgelöstem Haar, statt des Thyrsus ein getödtetes Zicklein in der Hand, gebildet war, in lebhafter Bewegung und die Verzückung der höchsten Begeisterung in ihren Zügen. Diese Motive sind in manchen Reliefs benutzt worden, indessen kann man in keinem eine direkte Nachahmung erkennen. Ganz auszuschließen sind zunächst die auf römischen Sarkophagen vorkommenden Mänaden, die im wilden Tanz die Gewänder fallen lassen oder verloren haben. Skopas Statue war bekleidet, und nicht der Reiz der Glieder, sondern die lebendige Bewegung des bekleideten Körpers, den er mit außerordentlicher Kunst im Gleichgewichte hielt, drückte den bacchischen Taumel aus, während die göttliche Begeisterung, die tiefste Empfindung der Seele auf dem Gesichte zu lesen war. Von den übrigen hat eine öfters wiederkehrende Vorstellung (Zoega Bassir. II. 84, Müller Denkm. I. Tf. 32. Nro. 140, Wieseler Denkm. Tf. 48. Nr. 602. u. a. m.) den lebhaften Tanzschritt und das Thier mit Skopas Werke gemein, während der gesenkte Kopf und das anliegende Haar ganz abweichend gebildet sind. Großartiger erfunden, wenn auch mittelmäßig ausgeführt ist das ehemals borghesische Relief, bei Winkelmann Nr. 81, worauf die Haltung des Kopfes mit Skopas übereinstimmt, der Thyrsus fremdartig erscheint. Der zurückgeworfene Kopf ist, wie ich glaube, für den Ausdruck charakteristisch, wie ihn ganz im Geiste unseres Dichters der schöne Ganymed des brittischen Museums (Clarac pl. 396 F. Nr. 704 B) trägt. In diesem Sinne und auch in der aufwärts schreitenden, gleichsam nach dem Kithäron strebenden Bewegung verdient die unvergleichliche Marmorstatuette aus Smyrna (Archäol. Ztg. VII. Tf. 1. und 2)

als der Bacchantin des Skopas ebenbürtig gerühmt zu
werden. Man wird schwerlich für dieses echt griechische
Kunstwerk einen andern Namen finden, als den einer Mä=
nade, aber einer solchen, wie sie die auch im höchsten Auf=
schwung sich zügelnde Kunst unseres Meisters schuf*).

An der östlichen Küste von Attika lag in einem ver=
steckten Thale der feste Ort Rhamnus, einer der ältesten
und bedeutendsten Demen des Landes, die Heimath hervor=
ragender Männer, namentlich des zu Skopas Zeit mächtigen
Iphikrates und seines ebenfalls als Feldherr thätigen
Sohnes Menestheus, des Eidams des berühmten Timo=
theos**) Dort stehen in einiger Entfernung von den Rui=
nen der Stadt auf derselben künstlich erhöhten Plattform
dicht neben einander zwei Tempel, ein älterer von kleinen
Dimensionen, roherer Arbeit und aus bescheidenem Poros=
stein, der andere von weißem Marmor, wie die Reste be=
weisen, ursprünglich von sechs dorischen Säulen in der Front

---

*) Der räthselhafte Umstand, daß auf ihrem Gewande eine Lö=
wentatze sichtbar ist, welche vermuthlich einer verlorenen Nebenfigur
gehörte, veranlaßt mich eine Vermuthung hinzuwerfen, die vielleicht
einen Glücklicheren auf eine befriedigende Lösung führt. Das auf das
oben abgedruckte folgende Epigramm des Glaukos scheint sich dem Aus=
drucke nach auf eine ähnliche Mänade zu beziehen.

'Η Βάκχη Κρονίδην Σάτυρον θέτο· εἰς δὲ χορείαν
Θρώσκει μαινόμενος, υἱς βρομιαζόμενος.

Zeus hatte in Gestalt eines Satyrs Antiope überrascht, in einer
Gestalt, die auf einer Gemme dargestellt, auf einem etruskischen Spiegel
angedeutet wird (Müller Handb. §. 351. 4). Sollte er, wie er von
Polyklet als Dionysos gebildet wurde (Paus. VIII. 31. 4) und einen
Thyrsus mit dem Adler trug, in dem Vorbilde jener Figur als Satyr
aufgefaßt worden sein, aber nicht eine gewöhnliche Nebris sondern zur
Unterscheidung ein Löwenfell getragen und Glaukos ihr Original im
Sinne gehabt haben?

**) Böckh, Urkunden über das Seewesen des attischen Staats S. 244

und zwölf an den Seiten umgeben. Dieser letztere ist zwar niemals ganz vollendet worden, denn die Säulen sind nur oben und unten cannelliert*); was sich aber erhalten hat, die gemalten Verzierungen des Gebälks und an den Felder= decken im Innern, zeigt eine solche Schönheit, daß das Ge= bäude der blühendsten Zeit der athenischen Kunst, auf welche mehrere plastische Fragmente des brittischen Museums hin= weisen, zugeschrieben werden muß. Beide Tempel waren der Nemesis gewidmet. Der ältere, wohl von den Per= sern, als sie in der Nähe bei Marathon gelandet waren, zerstört oder beschädigt, wurde einige Zeit nachher von den Siegern durch das prachtvollere Heiligthum ersetzt, in freu= diger Anerkennung des gewaltigen Schlages, womit die Göttin des sittlichen Maßes den Uebermuth der Asiaten gebrochen hatte. Wann dies geschehen sei, erhellt aus dem Umstande, daß die Tempelstatue, ein Werk des Agorakritos, bei Lebzeiten des Phidias, also vor Ol. 87, 1. verfertigt wurde. Von nun an blieben beide Tempel derselben Gott= heit heilig; und so erklärt es sich, daß man am Pronaos des kleinern zwei Sessel findet, welche Sostratos in zwei den Zügen nach jungen Inschriften der Nemesis und der mit ihr nahe verwandten Themis widmete**).

Bald nach der Errichtung jener Statue schnitten die Einfälle der Peloponnesier Rhamnus die Verbindung mit Athen ab, dauernd seit der Besetzung von Dekeleia d. h. während der zweiten Hälfte des peloponnesischen Krieges. Nachdem Athen Sparta zu fürchten aufgehört, dagegen die Nothwendigkeit eingesehen hatte, die nordöstliche Grenze

---

*) Leake Demen von Attika S. 118. d. Übers.
**) Corp. inscr. Gr. n. 992. u. 995. Zoega Abhandlungen S. 54 ff.

gegen Böotien zu sichern, besonders als die Thebaner sich
der Grenzstadt Oropos bemächtigten, wurde Rhamnus stark
befestigt. Es wird im Periplus des Skylax und in De=
mosthenes Rede vom Kranze S. 238. als Festung erwähnt.
Damals scheint sich die Aufmerksamkeit wieder jenem Tem=
pel zugewandt zu haben. Man unternahm es, der Haupt=
gottheit verwandte Gestalten beizugesellen.

Nemesis war ein altes Naturwesen, welches bei den
Joniern auch in Attika eine so frühe Verehrung genoß, daß
man den Bau des Tempels ihrem Sohne Erechtheus bei=
legte (Suidas ῾Ραμνουσία). Seit der Schlacht bei Ma=
rathon überwog in der Vorstellung ihre sittliche Bedeutung
als Rächerin des Unrechts und Hüterin des gerechten Maßes.
Indessen blieb die Erinnerung an ihr ursprüngliches Wesen.
Nicht allein steht sie in Kultus und Sage der Aphrodite
Urania nahe, sondern auch Artemis ist ihre Doppelgängerin,
nicht die jungfräuliche Jägerin, sondern die mütterliche Gott=
heit, welche in Ephesus und Magnesia verehrt wurde*).
Diese identificiert Demetrios von Skepsis bei Suidas ᾿Αδρά=
στεια ausdrücklich mit Adrasteia, einer andern Benennung
für denselben asiatischen Begriff einer Allmutter**). So
wie also Nemesis, die Mutter des Erechtheus und der He=
lena, in Smyrna der Aphrodite entspricht (Paus. I. 34. 7),
so wird sie mit einer nahe liegenden Verwechselung von
Marcellus aus Side in der für Herodes Atticus verfaßten
triopischen***) Inschrift als rhamnusische Upis mit einem

---

*) Die nicht weit entfernten Athmoneer beten Artemis Amarysia
und von alter Zeit Aphrodite Urania an (Paus. I. 31. 5, 14. 7), die
Brauronier Artemis.

**) Vgl. Walz de Nemesi Graecorum. Tübing. 1852.

***) Append. Anthol. 50. 2. Roß Arch. Zeit. VII. S. 170. läug=
net diese Identifikation und ist geneigt, in diesem Epigramm unter

Namen angerufen, der eigentlich Artemis gebührt. Opis oder Upis heißt diese nämlich in Ephesus, Trözen, Sparta, Delos von dem vollen Angesichte des Mondes (Herod. IV. 45, Timotheos bei Macrob. Sat. V. 22, Kallimach. Hymn. auf Art. 204. u. 240, Schol. Apollon. I. 972), in der Eigenschaft einer Mondgöttin, woran Nemesis keinen Theil hat. Eben so wie Artemis erscheint sie daher in ihrer sittlichen Bedeutung als hehre Jungfrau, heißt Rhamnusia virgo bei Catullus 66. 67. aus Kallimachos, Virgo victrix in einer Inschrift bei Gruter 80. 5. Endlich hatte Nemesis mit Artemis noch eine Aehnlichkeit. Ihre Mutter war die Nacht, Artemis ein Kind der Leto, des Nachthimmels, aus dessen Schooße die Lichtgottheiten, Apollon mit seiner Schwester, der Fackel der Nacht, entspringen. So wie also der Künstler, welcher die Tempelstatue verfertigte, durch den Zufall begünstigt, die Gestalt der Aphrodite, die Verzierung des Stirnbandes durch Hirsche der Artemis entlehnte, deren heiliges Thier die Hirschkuh, namentlich auch in Ephesus, war: so bot sich, wenn man dem Tempel weiteren bildnerischen Schmuck zudachte, nichts Angemesseneres dar als Leto mit ihren Kindern.

Ein solcher Statuenverein stand in dem berühmten Tem=

Upis die hyperboreische Artemis zu verstehen, welcher der kleinere Tempel gewidmet sei. So viel ist ihm zuzugeben, daß der Dichter beide Gottheiten vermischt. Denn sowohl Athena als die rhamnusische Upis heißt Tochter des Zeus V. 8, währen Nemesis wohl als Geliebte, aber niemals als Tochter des Zeus erscheint. Zwei verschiedene Göttinnen sind aber nicht in Rhamnus vorhanden gewesen. Denn eine Inschrift von Herodes selbst (Corp. inscr. n. 995, vollständiger bei Wordsworth Athens and Attica p. 26), die seinen Günstling Polydeukes der Nemesis empfiehlt, befindet sich im größeren, die des Sostratos im kleinern Tempel. Auch hat Marcellus gewiß die Hauptgöttin von Rhamnus, Nemesis, bei seiner Anrufung im Sinne.

pel Apollos auf dem Palatin, welchen Augustus besonders
zum Andenken an die Schlacht bei Actium bestimmt und
726. vollendet hatte: ein Bild des Apollo selbst von Sko=
pas, Artemis von Thimotheos und Leto von Kephisodo=
tos, dem Sohne des Praxiteles. Das Gebäude führt im
Curiosum Urbis Romae den Namen Aedes Apollinis
Rhamnusii, den bis jetzt Niemand ausreichend erklärt hat.
Becker nennt ihn Röm. Altert. Bd. I. S. 428. auffallend,
Preller (Regionen der Stadt Rom S. 182) meint, „daß
„Apoll dadurch in eine Parallele mit der Nemesis gestellt
„werden sollte, welche wegen ihres Dienstes zu Rhamnus
„oft Rhamnusia schlechtweg heißt und damals so gewöhn=
„lich mit der Artemis identificirt wurde, daß sich derselbe
„Beiname auch ganz natürlich dem Apoll mittheilen konnte.
„Es war ja die Nemesis von Actium, welche zur Errich=
„tung des Palatinischen Tempels Anlaß gegeben hatte.‟
Aber abgesehen davon, daß die erste Anlage des Tempels
vor die Schlacht fällt, führt Artemis, jene zweifelhafte
Stelle des spätern Marcellus ausgenommen, nirgends den
Beinamen Rhamnusia; und wenn dies auch der Fall sein
sollte, so wäre es doch unerhört, daß Apollon ihn blos des=
halb von einem Orte entlehnen sollte, wo er gar nicht als
Hauptgottheit verehrt wurde, weil seine Schwester darauf
Anspruch machen konnte. Wer hat je von einem taurischen
oder brauronischen Apollo gehört? Von einem Zusammen=
hange Apollos mit Rhamnus ist weder in Attika noch in
Delos, woran man wegen seiner Verbindung mit jenem
Lande denken möchte, eine Spur. Das Räthsel löst sich
einfach: Apollo heißt Rhamnusius, weil seine Statue aus
Rhamnus herstammt. Wie einen Hercules Antianus (Ci=
cero Fragm. p. 463. Orelli), einen Apollo Temenites

5 *

(Sueton. Tiber. 74), so hatte man auch einen Apollo
Rhamnusius in Rom, den man zum Unterschiede von an=
dern Kunstwerken nach seiner Herkunft so bezeichnete. In
dem officiellen Verzeichnisse, welches dem Curiosum zu
Grunde liegt, konnte man ja nicht, wie dies in der Litte=
ratur zu geschehen pflegt, in der zehnten Region auf dem
Palatin einen Apollo Palatinus aufführen, um so weniger,
weil noch ein anderer Tempel desselben Gottes, der von
C. Sosius erbaute, auf dem Hügel stand. Wir lernen also
aus jener Benennung, daß das Werk des Skopas aus
Rhamnus entnommen war, gewiß von Octavian selbst, als
er nach dem Siege sich in Athen aufhielt, sei es, daß er
es kaufte, oder daß er, wie manche andere griechische Orte,
so auch die Rhamnusier wegen ihrer Parteinahme für Anto=
nius durch die Entziehung von öffentlichen Denkmälern be=
strafte. Avianius Euander, welchen Antonius aus Athen
mit sich nach Alexandrien genommen hatte, von wo er unter
den Gefangenen nach Rom kam, wußte in Athen und der
Nachbarschaft Bescheid. Er wird die Auswahl der Statuen
besorgt haben, wie wir denn aus Plinius wissen, daß er der
Artemis des Timotheos einen Kopf aufsetzte. Da nun die Bild=
säule Apollos zwischen seiner Mutter und Schwester stand,
werden diese in Ausdruck und Maßen dazu gepaßt haben.
Wir gewinnen also die Ueberzeugung, daß auch ihre Sta=
tuen ursprünglich für Rhamnus verfertigt wurden, das Werk
des Timotheos gleichzeitig, das des jüngern Kephisodotos
etwas später. Jenen werden wir in Asien mit Skopas
verbunden sehen.

Apollon war nicht als kampfesfroher Sieger oder als
glänzende Licht= oder Heilgottheit dargestellt, sondern in
seiner höchsten geistigen Bedeutung als Vertreter der Musik,

welche bei seinen Festen zu schwungvollen Gesängen ertönte.
In reichem kitharödischen Gewande, worüber der Mantel
herab wallte, trat der Gott auf, die wuchtige Phorminx im
linken Arm, in deren Saiten er mit beiden Händen griff. Das
bekränzte Antlitz drückte die Begeisterung des Sängers in
gesteigerter Empfindung aus. So schildern ihn die Dichter
des augustischen Zeitalters, Tibullus, Propertius, Ovi=
dius; so bilden ihn Münzen Augusts und Neros nach (Mül=
ler Denkm. Tf. 32. 141 b. und c.); und Nero selbst, da er als
Citharöde aufzutreten sich vornahm, berief sich auf das
Beispiel des weissagenden*) Tempelgottes (Tacit. Ann. XIV.
14). Es ist daher wahrscheinlich, daß die bekannte Statue
des Vaticans (P. Cl. I. 15, Müller Tf. 32. 141 a, Braun
Kunstmyth. Tf. 45) nicht, wie Visconti meint, ein Werk
des Timarchides im Säulengange der Octavia, sondern die
palatinische Bildsäule nachahmte (Müller Hdb. § 125. 4).
Freilich zeigen die Münzen nackte Arme; indessen darf man
nicht vergessen, daß die halb bekleideten der vaticanischen
Statue moderne Ergänzungen sind. Die Abweichungen der
Münzen untereinander, die Apollo mehr oder weniger schrei=
tend, auch im Kostüm kleine Verschiedenheiten zeigen, dür=
fen uns nicht irren, da das Detail von den Stempelschnei=
dern mit Freiheit behandelt wurde. Das Motiv des Wer=
kes, die Bewegung und Gewandung ist großartig, die weiche
und unbestimmtere Bildung des Kopfes auf Rechnung des
Nachahmers zu setzen. Neben dieser Statue sind in der
Villa des Cassius in Tivoli Musen gefunden worden, die auf
Felsstücken sitzen, so wie Hermen berühmter Männer. Bei=
des stimmt mit dem, was wir vom Schmucke des palati=

---

*) In seiner Basis wurden nämlich die sibyllinischen Prophezei=
hungen aufbewahrt.

nischen Tempels wissen, überein. Illic adspicies scopulis
haerere sorores sagt Propertius II. 23. 17, und die Bild=
nisse der mit dem Tempel verbundenen Bibliothek sind all=
gemein bekannt.

Wenn dergestalt Apollon in Rhamnus als musikalischer
Gott erschien, so haben wir von Artemis dasselbe anzuneh=
men. Sie wird als Hymnia gebildet gewesen sein, wie sie
in Arkadien verehrt wurde (Pauf. VIII. 5. 8, 13. 1) und
auf Vasenbildern mit ihrer Mutter den leierspielenden Bru=
der umgibt, ja auf der Schale des Sosias (Müller Denkm.
Tf. 45. No. 210) selbst eine Leier trägt. Mit mütterlichem
Wohlgefallen schaute Leto auf ihre Kinder, die Meister und
Beschützer der edelsten unter den Künsten, die in ihrer rei=
chen Entwickelung damals zu allgemeiner Gunst gelangt war.

Dieses Werk scheint eins der letzten gewesen zu sein,
welche Skopas vor seiner Abreise aus Attika ausführte,
weil die Statue der Leto, auf welche die beiden andern
mit berechnet waren, erst nachher hinzugefügt wurde. Die
steigenden Verlegenheiten des Staats, die drückende Geld=
noth, welche der Bundesgenossenkrieg von Ol. 105, 4. an
mit sich führte, ließen ihn andere Gegenden aufsuchen, wo=
hin er schon früher bedeutende Werke geliefert hatte.

III. Skopas in Theben.

Wenn man einen Blick auf die Karte wirft, so wird man einsehen, daß die bildende Kunst sich nach Mittelgriechenland am leichtesten von Sikyon verbreiten konnte. Während Korinth durch seine Kolonien, Ambrakia und Leukas, auf den Nordwesten hingewiesen war, führte von Sikyon der nächste Weg nach Delphi und Theben. Dorthin war, nachdem die Zerstörung der alten Hauptstädte am krisäischen Meerbusen im Amphiktyonenkriege den alten Zusammenhang des delphischen Heiligthums mit Kreta unterbrochen hatte *), der Zug kretischer Einwanderung geleitet, an die Stelle, wo Apollon und Artemis selbst, ehe sie nach Kreta sich zurückwandten, den Tod der pythischen Schlange zu sühnen gesucht hatten (Paus. II. 7. 7). Es ist daher erklärlich, daß die Väter der Bildhauerkunst in Griechenland, Dipönos und Skyllis, sich von Kreta und Hellas zunächst nach Sikyon, das durch Phästos den Herakliden mit ihrer Heimath, und zwar mit der Nachbarschaft ihrer vermuthlichen Vaterstadt Gortyn, schon in mythischen Zeiten verbunden

*) Preller, Ber. d. sächs. Gesellsch. 1854 S. 136 u. 142.

war, wandten, und diese Stadt selbst, so wie von dort aus
Korinth, Kleonä und Argos mit ihren Arbeiten schmück=
ten*). In der korinthischen Pflanzstadt Ambrakia und den
auf dem Wege liegenden Orten Naupaktos und Kalydon
wird ihr Aufenthalt für den Westen von Sikyon und für
die Umgebung von Delphi und Böotien eben so wichtig
und fruchtbar gewesen sein, wie es für den Peloponnes be=
zeugt wird, und ich trage kein Bedenken, die Künstler von
Naupaktos, Menächmos und Soidas, so wie die vereinzel=
ten phocischen und thessalischen Meister mittelbar auf ihre
Schule zurückzuführen. Für Theben namentlich war die
Verbindung mit Sikyon eine alte und innige. Theben war
eine Tochter des sikyonischen oder, wie die Thebaner selbst
sagten, des böotischen Flusses Asopos (Pauf. II. 5. 2), von
Theben rührte der Dienst des Dionysos Lysios (Pauf. II.
7. 6) und Melanippos her (Herod. V. 67), und den Herakles
ehrten beide Städte ganz besonders. So wurde denn auch
die Kunst, so weit sie überhaupt in Theben blühte, von
Sikyon dahin verpflanzt. Der große Kanachos arbeitete
die Tempelstatue des ismenischen Apollon (Pauf. II. 10. 5,
IX. 10. 2), und der thebanische Künstler Askaros**) war

*) Die Statue der Athena, quod de caelo postea tactum est
(Plin. XXXVI. 10), ist wahrscheinlich das Hauptbild des alten Tem=
pels gewesen, den ein Blitz traf (Pauf. II. 11. 1). Müllers Vermu=
thung, jene Bildwerke seien von Sikyon nach Lydien gebracht und von
da durch Cyrus entführt worden, weist Brunn I. S. 44 mit Recht ab.
Die Wanderung der Meister nach Aetolien d. h. nach Ambrakia,
hängt wahrscheinlich mit dem Sturz der Tyrannis in Sikyon zusam=
men: ich glaube nämlich, daß sie schon um Ol. 50 nach Sikyon gekom=
men waren.
**) Pauf. V. 24. 1, wo die ausgefallene Stelle so zu ergänzen ist:
Κανάχῳ, τὸ δ' ἐπίγραμμα ἀνάθημα u. s. w. καὶ ist aus Κανάχῳ ver=
dorben.

der Schüler eines sikyonischen Meisters, wahrscheinlich des Kanachos selbst.

Nach den Perserkriegen änderte sich dies Verhältniß: an die Stelle der peloponnesischen traten mit Ausnahme des Pythagoras*) athenische oder in Athen eingebürgerte Künstler, denen die böotischen, zum Theil durch sie gebildet, nacheiferten. Von Kalamis, der wenigstens in Athen lebte, Myron, Phidias sah man Statuen in Theben. Als daher nach der Befreiung Athens Theben wieder in freundliche Beziehungen zu der erstarkten Nachbarstadt getreten war, machte sich der Einfluß der aus Phidias Schule hervorge=gangenen Künstler mit Ausschluß der Nachfolger Polyklets geltend. Gleich Ol. 94. 2 arbeitete Alkamenes das Weih=geschenk, welches Thrasybulos nach seiner Rückkehr in den Tempel des Herakles sandte**), und von seinen Nachfol=gern verfertigte Kephisodotos Zeitgenoß, Xenophon, etwa um Ol. 101. 1 gemeinschaftlich mit dem Thebaner Kallistonikos die Statue der Tyche und des Plutos, der Eirene auf dem Arme trug (Paus. IX. 16. 1). Wir glauben nicht zu irren, wenn wir die namhafte Zahl bedeutender Bildhauer, Hypatodo=ros u A., welche um Ol. 100. in Theben auftreten, auf Phi=

---

*) Pythagoras ist wohl durch die Verbindung zwischen Syrakus und Theben, auf welche u. a. die an beiden Orten gebräuchlichen Namen Thrasydäos und der syrakusische Böotos hinweisen, und die durch Pindar bezeichnet wird, zu seinen Aufträgen für Theben gekommen. Er ar=beitete dort die Statue eines Kitharöden Kleon (Polemon bei Athe=näus ep. I. p. 19 c.).

**) Paus. XI. 11. 6. vermuthlich ein Relief, denn zwei Rundkoloffe scheinen den Mitteln der Zurückgekehrten nicht angemessen. Bei Paus. ist wohl zu lesen Ἀθηνᾶν καὶ Ἡρακλέα κολοσσοὺ ἐπὶ λίθου τύπου τοῦ Πεντέληνον, so daß ἐπὶ τύπον zusammenhängt und λίθου, welches zu τοῦ Π. gehört, nach der verschrobenen Construction des Schriftstellers dazwischen gesetzt wird, weil es von τύπου abhängt.

dias und Alkamenes Schule zurückführen. Epaminondas, dessen höchster Ergeiz dahin ging, die Propyläen durch die Ausschmückung der Kadmea zu verdunkeln, mußte auf die künstlerische Thätigkeit seiner Vaterstadt einwirken. Es war daher keine geringe Auszeichnung für Skopas, daß die Thebaner ihn vor Allen erkoren, ein Gegenstück zu einem Werke des Phidias für ihren Tempel zu verfertigen. Phidias hatte für den Eingang des dem Apollon Ismenios gewidmeten Heiligthums die Marmorstatue eines Hermes gearbeitet, wahrscheinlich während des dreißigjährigen Friedens, da ein etwa vor Ol. 80. zu Stande gekommenes Werk wohl vor Skopas, während jenes Friedens, sein Gegenstück erhalten hätte. Nachher unterbrach der peloponnesische Krieg und die Uebermacht der Spartaner die Verbindung mit Athen. Erst nach der Befreiung der Kadmea Ol. 100. 2. dachte man daran athenische Künstler für den Staat zu beschäftigen, wahrscheinlich bald nachdem die ersten Gefahren abgewandt waren. Denn Praxiteles, welcher für das vielleicht neu erbaute Herakleion in Theben thätig war, hatte auch für Platäa eine Statue der Hera und Rhea gearbeitet (Pauf. IX. 2. 7.) Da die Stadt von Theben Ol. 101, 3 oder 4*) zerstört wurde, Ol. 102, 4 aber ein feindliches Verhältniß zwischen beiden Staaten eingetreten war, ist es am wahrscheinlichsten, daß die athenischen Meister zwischen Ol. 100, 3 und 102, 4 für Böotien beschäftigt waren und nach Ol. 103 einheimischen Künstlern Platz machten. Beide Haupttempel wurden mit ihren Werken verziert: von dem jungen Praxiteles das Herakleion, von Skopas der Ein-

---

*) Weißenborn, Zeitschr. f. d. Altertumsw. 1847 No. 116. Friederichs Vermuthungen Ztschr. f. d. Alterthumsw. 1856 No. 1 ff. halte ich für verfehlt.

gang des Apollotempels (Pauf. IX. 10. 2.) mit einer Sta=
tue der Athena.

Sowohl Athena als Hermes sind mit Apollon nahe
verwandt. Mit Letzterem schließt Hermes in dem homeri=
schen Hymnus auf Hermes *) innige Freundschaft, genießt
als Heerdengott im karnasischen Hain bei Stenyklaros ge=
meinschaftliche Verehrung (Pauf. IV. 33. 5), und auch im
Haine des sminthischen Apollon war seine Statue aufge=
stellt (Pauf. X. 12. 6). Diese Verbindung wurzelt in der
ältesten Religion, welche beiden Heerdengöttern, sowohl dem
Apollon Karneios oder Nomios als dem Hermes, die Meh=
rung der Heerden und das Gedeihen der Wirthschaft über=
gab. Sie wirkt auch nach andern Seiten fort, wie denn
Apollon Epikurios und Hermes Agoräos in Theben neben
einander von Pindar aufgestellt wurden (Pauf. IX. 17. 2),
Hermes in Tanagra als Promachos die Feinde fern hielt,
als Kriophoros die Pest (Pauf. IX. 22. 2) gerade wie Apol=
lon Epikurios anderswo abwehrte, und beide Götter vereint
auf Vasenbildern **) erscheinen. Aber das Ursprüngliche
war jene erste Beziehung, welche in Böotien wie in Arka=
dien dem altväterischen Gotte besonders bewahrt wurde und
in dem Monatsnamen Hermäos für Hermes, in dem Bei=
namen Galaxios für Apollon fortlebte. So hieß gerade
der ismenische Apollon nach der Chrestomathie des Proklos,
es ist also unzweifelhaft, daß das Ismenion zuerst dem
Hirten Apollon, der in dem Milchland Böotiens seine Wun=
derkraft bewährt hatte ***), galt, wenn es sich auch von

---

*) V. 525, allerdings in dem jüngeren Theile des Gedichts.
**) Gerhard, auserlef. Vasenbilder Bd. 1. S. 55—65.
***) Plutarch, de Pyth. or. 29. Welcker, griech. Götterlehre Bd. I.
S. 685.

selbst versteht, daß er als Wahrsager nicht minder daselbst verehrt wurde und daher die Tempelstatue des Kanachos dem Apollon der Branchiden glich, ein Stein in der Nähe an Manto, des Teiresias Tochter, erinnerte. Theilte ja auch Hermes mit Apollon, von dem er seinen mantischen Stab erhalten hatte (Schol. Il. XV. 256), diese Kunst, die er in Pharä noch zu Pausanias Zeiten ausübte (VII. 22. 2). Ganz dieselbe Häufung mehrerer Eigenschaften fand bei Athena Statt. Sie übt nicht allein Kunst, Voraussicht und die Kraft des Schutzes im Kriege, und ist in diesen Eigenschaften dem Apollon beigesellt*), vor dessen delphischem Heiligthum sie als Pronaia oder, mit einem umgebildeten Namen, Pronoia**) verehrt wurde, sondern sie ist auch eine ländliche Göttin, und zwar des Ackerbaus in Attika und Böotien, die belebende Wärme wie erfrischenden Thau spendet und die Ochsen an den Pflug spannt***).

Es war also keineswegs Willkür, wenn die Thebaner gerade diese Götter als Pronaoi des Apollon Ismenios dargestellt wissen wollten, indessen lag in dieser Beziehung keine bindende Norm für die Darstellung selbst, vielmehr ist aus Pausanias Stillschweigen zu folgern, daß diese von der gewöhnlichen nicht abwich. Zum zweiten Male finden wir in Skopas denjenigen Künstler, welcher in die Intentionen eines Phidias†) durch ein Gegenstück zu seinem

---

*) Am Parnaß. Lobeck Aglaopham. S. 814, in Delos Macrobius Sat. I. 17.

**) Wieseler, Gött. Studien S. 201 ff. Curtius, Anecd. Delphica, p. 78. Auch auf Vasenbildern ist sie Apolls Gefährtin.

***) Welcker I. S. 313, II. S. 282, 301.

†) ποιῆσαι.... λέγεται sagt zwar Pausanias, indessen liegt darin kein Grund, beide Werke jenen Meistern abzusprechen. Schriftliche Nachrichten in seinen Quellen oder Inschriften fand Pausanias nicht: er bezweifelt aber die Angaben der Exegeten nicht.

Werke einging, und zwar gerade in einem Vorwurfe, in welchem es vor Allem schwer sein mußte mit ihm zu wetteifern. Eine Athena nach Phidias zu bilden, konnte nur der größte Künstler der Zeit unternehmen. Wie er seine Aufgabe löste, wissen wir nicht, indessen ist es am wahrscheinlichsten, daß seine Statue, wie die delphische Pronaia (Pauf. X. 8. 7), bewaffnet erschien.

Um dieselbe Zeit wird Skopas das Tempelbild der Artemis Eukleia (Pauf. IX. 17. 1) für Theben verfertigt haben, einer Göttin, in deren Beinamen verschiedene Begriffe enthalten sind; εὐκλεής erklärt Hesychius durch αἰδήμων. ὀνομαστός. εὐειδής, und für keine Bedeutung fehlt es an Beispielen. Pindar (Ol. 6. 76) rühmt, um von dem letzten anzufangen, εὐκλέα μορφάν eines Siegers, und für die erste lassen sich besonders aus Athen Belege beibringen. Der gute Ruf der Sittsamkeit wird bei Aristophanes (Welcker 997) so genannt, und einen Priester der Eukleia und Eunomia ehren die Epheben in ihrem Kosmeten in einer Inschrift (Corp. inscr. Graec. n. 258), während auch eine Hetäre den Namen wegen ihrer Schönheit tragen darf (Athenäus XIII. p. 583 E). Diese entgegengesetzten Bedeutungen vereinigen sich in der dritten, wie sie denn alle drei in Grabschriften der Anthologie gerühmt werden. Sie preisen ἀρετῆς εὐκλεΐην eines Mannes (adesp. 754), εὐκλέα σωφροσύναν einer Frau (743) und χορὸν εὐκλέα παίδων (641). Der gute Ruf, die Ehre, ist es, die als Glück und Lohn eben so erstrebt, wie ihr Gegentheil, die δύσκλεια, verabscheut wird. Diese Ehre ist das höchste Gut, welches vom Vater auf die Kinder, von diesen auf die Eltern übergeht*),

---

*) Soph. Antig. 699.

welches die für das Vaterland Gefallenen ihren Eltern als Trostgrund hinterlassen*), dessen Bewußtsein Makaria auf ihrem Todesgange begleitet**), und dessen Verlust dem aus seinem Wahnsinn erwachten Herakles***) unerträglich scheint, wie es bei Homer die Griechen von der Flucht zurückhält†). Ja so theuer war es dem ehrliebenden Volke, daß selbst ein Kraut beschrieben wird, welches Eukleia und Eudoxia verheißt (Theophrast, Pflanzengesch. IX. 19. 2). Bei den Athenern war es besonders der Ruhm der Männer, welche Kriegsthaten oder die Unterstützung eines wackern Mannes bereiteten††), und in diesem Sinne wurde der Eukleia nach der Schlacht bei Marathon am Ilissos ein Tempel errichtet†††), ähnlich wie in Rom dem Honos und der Virtus. Es blieb ihr die Obhut auch über die Sittsamkeit der Jünglinge, indessen scheint diese mehr der Eunomia, ihre Ausbildung zur Mannhaftigkeit der Eukleia in jenem Doppelcultus überwiesen zu sein. Bei Frauen knüpft sich daran der Begriff der gesitteten Liebe, und wir dürfen uns nicht wundern, wenn wir Eukleia wie Eunomia neben Peitho und Harmonia auf Vasengemälden spätern Stils

---

*) Thucydides II. 44.

**) Euripides Heraklid. 534.

***) Ders. Ras. Herakl. 1152. Vergl. auch die δύσκλεια der Helena bei Pseudo-Gorgias Hel. p. 94.

†) Il. XVII. 418.

††) Sophokles Ajax 431. Euripides Ras. Her. 129, 270, 288, 290, 1334.

†††) Pauf. I. 14. 5. In dem Epigr. auf die Ol. 87, 1 vor Potidäa Gefallenen (corp. inscr. I. p.300) werden gepriesen παῖδες Ἀθηναίων ψυχὰς δ᾽ ἀντίρρο[πα θέντες] ἠ[λλ]άξαντ᾽ ἀρετὴν καὶ πατ[ρίδ᾽] εὐκλ[έϊσαν]. Auch Hadrian betet zu Zeus (Anthol. VI. 332), daß Trajan κρῆναι εὐκλειῶς ὄφριν Ἀχαιμενίην.

unter der Umgebung Aphroditens finden *). Sie gehörte zu
dem reichen Kreise dämonisch=allegorischer Persönlichkeiten
und verhielt sich, ursprünglich in dem Begriffe der Artemis
enthalten, später zu ihr genau so, wie Peitho zur Aphro=
dite. Anders beim äolischen und dorischen Stamme. Hier
ist es Artemis selbst geblieben, welche die beiden Hauptsei=
ten des Begriffs unter ihren Attributen vereinigt. Sie hat
einmal als Hochzeitsgöttin unter dem Namen Eukleia die=
selbe Bedeutung wie die braaronische Artemis in Athen.
Zu ihr betet eine Frau in dem Epigramm der Sappho
(Fr. 118 Bergk) πρόφρων ἀμετέραν εὐκλέϊσον γενεάν,
und die Böoter wie die Lokrer weihten ihr einen regel=
mäßigen Dienst. Auf jedem Markte standen ihre Altäre
und Bildsäulen, vor welchen die Brautleute vor der Ehe
ihr Opfer darbrachten (Plutarch Aristid. 20). Es ist daher
ganz dem Costüm des Stammes angemessen, wenn der Chor
bei Sophokles **) Artemis in Theben anruft, ἃ κυκλόεντ'
ἀγορᾶς θρόνον εὐκλέα θάσσει. In Korinth feierte man
ihr die Eukleia als ein mehrtägiges Fest, ebenso ohne Zwei=
fel in Kerkyra, wo man einen Monat danach Eukleios
benannte ***). Daß sie aber in Böotien auch den Kriegs=
ruhm und die Opferfreudigkeit bedeutete, beweist die Erzäh=
lung bei Plutarch und die dunkle Spur von einem Opfer-

---

*) Jahn Peitho S. 26, Münchener Vasensammlung S. CCIV,
sächs. Gesellsch. d. W. 1854 S. 262.

**) K. Oedipus 161 und die Scholien z. d. St.

***) Xenophon Hellen. IV. 4. 2. Hermann, gr. Monatskunde S. 59.
Welcker, gr. Götterlehre II. S. 297 führt eine Inschrift auf dem Helme
einer Pallas, welche auf Münzen von Syrakus erscheint, an, wonach
Wettrennen zu Ehren der Pallas Eukleia gehalten worden sein sollen.
Sie heißt aber nicht *EYKΛEIA*, sondern *EYKΛEIΔA*, bezieht sich
also auf den Stempelschneider Eukleides, Brunn II. S. 429.

tode edler Jungfrauen, die vielleicht wie bei der brauroni=
schen Artemis die Erinnerungen an alte Menschenopfer ent=
hielt*) und in dem Löwen vor ihrem Tempel in Theben
ein Symbol aufwies.

Als daher Skopas den Auftrag zu ihrer Tempelstatue
empfing, hätte es ihm freigestanden, die eine oder die an=
dere Seite, die Göttin des Kriegsruhms oder des häus=
lichen, ehelichen Glücks**), darzustellen (denn daß auch die
letztere in der Kunstmythologie nicht fehlt, lehrt z. B. ein
Vasengemälde bei Müller (Denkm. II. Nr. 182)) wenn wir
nicht einen besondern Anlaß zur Bestellung voraussetzen dürf=
ten. Gerade mit Kriegsruhm hatte sich Theben Ol. 102, 2
bei Leuktra bedeckt, in einer Schlacht, welcher, wie der pla=
täischen, bange Ahnungen, tröstliche Zeichendeutungen, Zu=
zug der Götter vorausgegangen waren (Diodor. XV. 53,
Plut. Pelop. 20 ff.), Zeichen, unter denen auch jene geopfer=
ten Jungfrauen, so wenig wie bei Platäa fehlten. Einen
Tempel der Eukleia zu bauen, wie die Athener nach dem
marathonischen Siege, und wohl auch die Platäer (Plutarch.
Arist. 20), ließ der fortdauernde Krieg nicht zu, aber eine
Statue verdiente sie wenigstens: wir halten das Werk des
Skopas dafür. Vor dem Tempel stand ein Löwe aus
Marmor, eine Trophäe des Herakles, und nahe dabei eine
Statue des Apollon Boedromios, des Helfers im Kriege,
welche neulich in Folge der glänzenden Entdeckung Ste=
phani's***) mehrfach besprochen worden ist, und ebenfalls

---

*) Gerhard, archäol. Zeitung XII. S. 179.

**) Artemis Peitho in Argos Paus. II. 22. 1.

***) Apollon Boedromios. Petersburg 1860, vergl. Parerga ar=
chaeologica 25 (bulletin de l'académie de S. Pétersbourg tome II).
Aus der Stelle des Pausanias folgt nichts über das Alter, denn wenn
Panofka, arch. Ztg. VII. S. 87 ff. aus den Partikeln τε−και schließt,

auf Kriegsthaten und eine ihnen vorstehende Gottheit hin=
weist. Wenn dieser, mag er wegen jener Schlacht oder bei
andern Gelegenheiten geweiht worden sein, ohne Zweifel in
eiligem Schritt dargestellt war, so ist es kaum zu denken,
daß seine Schwester sich wesentlich von dieser Bildung hätte
unterscheiden sollen; nur werden wir eine freundliche Hal=
tung nicht vermissen dürfen, welche den Gebeten der Braut=
paare nicht schlechthin widersprach. Wenn bei Lucian Le=
riph. 12 ein Σκοπάδειον ἔργον, eine Artemis, erwähnt wird,
die in dem Hofe eines alten Athleten stand, welcher dieser
mit seiner Frau Pfeile und Bogen darbringt, so werden wir
zwar nicht an ein Original des Skopas denken dürfen, aber
doch, wie wir daraus entnehmen, daß seine Artemisbilder
neben denen des Praxiteles besonders berühmt waren, so
auch wenigstens so viel schließen, daß die thebanische Statue
einen Bogen hielt. Im Uebrigen wird uns die Analogie
verwandter Kultusbilder leiten. Aethopia heißt die Arte=
mis in dem Epigramm der Sappho, welche um Verherr=

---

daß Apollon mit Hermes eine Gruppe ausmachte, also auch von Pin=
dar geweiht war, so irrt er. Ebd. 16. 1, z. B. sagt Pausanias μετὰ
τοῦ Ἄμμωνος τὸ ἱερὸν οἰωνοσκοπεῖόν τε Τειρεσίου καλούμενον καὶ
πλησίον Τύχης ἐστὶν ἱερόν. Daß freilich der Apollon von Belvedere,
den Stephani treffend mit der Stroganoff'schen Bronze zusammenstellt,
nach der thebanischen Statue gearbeitet war, folgt eben so wenig, und
auch ich bin geneigt, da man die Aegis gern von einem hellenischen
Gotte gegen Barbaren geschwungen sieht, ein Denkmal des persischen
Siegs aber gerade in Theben nicht paßt, mit Preller an die Erschei=
nung in Delphi Ol. 125, 2. zu denken, von wo Nero die Bildsäule
geraubt haben kann. Da wir von dem jüngern Kephisodotos und Ti=
momachos, die in dieser Zeit blühten (Ol. 121 nach Plinius), eine
Enyo beim Arestempel in Athen (Paus. 1. 8. 4) kennen, wohl wegen
desselben Krieges gegen die Gallier errichtet, möchte ich diese für die
Meister des Originals halten, nach dem der belvederische Apollon ge=
arbeitet ist. Der Schule des Praxiteles ist er würdig.

lichung des Geschlechts, also eben als Eukleia, angerufen wird, und Aethopion ein Feld auf Euböa am Euripus, auf dessen böotischer Seite, in Aulis, Artemis als Bogenschützin und als Fackelträgerin *) dargestellt war. In Attika lag Brauron, wo ein alter Dienst der Artemis blühte, Euböa gegenüber, und daher stammte die brauronische Artemis, welcher auf der Akropolis ein Heiligthum mit einer Statue von Praxiteles geweiht war. Da sie die jungen Mädchen vorzugsweise beschützte und auch als Hochzeitsgöttin verehrt wurde **), so ist es im höchsten Grade wahrscheinlich, daß die euböische und die brauronische Göttin mit jener böotischen Eukleia dem Wesen nach ursprünglich übereinstimmte. Sie ist wieder dieselbe, welche in Athen und Sicilien von ihrem langen Gewande den Beinamen ἐν χιτῶνι, Χιτωνία führte und durch lebhafte Tänze geehrt wurde ***). Diese langbekleidete Artemis aber stand in Segesta, wie sie Cicero beschreibt (geg. Verres IV. 34) cum stola, sagittae pendebant ab humero: sinistra manu retinebat arcum: dextra ardentem facem praeserebat; und so wird sie auch von Skopas in Theben dargestellt worden sein †). Denn eine Fackel gebührte der Aethopia, Bogen und Pfeile der kriegerischen, ein langes Gewand der mit der Artemis von Brauron und der Chitonia verwandten Göttin ††). Ob und welche Copie

---

*) Pausan. IX. 19. 6. Vgl. Favorin s. v Αἰθόπιον.

**) Welcker I. S. 374.

***) Athenäus XIV. p. 629. Welcker S. 675.

†) Dagegen war die Artemis des Praxiteles in Anticyra (Pausanias X. 37. 1) nach einer von Adrien be Longpérier in der Revue numismatique 1843 pl. X. n. 3. herausgegebenen Erzmünze der Stadt hochaufgeschürzt und in eiliger Bewegung begriffen. Vgl. Wieseler, Götting gelehrte Anzeigen 1862 S. 579.

††) In der Kunst lassen sich mit Rücksicht auf Gewandung und

des Werkes erhalten ist, läßt sich ohne Willkür nicht sagen.
Der Auffassung und dem Geiste eines Skopas und Praxite=
les kommen die Statuen des Vaticans*), des Berliner Mu=
seums**) und der Münchner Glyptothek***) gleich nahe.
Auch findet sich in ihnen eine schreitende Bewegung, die
wir bei einem Tempelbilde jener Zeit zwar nicht stark be=
tont, aber doch deutlich angezeigt annehmen müssen.

Bewaffnung folgende Bildungen unterscheiden: 1) die Phosphoros oder
Selasphoros, in jeder Hand eine Fackel, 2) die Soteira im langen
Chiton, die Hand nach dem geschlossenen Köcher bewegend, 3) die Eu=
kleia (Brauronia u. dgl.), in langem Gewande mit einer Fackel und
einem Bogen, 4) die Jägerin a) die Laphria in Kalydon, Messene und
Paträ. Ihr Schema beschreibt Pauf. IV. 31. 7, vgl. VII. 18. 8; es
ist verschieden von der Figur auf einer ätolischen Münze bei Müller II.
Nr. 165, die Ὀηρεύουσα bei Pausanias. Da sie in einer Goldelfen=
beinstatue von Zeitgenossen des Kanachos gebildet war, haben wir sie
uns wohl lang bekleidet zu denken, ähnlich wie auf der Münze bei Mül=
ler II. 157 b. b) Die Agrotera und die von Phelloe (Pauf. VII. 26. 11)
sind wohl ähnlich gewesen. Der Unterschied mag in den begleitenden
Thieren bestanden haben. c) Die τοξεύουσα, wie in Aulis (Pauf. IX.
19. 6), in Aegion (VII. 24. 1), in Pellene (VII. 27. 4) und auf der
syrakusischen Münze bei Müller II. 159. d) Die ἀκοντίζουσα, die sog.
ätolische Marmorstatue in Naupaktos (Pauf. X. 38. 12) und die mit
dem Jagdspieß bewaffnete. Diese sind sämmtlich im kurzen, aufge=
schürzten Gewande gebildet gewesen. Endlich partikulär die Hymnia
und Lykeia, so wie die pythische, mit Nr. 1. übereinstimmende und die
ephesische.

*) Braun, Kunstmythologie Taf. 54.
**) Friederichs, Praxiteles, Titelkupfer.
***) Lützow, Münchner Antiken Taf. 7.

IV. Skopas in Megara.

Es war eine Unbequemlichkeit für Athen, daß ein Theil
seines natürlichen Gebiets von den Doriern in Besitz genom=
men worden war, und für Megara selbst nach dem ersten
Aufschwunge ein Unglück. Auf Athen waren die Megarer
schon durch die nächsten Bedürfnisse des Marktes hingewie=
sen, von Korinth durch rauhe Berge und nachbarliche Ab=
neigung getrennt und unter einander, da den dorischen Herren
in der Stadt eine zahlreiche Bauerschaft gegenüber stand,
vielfach zerfallen. Daher erlitt ihr kleiner Staat mehr
heftige und plötzliche Umwälzungen, fast periodische Ab=
wechselungen von demokratischer und aristokratischer Regie=
rung, als irgend ein anderer. Er bietet in Griechenland
ein ähnliches Bild dar, wie in Sicilien die mächtigen do=
rischen Staaten. Kein Wunder, daß die bedeutenden An=
lagen der Einwohner nicht zu einer harmonischen Ausbil=
dung gelangten. Ihr urkräftiger Witz blieb bäurisch und
plump, ihr scharfer Verstand entartete zu streitsüchtiger Dia=
lektik, ihre Betriebsamkeit zu gewinnsüchtiger und knause=
rischer Pfiffigkeit, und in der bildenden Kunst konnten sie,
weil ihnen jener vornehme Schwung der Gesinnung und

eine wahrhaft feine Bildung fehlte, nichts Eigenthümliches schaffen. Man sieht voll Mitleid auf sie hin, nicht allein, weil ihre Stadt, an der Straße zwischen beiden Theilen Griechenlands gelegen, der Zankapfel der streitenden Mächte war und mehrmals, das eine Mal gräßlicher als das andere, mißhandelt wurde, sondern weil durch die Bitterkeit ihrer Feindseligkeiten gegen Athen sich auf beiden Seiten das unvertilgbare Gefühl hindurch zog, daß beide Theile eigentlich zusammen gehörten und nur durch die ererbte Stammesverschiedenheit aus einander gehalten wurden. Wenn sie aber zu Athen hielten oder wenigstens in friedlichem Vernehmen standen, befanden sie sich wohl, und dann schmückte sich ihre Stadt mit Kunstwerken *). Zuerst während der kurzen Zeit zwischen Ol. 80 und 87, als Theokosmos aus Megara sich unter Phidias Schülern befand. Mit dem Beistande seines Meisters legte er für das Olympieion eine prachtvolle Gold = und Elfenbein = Statue des Zeus an, deren Vollendung durch den Ausbruch des peloponnesischen Kriegs verhindert wurde **). Zum letzten Male wird Theokosmos unter den Künstlern erwähnt, welche für Lysander das große Weihgeschenk in Delphi nach dem Siege bei Aegos Potamos um Ol. 94 verfertigten; er arbeitete die Erzstatue des Steuermanns Hermon, welcher das Bürgerrecht seiner Vaterstadt durch Lysanders Einfluß erlangt hatte ***). Theo=

---

*) Ein sehr alter Apollotorso aus Megara wird in der Zeitschr. Philistor 1861 S. 366 erwähnt, andere ältere Werke zählt Pausanias auf.

**) Paus. I. 40. 4.

***) Paus. X. 9. 8, Plut. Lys. 22, Demosthenes geg. Aristokrates p. 691. Die Geschichte ist für den Stolz der regierenden Herren charakteristisch. Hermon scheint als Metöke in Megara gewohnt zu haben. Als es sich um die Ertheilung des Bürgerrechts handelte, gaben die Megarer zuerst zur Antwort, wenn er erst Spartiate geworden

kosmos hinterließ die Ausübung der Kunst seinem Sohne
Kallikles, welcher zwischen Ol. 92 und 96 eine überlebens=
große Erzstatue des berühmten rhodischen Faustkämpfers
Diagoras und eines siegreichen arkadischen Knaben Gna=
thon *) verfertigte. Auch Philosophen bildete Kallikles
(Plinius XXXIV. 87), offenbar vor Allen, die in seiner
Heimath lebten, Eukleides und dessen Gäste, die aus Athen
Ol. 95, 2 geflohenen Sokratiker, unter denen auch Platon
sich befand, welchen die gute Verfassung (Plato Krito K. 15)
der aristokratischen Stadt anzog. Von diesen Werken ken=
nen wir eins, das Bild des Eukleides, aus einer megari=
schen Münze **). Mit Kallikles, einem Erzarbeiter wie
sein Vater, hören die einheimischen Künstler auf, und es
vergeht ein Zeitraum von mehreren Decennien, ehe wir von
neuen Kunstwerken innerhalb der Stadt etwas erfahren.
Während des böotischen Kriegs war der Wohlstand der
Stadt sehr gesunken, da die lakonisch gesinnte Partei das
Uebergewicht behauptete, und Athen die spartanischen Bun=
desgenossen vom Seehandel ausschloß ***). Ein Umschwung
erfolgte auf jeden Fall durch den Frieden zwischen Athen
und Sparta Ol. 102, 2: vielleicht im Innern schon früher,
da wir von einem verunglückten Versuche der Oligarchen

---

set, wolle man ihn zum Megarer machen. Lysander fand die Erwie=
derung unverschämt und meinte, solche Reden würden wohl nirgends
ein Bürgerrecht finden. (So verstehe ich die Worte Plutarchs: οἱ λό-
γοι σου, ἆ ἔφη, πόλεως δέονται).

*) Pauf. VI. 7, 2. 9, Schol. Pindar Olymp. VII. Die Statue
stand unter Söhnen und Enkeln und wurde lange nach seinem Siege
von diesen mit errichtet. Die Zeit bestimmt sich durch Rhodos Ab=
fall von Athen Ol. 92, 1 und seine Demokratisierung Ol. 96, 1, nach
welcher Dorieus, der berühmteste unter den Söhnen, auswanderte.

**) Visconti, iconogr. Gr. I. t. 26. 3.

***) (Demosth.) g. Neära p. 1357. Ol. 101. 4 und 102. 1.

lefen, die um Ol. 101, 2/3 bestehende demokratische Verfas=
sung umzustürzen*). Nach außen brachte erst der Friede von
Ol. 102, 2 eine heilsame Aenderung. Die demokratische Re=
gierung beobachtete zwischen Theben und Sparta eine kluge
Neutralität und ließ sich durch die Drohungen, wodurch die
Thebaner nach dem Siege bei Leuktra sie zu ihrer Bundes=
genossin zu machen suchten, nicht schrecken (Isokrates Phi=
lipp. 53). Mit Athen stand man auf einem freundlichen,
wenn auch nicht gerade vertrauten Fuße, und der angebo=
renen Sparsamkeit und Betriebsamkeit des Volkes kamen
die Verhältnisse zu Statten. Korinth war durch innere
Zerrüttungen und auswärtige Kriege gesunken; mit den übri=
gen dorischen Seestaaten, Byzanz, Rhodos, Sicilien, trat die
benachbarte Handelsstadt in lebhaften Verkehr, trieb Korn=
handel mit Korinth und Leukas**) und bereicherte sich durch
die Schutzgelder, welche gewerbsame Metöken zu zahlen
hatten***). An Industrie fehlte es nicht. Die großen irde=
nen Gefäße von Megara erlangten Ruf und Verbreitung†),
auch der Handel mit Hetären wurde schwunghaft betrie=
ben††). Freilich gelang es nicht, den Ruf der feinen atti=
schen Bildung zu erwerben und sich den Spottreden ihrer
geistig überlegenen Nachbaren zu entziehen. Die Jugend=
erziehung, so hieß es, werde vernachlässigt, das Volk bleibe
roh, knickerig und habgierig†††). Aber die Megarer

*) Diodor XV. 40. Indessen ist Diodors Zeitrechnung auch hier
ganz verwirrt, da der Frieden, welcher zu den Revolutionen der Staa=
ten führte, von ihm selbst erst Ol. 101, 3 gesetzt wird, K. 45.
**) Lykurg g. Leokrates 26. 56.
***) Ebend. 21. Demosth. g. Aphob. p. 845.
†) Eubulos bei Athenäus I. p. 286.
††) Hesych. Μεγαρικαί σφιγγες. Plautus, Pers. I. 3. 57.
†††) Aelian, versch. Gesch. XII. 56. Die Rede g. Neära a. a O.
Plutarch, Alexander 7.

waren besser als ihr Ruf. Die Neutralität zur See hatte
ihnen besonders während des Bundesgenossenkriegs große
Reichthümer verschafft: sie benutzten sie auf das Eifrigste
zur Verschönerung ihrer Stadt und wußten die in Athen
unbeschäftigten Talente zu gewinnen. Ein sehr ehrenvolles
Lob zollt ihnen Isokrates in einer Rede, welche Ol. 106, 1 die
Athener durch die Vergleichung ihrer Erschöpfung und des
Wohlstands ihrer Nachbaren zum Frieden zu stimmen suchte*).
„Obgleich sie", meint der Redner, „weder Land, noch Häfen,
„noch Bergwerke und ein steiniges Feld zu bebauen haben,
„besitzen sie die größten Häuser unter den Griechen, bewah=
„ren mitten zwischen Peloponnes, Athen und Theben ihre
„Unabhängigkeit und verwalten ihre Angelegenheiten im
„Frieden."

Wenn schon die Privathäuser groß und prachtvoll wa=
ren, so müssen wir dies bei Griechen in höherem Maße
von den öffentlichen Gebäuden annehmen. Unter ihnen be=
fand sich am Fuße der Akropolis des Alkathoos nicht weit
von den Staatsgebäuden des Buleuterion und Prytaneion,
so wie dem Tempel des Dionysos, wie es scheint, an der
Agora**), ein Tempel der Aphrodite, deren Beinamen,
Praxis, sie als die Göttin der erfolgreichen Werbung, also
der Ehe, bezeichnet, ähnlich wie in Sparta in der Nähe
der Agora die Aphrodite Hera (der Hera Teleia entsprechend),
bei Hermione die Aphrodite Nymphia verehrt wurde***).

---

*) Ueber den Frieden §. 117.

**) Pauf. I. 43. 6 vgl. 44. 2. Agesilaos geht vom Aphrodiston
zum Archeion, das am Aufgang zur Burg gesucht werden muß (Prytaneion, daneben ein Fels Pauf. I. 43. 2), hinauf, Xenophon, Hell.
V. 4. 58.

***) Pauf. II. 32. 7, III. 13. 9. Auch die Kataskopia in Trözen
hatte ihren Tempel an der Burg, ebend. II. 32. 2, ebenso stand La=

Ihr elfenbeinernes Bild war das älteste Werk im Tempel,
wie Pausanias im Gegensatze zu den Bildsäulen des Praxiteles sagt: etwa aus der Zeit des Kanachos und sitzend
wie dessen Statue in Trözen*). Außer diesen befanden sich
darin „Peitho und eine andere Göttin, welche sie Parego-
„ros nennen, Werke des Praxiteles; von Skopas aber Eros,
„Himeros und Pothos, insofern wirklich, wie ihre
„Namen, so auch ihre Wirkungen verschieden sind." Das
ist Alles, was Pausanias über eine der interessantesten Kunst-
schöpfungen berichtet: interessant zuerst dadurch, daß in
ihnen die beiden geistesverwandten Meister offenbar ein
Werk gemeinschaftlicher Ueberlegung und eines Plans, ein
Denkmal ihres einträchtigen Verkehrs hinstellten, welches
sein volles Licht nur durch die Vereinigung beider Leistungen erhält. Denn die Paregoros, die Trösterin**), ist nur
in Verbindung mit der Sehnsucht (Pothos), deren Schmerz
sie zu stillen hat, die Ueberredung mit dem Reiz zu fassen,
indem sie auch den Liebreizenden zur Gegenliebe vermag.
Ohne Zweifel war diese Zusammengehörigkeit des Gedan-
kens auch räumlich sichtbar. Den weiblichen Statuen des
Praxiteles, die wir uns auf einer Basis denken, standen
ebenfalls auf einer Basis die drei Eroten des Skopas so
gegenüber, daß Pothos der Paregoros, Himeros der Peitho
entsprach, Eros aber die Mittelstelle als Gegenbild der

lamis Statue am Aufgang zur Akropolis, ebend. I. 23. 2. Wie es
scheint, hatte sie überhaupt ihren Platz an den vornehmsten Stellen
der Stadt.

*) Nicht Korinth, wie Brunn, Gesch. d. gr. K. I. S. 76, und nach
ihm Overbeck, Gesch. d. gr. Plastik I. S. 106, angiebt.

**) So richtig Manso in den mythol. Versuchen, Jahn, Peitho
S. 19, Panofka, Proben eines archäol. Commentars zu Pausanias
S. 54. Anders Gerhard, archäol. Nachlaß aus Rom S. 129 eine zur
Liebe anlockende Gefährtin.

Praxis einnahm. Da aber die letztere ein Werk des ältern Stils als eigentliches Tempelbild abgesondert dem Eingange gegenüber sich befunden haben wird, nehmen wir als Gegengruppe an den Langseiten nur die beiden Figuren des Praxiteles an, die in volleren Formen und Gewandung denselben Raum ausfüllten, welchen die lose Gruppe der Eroten erforderte*). Diese waren nicht Kinder, wie sie in der späteren Kunst tändelnd gebildet werden, sondern zarte Knaben an der Grenze des Jünglingsalters, wie sie den Griechen am reizendsten erschienen, natürlich unbekleidet. Dergleichen hatte schon Phidias gearbeitet: zu dem Eros, welcher auf der olympischen Basis Aphrodite empfing, mag der geliebte Pantarkes als Modell gedient haben, und knabenhaft, aber nicht kindisch, steht Eros neben seiner Mutter an dem Fries des Parthenon**). Aber die Vollendung des schönen Idealtypus war das Werk des Skopas und Praxiteles: er tritt uns am vollkommensten in dem herrlichen Elginschen (Müller, Denkm. der alten Kunst I. Nr. 145) und dem vaticanischen Torso (ebend. 144) entgegen. Wenn nun Skopas drei Eroten in einer gesellschaftlichen Gruppe der Liebesgöttin nebst zwei verschiedene Seiten ihres Wesens ausdrückenden Chariten gegenüberstellt, so wird er nicht, wie etwa die spätere Kunst die drei Charitinnen zu einer unterschiedslosen Gruppe vereinigte, blos drei anmuthige Kna=

---

*) Anders Jahn, Annal. 1857 p. 130, der die Statuen des Praxiteles neben die Praxis und zur Seite derselben die Werke des Skopas stellt. Ich kann mir nicht recht vorstellen, wie.

**) Vgl. Friederichs, die philostrat. Bilder S. 240 f., der mit Unrecht die Knabenbildung des Eros der Zeit der Bukoliker zuschreibt. S. Brunn, die philostr. Gemälde (Jahrb. f. class. Philol. IV. Supplementband S. 282) und die Vase bei Jahn, Ber. d. sächsisch. Gesellsch. 1854 S. 247 f. Ein schöner Eros ist neulich auf dem Palatin gefunden worden.

ben ohne Unterschied verbunden, sondern sie als verschiedene
Aeußerungen desselben Begriffs durch entsprechende Merkmale
charakterisiert haben, und es ist an sich Panofka's *) Versuch,
dieselben aufzuspüren, ein löblicher; nur freilich werden wir
willkürlichen Unterscheidungen das Bekenntniß, nicht mehr
zu wissen als Pausanias, vorziehen.

Betrachtet man die Art und Weise, wie die Dreiheit
der Eroten, denen sich, wie Aphrodite zu den drei Grazien,
Hymenäos als Vierter zugesellt (Lucian VIII. 20. 16), in der
Litteratur sich allmälig ausbildet, so wird man die Bemer=
kung Jahns (Peitho S. 18 ff.) im Allgemeinen bestätigt fin=
den, daß die gewissen Gottheiten inwohnende, ursprünglich
einheitliche Kraft sich je nach ihren Aeußerungen in eine
Zweiheit spaltet und in der Dreiheit wieder zur Einheit
vereinigt. Während also bei Homer die Wirkungen der
Liebe unpersönlich am Gürtel Aphroditens haften (Il. XIV.
210), nennt die Theogonie Eros, den persönlichen Gott,
und Himeros (V. 202) als Gefährten der Göttin. Jener
ist, wie Kypris selbst, die zu seiner Mutter wird, die Liebe
selbst, dieser (von ἵμηι) der Trieb, der in dem Einzelnen
wirkt, wie sein Correlat, der Reiz, und zwar vorzugsweise
der Geschlechtstrieb, obgleich auch andere Triebe (Aeschyl.
Choeph. 299, Soph. Philokt. 350) und der Wunsch (Pindar
Ol. 3. 35) so genannt werden. Die Lyrik, welche überhaupt
die verschiedenen Liebesgefühle näher bestimmte, setzte vor
den Trieb das Verlangen, Pothos, das Gefühl, welches
seinen Aeußerungen zu Grunde liegt, und Pothos wird im
Drama zum Sohne der Aphrodite (Aeschyl. Schutzflehende
1040, Aristoph. Frieden 450). Zeus empfindet Pothos nach

---

*) Proben eines archäologischen Commentars zu Pausanias. Ber=
lin 1853.

Jo (Aeschyl. Prometheus 644), ein Mädchen bei Sappho (Fr. 91) nach einem Jünglinge, Pindar (Fr. 89) nach einem Knaben, und zwar nach einem gegenwärtigen, durch seine Blicke. Kypris aber verwundet mit einem Pfeile, der mit Himeros gesalbt ist (Eurip. Medea 634, vgl. Aeschyl. a. a. O.). Durch diese dritte Persönlichkeit wird der Begriff des Himeros enger begränzt: er ist der Anfang der Liebe, der Reiz, welcher von den Augen des Geliebten ausgeht und das Gefühl des Liebenden erweckt, der helle Reiz von den Augenlidern der schönen Braut (Sophokles Antig. 790, Theokrit 18. 37), τὸ ἀπ' αὐτῶν (τῶν ὀφθάλμων) ἀπορρέον (Pollux II. 63), Pothos aber die Sehnsucht, vorzugsweise nach dem abwesenden Geliebten, während Eros sich auf den Gegenwärtigen bezieht (Ammonios). Es ist leicht erklärlich, daß der dichterische Sprachgebrauch diese Unterschiede häufig verwischt (z. B. Aristoph. Frösche 59 vgl. 66), so, daß in der spätern Gräcität, wie schon durchaus in der Anthologie, Πόθοι und Ἔρωτες gleichbedeutend sind, wie im Lateinischen Cupido und Amor und bei Catull Veneres Cupidinesque nicht allein die Eroten, sondern auch die Nebenfiguren der Aphrodite zusammenfassen. Auch in der spätern Prosa steht Pothos schlechthin wie Eros (Dio Cass. 59. 29).

Aber Einer hatte diese poetischen Vorstellungen mit dichterischem Sinne erfaßt und mit prosaischer Weisheit zu so scharfen Begriffen erhoben, daß sie empfänglichen Gemüthern mit unauslöschlicher Frische sich mittheilten: Platon. Im höhern Sinne, wie ihn das Gastmahl entwickelt, ist Eros Vater des Himeros und Pothos (p. 197 D), im engern wird Himeros als der Reiz definiert, der vom Anblick, namentlich dem Auge des Geliebten ausfließt, die Seele des Liebenden ergreift, erhebt und mit Liebe, Eros, erfüllt, deren Ueberfluß in den Geliebten zurückkehrt und ihn derselben Regung theilhaftig macht. Die Sehnsucht nach dem abwesenden Himeros ist der Pothos, seine Sättigung durch Gegenwart wieder Eros. So kürzer und trocken im Kratylos p. 420, in dichterischer Begeisterung im Phädros p. 250 ff., wo bekanntlich dem Eros eine höhere übersinnliche Bedeutung beigelegt wird.

Dergleichen Spekulationen, in einer Form entwickelt, deren künstlerische Vollendung allein den mächtigsten Eindruck machen mußte, konnte die fein gebildeten Künstler, die neben der Poesie neue Quellen der Erfindung in ihr erblickten, nicht unberührt lassen. Ich bezweifle nicht, daß Skopas, wie Praxiteles Schriften wie den Phädros und das Symposion mit Entzücken gelesen und die platonischen Ideale zu verwirklichen gestrebt haben, und daß namentlich die megarische Gruppe den Gegensatz zwischen Reiz und Sehnsucht zur Verdeutlichung des beide zusammenfassenden Eros entwickelt hat. Es fehlt uns aber an hinreichenden Mitteln, seine Erfindung herzustellen.

Zuerst kommen die Vasengemälde in Betracht, auf denen die drei Eroten (auch wohl vier, indem Hymenäos inbegriffen wird, z. B. Gerhard, Trinkschalen Tf. XI und XII) erscheinen, bald alle, bald zum Theil durch beigeschriebene Namen kenntlich. Indessen fehlt es gänzlich an einer durchgebildeten Charakteristik der einzelnen Persönlichkeiten*). Ganz bedeutungslos, zum Theil mit bacchischen Attributen versehen, erblicken wir sie unter den Gefährten des Dionysos **), interessanter in eigentlichen Liebes- und HochzeitsScenen, unter denen das Urtheil des Paris die erste Stelle

---

*) Jahn, Einleit. in die Vasenkunde S. CCIV.
**) Eine Jatta'sche Vase aus Ruvo, wo in einer bacchischen Scene

einnimmt*). Hier beweisen sich die Liebesgötter in ver=
schieder Weise zu Aphroditens Gunsten thätig. So nament=
lich auf einer schönen volcentischen Vase in Berlin (Gerhard,
Apul. Vasenbilder Tafel C). Hier tragen alle ein lorbeer=
bekränztes langes Haar. ΕΡΟΣ, den rechten Fuß auf ein
Felsstück gestützt, die rechte Hand rednerisch geöffnet, ist in
eifrigem Gespräch mit Alexandros begriffen. ΠΟΘΟΣ, zu
Aphrodite geneigt, zeigt auf Paris hin, und in der Entfer=
nung schaut ΙΜΕΡΟΣ, am Gebirge gelagert, aufmerksam auf
den Letztern. Ganz ähnlich unterhält sich auf der Karls=
ruher Vase (ebend. Taf. D, Creuzer, zur Gallerie der alten
Dramatiker Taf. 1) ein namenloser Eros mit Alexandros.
Er stützt die Rechte vertraulich auf dessen Schulter, die
Linke in die Seite. Neben Aphrodite, die ihren linken Arm
um seine Schulter schlingt, bückt sich ein anderer zu ihrem
Gürtel, dem Sitz des Liebreizes (vielleicht Himeros?).
Beide tragen wallendes Haar, das von einer Binde umge=
ben wird. Ein einzelner Eros bei Braun (il labirinto di
Porsena tav. 5) winkt Paris mit der ausgestreckten Lin=
ken, indem er den rechten Arm ausdrucksvoll erhebt. An=
dere Einzelvorstellungen sind nicht deutlicher. ΠΟΘΟΣ bläst
bei Wieseler Denkm. II. Nr. 487 die Flöte, schlägt Nr. 584
das Tympanon; ΙΜΕΡΟΣ sitzt Nr. 728 mit einem undeut=
lichen Geräth (einem Salbenspatel oder einer Kerze) vor
Peitho, reicht Nr. 585 dem Dionysos einen Kranz, läßt sich
kindlich von der Paidia schaukeln (Jahn, Ber. d. sächs. Ge=
sellsch. 1854 Taf. 1, vgl. Annal. dell' Instit. 1857 p. 129);

ΙΜΕΡΟΣ, ΠΟΘΟΣ und ΕΡΩΣ gebildet sind, wird Bullet. 1836 S. 122
beschrieben. Vgl. Jahn, Vasenbilder S. 21.
*) S. die Uebersicht bei Welcker, Annal. XVII. p. 132 ff. Vgl.
Jahn, Annal. 1857 S. 129 ff.

ἔΡΩΣ und ἱμεΡΟΣ betheiligen sich an der Hochzeit von He=
rakles und Hebe (Gerhard, Apul. Vaf. 15) so, daß der Er=
stere über dem Bräutigam in der Richtung auf die Braut
zufliegt, Letzterer, in den Händen einen Perlenschmuck, sich
mit Aphrodite unterhält, und alle drei Eroten fliegen Nr. 667
(Mon. incd. I. tv. 8) mit Liebesgeschenken, einer durch die
verschriebenen Buchstaben MIMHΣOΣ vielleicht als Himeros
bezeichnet. Eine Binde wie hier trägt Himeros auch auf
der Vase Mon. incd. d. Inst. III. 31, auf einer andern aber
(Arch. Ztg. VI. S. 217) neben Aphrodite eine Oinochoe nebst
Schale und ein magisches Rädchen. Diese und ähnliche
Vorstellungen*) lassen für keinen Eros ein bestimmtes At=
tribut erkennen, da Attribute, Geberde, Haartracht gleich
ungewiß sind. Nur der gespannte Blick möchte Himeros
auf zwei Monumenten charakterisieren Eben so lassen uns
die plastischen Denkmäler im Stich, da auf diesen entweder
viele Eroten in der spätern Weise als spielende Kinder vor=
gestellt werden oder nur einer erscheint, dessen Benennung
zweifelhaft bleibt. Denn es wäre willkürlich, weil auf den
Sarkophagen von Girgenti (Arch. Zeitung V. Taf. 6) und
von Constantinopel (ebend. XV. Taf. C) ein Amor mit dem
Bogen nach Phädra zielt, die um den abwesenden Hippolyt
sich härmt, den Bogen dem Pothos als unterscheidendes
Merkmal zu geben; willkürlich deswegen, weil auf einem
Vasenbilde (Tischbein, Hamilton III. 93) ein kleiner Eros
in Bellerophons Gegenwart einen Pfeil auf Stheneböa ab=
schießt, also dem Himeros entspricht. Freilich Panofka's
Scharfsinn verspricht ein günstigeres Ergebniß, aber es bleibt

---

*) Vgl. Panofka, Terracotten S. 92. Rochette, peint. de Pom=
péi p. 37. Auch die gelehrten Sammlungen Gerhards, über den Gott
Eros, Berlin 1850, gaben für unsern Zweck keine Ausbeute.

bei dem Versprechen (Stark, Philologus XIV. S. 679).
Er will zuerst in dem berühmten, sog. tiefsinnigen Amor,
der im Vatican und Neapel befindlichen vermuthlichen Nachbildung der Statue von Thespiä, den Himeros erkennen,
welcher, „über das erste Stadium des Pfeilschießens hinaus,
„bereits im zweiten mit scharf firirendem Blick und lodern-
„der Fackel" dargestellt werde. Aber langhaarig, wie dieser,
sind auf jenen Vasen auch Eros und Pothos, während Himeros auf einer (Monum. III. 31) kurzes hinten aufgebun-
denes Haar trägt, und die rednerisch vorgestreckte Hand,
welche Himeros als Gefährten der Peitho bezeichnen soll,
ist auch dem Eros auf der volcentischen Vase in Berlin
eigen, davon abgesehen, daß die Arme der vaticanischen Statue
fehlen, an der neapolitanischen ergänzt sind, eine dritte Copie
aber im Palast Farnese (Visconti zu Piccl. I. Tf. 12) in der
Rechten einen Bogen trägt und sich mit der Linken auf
den Köcher stützt. Der schwermüthig gesenkte Blick würde
eher dem Pothos entsprechen, wenn wir nicht aus dem Epigramm bei Athenäus XII. 558 wüßten, daß Eros dargestellt
war, wie er nicht mehr schoß, sondern aufmerksam oder starr
blickte, nachdem er den Bogen abgeschossen hatte. Eben so
unglücklich ist ferner der Versuch ausgefallen, in einem Haut-
relief aus Pompeji (Tf. III. 10) eine Nachbildung des Himeros von Skopas zu entdecken. Der Gott hat das lange
Haar mit den Marmorbildern gemein, die Augen sind offen
aufwärts gerichtet und allerdings weit mehr als die schwermüthig gesenkten des vaticanischen Eros der Wirkung des
Himeros angemessen. In der Linken hält Eros einen Bogen, der sich in Schlangenköpfen endigt, in der Rechten
einen Pfeil. Dies soll den Augenblick vorstellen, „da er
„noch überlegt, ob er einen Pfeil abschießen soll und ob

„nicht vielleicht der Blick allein zur Erreichung seines Zwecks
genügen wird." Die Schlangenköpfe aber bedeuten den Lie=
beszauber. Dies sei Himeros, der Gott der Potenz, welcher
als Mysteriengott eingeführt wird. Denn derselbe, durch
den Schlangenkopf am Bogen kenntlich, komme auf einer
Münze der Gens Egnatia (Tf. I. II. 9, III. 12) mit der Bei=
schrift MAXSVMVS als Beisitzer der Mysteriengottheiten
vor, die auch Sophokles Antig. 793 als μεγάλων πάρεδρος ἐν
ἀρχαῖς θεσμῶν bezeichne *) u. s. w. Dies sind aber keines=
wegs Mysteriengottheiten, sondern die Gesetze, neben welchen
Hämon der Liebe folgt, vgl. V.795, die Inschrift MAXSVMVS
aber bezieht sich nicht auf den Gott, sondern auf die Gens
Egnatia, worin jenes Cognomen gewöhnlich war.

Panofka irrt darin, daß er dem Pothos und Himeros
eine von Eros abgesonderte Existenz beimißt: sie sind nie=
mals für sich statuarisch gebildet worden und nur in jener
Gruppe neben Eros, dessen beide Seiten, den Liebenden und
den Geliebten, sie darstellten, verständlich gewesen. Wie
sie Skopas unterschied, können wir, da Pausanias von ihren
Attributen schweigt, nicht sagen: nur so viel läßt sich aus
dem Begriffe folgern, daß Himeros als der von dem Ant=
litz des Geliebten ausstrahlende Reiz mit erhobenem Haupt
und offen freundlichem Blick, Pothos als die mit Kummer
verbundene Sehnsucht, die in die Augen geträufelt wird
(Eurip. Hippolyt. 525), gesenkten Kopfes und mit traurigem
Ausdruck, Eros gerade vor sich hinblickend erschienen sein
wird. Den denkenden Künstler bezeichnet die Erfindung,
der die Ausführung ohne Zweifel gleich gewesen ist.

---

*) Passender hätte Euripides Medea 844 angeführt werden können,
welcher τᾷ σοφίᾳ παρέδρους ἔρωτας nennt, unter dem Einflusse phi=
losophischer Lehren.

V. Skopas in Samothrake.

Die kleine Insel Samothrake war als der Sitz hoch=
berühmter Mysterien durch den Reichthum ihrer Tempel
im Stande, große Künstler zu beschäftigen. Jene, welche
allein den eleusinischen an Ansehen nachstanden, wurden von
allen Griechen gleichmäßig geehrt; Spartaner, wie Lysan=
dros und Antalkidas, ließen sich daselbst einweihen, und
Olympias lernte Philipp dort kennen. Aber mit Athen
war die Verbindung besonders enge. Dorthin führten die
schon vor dem peloponnesischen Kriege tributpflichtigen Bun=
desgenossen *) ihr Gemüse (Athenäus I. 28), und die Myste=
rien, in die die Athener sich zahlreich einweihen ließen (Ari=
stoph. Frieden 278), standen in solchem Ansehen, daß ihre
Evulgation dem Diagoras um Ol. 90 eben so sehr, wie die
der eleusinischen zum Vorwurf gemacht wurde **). Durch die
Niederlage bei Aegospotamos von Athen getrennt, schlossen
sich die Samothraker erst dem neuen Bunde des Nausi=
nikos (Ol. 100, 3) wieder an, und zwar nicht vor Ol. 100, 4,
wahrscheinlich Ol. 101, 1. Denn da in der Inschrift, welche

---

*) Antiphon redete über den Tribut der Samothraker.
**) Lobeck, Aglaophamus p. 1285.

fich auf diesen neuen Bund bezieht (Meier, comment. epigraph. p. 4 ff.), die später hinzugekommenen Bundesgenos-
sen auf der linken Seite der Urkunde hinzugefügt worden
sind, worunter Z. 5 die Akarnaner nach dem Siege des Timotheos bei Alyzia im Sommer Ol. 101, 1 beitraten, können die unmittelbar vorhergenannten thrakischen Orte, die
Aenier, Samothraker, Dikäopoliten nicht füglich vor dem
Tode des Chabrias bei Abdera in die Bundesgenossenschaft
aufgenommen worden sein, wahrscheinlich von Timotheos,
der zuerst in jene Gegenden als Nachfolger von Chabrias
sich verfügte. Um diese Zeit war Skopas, dessen Heimat
sich unter den früheren Genossen des Bundes (Z. 70 der
Inschrift) befand, nach Athen gezogen. An ihn, der ohne
Zweifel in die dortigen Mysterien eingeweiht war, also
wandten sich die Samothraker während der friedlichen Verhältnisse in den thrakischen Gewässern, die erst Ol. 104 durch
die beginnende Feindseligkeit von Byzanz gestört und von
Ol. 105 an durch die thrakischen Zerwürfnisse ernstlich ge-
trübt wurden. Sie bestellten bei ihm Marmorstatuen:
Venerem et Pothon, qui Samothrace sanctissimis cae-
rimoniis coluntur. So schreibt Sillig die Worte des Plinius XXXVI. 25 nach dem Bamberger Codex mit Recht,
statt der unbeglaubigten Vulgata Venerem et Pothon
et Phaëthontem, die von Welcker, Kunstbl. 1827 Nr. 82
und Brunn I. S. 321 aus mythologischen Gründen festgehalten wird. Die beiden Varianten sind folgende: Venerem et Pothon (photon V Rd) qui und Venerem et
phetontem qui (Ph). Also muß entweder Pothos oder
Phaëthon aus dem Texte weichen. Das Erstere meint
Panofka a. a. O. S. 60, „weil Pothos durchaus nicht zum
„Mysteriener os sich eignet" und „weil Phaëthon dem Licht-

„gott Pan entspricht und in dem Kitharöden Apoll auf der
„Chablaisherme eben so sehr, als in dem mit der Strahlen=
„krone geschmückten Zeus auf den Denaren der G. Egnatia
„seinen gleichbedeutenden Ausdruck findet." Aber daß dieser
letztere auf Samothrake sich bezieht, ist erst zu beweisen;
auf jener Herme, von der es auch nicht feststeht, daß sie
gerade die samothrakischen Götter darstelle, erscheint auch
Eros mit der Fackel, und Pothos ist nichts Anderes als
eben Eros. Unkritisch ist auch jenes von Brunn gebilligte
Verfahren, das aus zwei Bildern drei macht. Ph sind
zwei junge Handschriften des 15ten Jahrhunderts, und durch
vielfache Interpolationen entstellt. In dem Exemplar, wel=
ches den bessern V Rd näher oder entfernter zu Grunde lag,
war die richtige Schreibung, die in der Bamberger Hand=
schrift sich findet, pothon in photon verdorben, und daraus
machten die spätern Abschreiber den bekannten Phaëthon.
Es scheinen nicht einmal mythologische Gründe für die
Anwesenheit Phaëthons zu sprechen. Denn, wenn auch
eine alte, von Hesiod Theog. 986 zuerst erzählte Fabel ihn,
das Kind der Eos, den Morgen= und Abendstern, in zarter
Jugend von Aphrodite rauben und zum nächtlichen Hüter
ihres Tempels machen ließ, so wird nirgendwo bestimmt
gesagt, daß dies der samothrakische gewesen sei, vielmehr
scheint der Schauplatz des Raubes im Morgenlande ge=
sucht werden zu müssen*).

Es unterliegt also keinem Zweifel: nach Plinius war
das Tempelbild in Samothrake von Skopas eine Gruppe.

---

*) Pausan. I. 3. 1, wo die Lücke so zu ergänzen ist: καὶ οἱ παῖδα
γενέσθαι Φαέθοντα [ὃν ὕστερον ἡ Ἀφροδίτη ἥρπασε] καὶ φύλακα
ἐποίησε τοῦ ναοῦ. Vgl. die Varietäten der Fabel bei Apollod. III.
14. 3, Hygin Cataster. 43. Preller, Mythol. I. S. 302.

der Aphrodite und des Eros. Wenn er diesen Pothos nennt,
muß er einer griechischen Quelle gefolgt sein; denn Varro,
an den man zunächst denken würde, hätte den lateinischen
Ausdruck gebraucht. Er muß also die Notiz aus Pasiteles
geschöpft haben, der unter den Quellen des 36. Buchs auf=
geführt wird, und der hat sie wahrscheinlich aus Polemon,
welcher nach Athen. IX. p. 372 über Samothrake geschrie=
ben hatte. Die Frage, welche Bedeutung die Liebesgöttin
mit ihrem Sohne im samothrakischen Heiligthume in An=
spruch nehmen darf, läßt sich bei der Verworrenheit der
Nachrichten über jene Mysterien nicht unzweifelhaft beant=
worten. Indessen scheint die Dreiheit der von Mnaseas
(Fr. 29 Mehler) mißverstandenen Götter Axieros, Axiokersa
und Axiokersos*) auf Eros und ein Paar hinzuweisen,
welches als dessen Eltern verehrt wurde. Da nun bei dem
ältesten Zeugen, Herodot II. 51, ein ithyphallischer Hermes
unter den dortigen Kabeiren erwähnt wird, auf welchen
sich eine heilige Sage beziehe, κέρσης aber bei Hesychius
durch γάμος erklärt wird, halte ich einen vielfach benann=
ten**) Zeugungsgott, eben jenen Hermes, für den Vater,
mit Kadmilos oder Kadmos für identisch, für die Mutter
die mehrfach mit Artemis, Hekate, Kybele identificierte thra=
kische Göttin, welche in den theologischen Systemen bei
Cicero de deor. nat. III, 23 einmal als Diana (Dione),
ein anderesmal als Venus bezeichnet wird, quae pinnatum

---

*) Müller, Orchomenos S. 450 ff. (1. Ausg.). Lobeck, p. 1214 ff.
**) Die vielfachen Abweichungen der Alten (s. z. B. Welcker I.
S. 328) sind verschiedene Erklärungsversuche der ursprünglich unbe=
nannten Götter. Daß die Dioskuren nicht zu den ältesten Mysterien=
göttern gehörten, sondern aus einem andern Gebiete als Schützer der
Schiffer hinzukamen, ist unzweifelhaft. Statt Hermes aber wird
Apollon und Hephästos genannt.

Cupidinem genuisse dicitur, und zwar in beiden Anga=
ben als Gattin des Mercurius. Diese mütterliche Natur=
Göttin ist von Hause aus keine andere, als die große
Göttin der Thraker, Bendis, welche auch in Lemnos verehrt
und in Athen gefeiert wurde. Sie ist von der phrygischen,
die in den griechischen Städten zur Artemis wurde, von
Kybebe oder Kybele und der Rhea ursprünglich nicht ver=
schieden und in Thrakien ebenso wie in Asien vielfältig als
Aphrodite aufgefasst worden *). Als zerynthische Aphro=
dite kommt sie in Thrakien, als zeirenische in Makedonien
vor, und durch Dardanos, der von Samothrake nach Troas
ging (Diodor. III. 55, V. 46), hängt der thrakische und phry=
gische Dienst enge zusammen. Wie nun von seinem Bru=
der Jasion durch Parios Parion an der Propontis, ein
uralter Sitz des Erosdienstes, gegründet wurde, so läßt es
sich begreifen, wie diese thrakische Aphrodite mit ihrem
Kinde im Tempel zu Samothrake als Hauptgottheit geehrt
wurde, mit einem wohl später übertragenen Namen.

In Skopas Werke war ein Motiv neu, die Verbindung
der Göttin mit Eros als ihrem Sohne. Bisher war Aphro=
dite als Rundwerk allein gebildet worden, und nur auf
Reliefs, wie z. B. dem Fries des Parthenon, erschien sie
in Gesellschaft des Eros. Die anmuthige Gruppierung der
Mutter und des Sohnes, welche uns in spätern Kunstwer=

---

*) Hesychius: Κυβήκη (l. Κυβήβη) ἡ μήτηρ τῶν θεῶν καὶ ἡ
Ἀφροδίτη. Κυβήκη καὶ Θρηΐκη, Βένδις, οἱ δὲ Ἄρτεμιν. Ders.
Ζειρήνη ἡ Ἀφροδίτη ἐν Μακεδονίᾳ. Auf samothrakischen Münzen
wird Kybele gebildet. (Conze, Reise auf den Inseln des thrakischen
Meeres S. 72 u. Tafel XVIII. 7, 9), und nur in einer Inschrift Aphro=
dite erwähnt (S. 69 Ἀφροδίτη Καλιάδι = Κωλιάδι). Photius v.
Κύβηβος. Χάρων ὁ Λαμψακηνὸς τὴν Ἀφροδίτην ὑπὸ Φρυγῶν καὶ
Λυδῶν Κυβήβην λέγεσθαι.

ken verschieden gewendet entgegentritt, war also eine Erfindung unseres Meisters, der das von Phidias eingeführte
Motiv für eine Statue benutzte. Für die Behandlung der
Statuen hätten wir einen immerhin zweifelhaften Anhalt,
die berühmte Herme der Herzogin von Chablais (Gerhard, Ant. Bildwerke Tf. 41 u. ff.)*), wenn diese wirklich,
wie der gelehrte Herausgeber sie deutet, eine Nachbildung
samothrakischer Gottheiten enthielte. Davon kann ich mich
aber nicht überzeugen. Diese dreiseitige Herme ist in Tor
Marancia mitten unter einer großen Zahl bacchischer Monumente gefunden worden, die sich auf einen Liber Calli-
nicianus und einen in einer Villa gelegenen Tempel, den
der Priester Callinicus wahrscheinlich im 2. Jahrhundert**)
erbaut oder wenigstens geschmückt hatte, beziehen. Es ist
also klar, daß jene Herme, die wohl in einem Rundtempel
gestanden haben kann, den Bacchus mit seiner Umgebung
und verwandten Göttern darstellt. Von den drei Haupt-
bildern ist dies deutlich. Die ithyphallische Herme eines
bärtigen Mannes, dessen Haar mit einer Binde geschmückt
und über der Stirn so erhoben ist, daß man Hörner oder
Flügel (?) darunter vermuthen möchte, stellt den Liber
Pater selbst dar, die lang bekleidete weibliche Figur, deren
Gewänder so weit hinabreichen, daß keine Füße sichtbar
sind, um den Hermentypus durchzuführen, ist seine Gemahlin Libera, die bekanntlich der Kore entspricht, und
endlich das Kind, dessen kleines und schwaches Glied den
Gegensatz zum Vater deutlicher hervorhebt, ihr Kind, der

---

*) Vgl. Gerhard, hyperboreisch-röm. Studien I. S. 101, Beschr.
d. St. Rom II. 2. S. 258, Nibby, Dintorni di Roma III. p. 237 ff.
**) Statuen des Commodus und der Faustina sind zum Vorschein
gekommen.

kleine Jacchos, welchen Dionysos nach Nonnos XLVIII z.
Anf. mit Aura oder Demeter, wie wir richtiger sagen, mit
Kore, d. h. nach der italischen Religion Liber mit Libera*)
erzeugt hatte. Die Doppelhermen eines jungen und eines
bärtigen Bacchus, die in denselben Ruinen gefunden worden
sind, bedeuten dieselbe Zweiheit des Vaters und Sohns**).
Am Fuße dieser Hermen sind in erhabener Arbeit diejenigen Götter dargestellt, welche die meiste Verwandtschaft
mit Bacchus hatten***), Apollon, der in Delphi und in
vielfachen Festen und Sagen mit ihm verbrüdert wird,
unter Liber selbst, Aphrodite, mit der er, wie mit Kore den
Jacchos, den Hymenäos erzeugt, unter Libera, mit der sie
mehrfach verwechselt wird, Eros-Hymenäos unter Jacchos
als dessen Bruder. Es ist also in diesem interessanten Denkmal wohl eine vollständige Darstellung des Bacchus in
doppelter Weise, aber keineswegs irgend eine samothrakische
Gottheit zu erkennen, wie denn auch Venus bis auf die ihr

---

*) Der Zeus, welcher mit Kore den Jacchos erzeugt, der chtho-
nische, ist in der mystischen Auffassung des Zagreus Dionysos selbst
(Gerhard, Text zu den antiken Bildwerken S. 55), Kore kommt als
Mutter des Jacchos mehrmals vor (ebend. und die späte Vase Arch.
Ztg. VIII. Nr. 16, wo sie allerdings mit dem samothrakischen Namen
AXIO [κορα] bezeichnet wird). Daß in der späteren confusen Zeit
eine Annäherung der samothrakischen und eleusinischen Benennungen
möglich war, leugne ich nicht. Es ist aber zwischen dem spätrömischen
Dienst des Bacchus, der allerlei Verwandtes herbeizog, und den sa-
mothrakischen Mysterien der Zeit des Skopas zu unterscheiden.

**) Das merkwürdige Relief aus Pal. Colonna, ebend. Tf. 42, zeigt
einmal eine Herme des Liber, dann des Silvan oder Paniskus (Mommsen J. N. 5984 Sig. Lib. Patria et Silvani. Henzen Nr. 5716 Liber
Pater .... cum Panisco), endlich des Priapiskus (Mommsen 4834,
Henzen 5757 signum Liberi et Priapisci).

***) Welcker, Götterlehre II. S. 610—12.

gebührende Stephane *) als Copie der capitolinischen Statue nackt erscheint.

Skopas Tempelstatue aber war ohne Zweifel wenigstens theilweise bekleidet; wie sie und wie Eros gebildet war, der höchst wahrscheinlich neben ihr stand und zu ihr aufschaute, etwa wie in der vaticanischen Gruppe (Pio-Clem. II. 52), ist leider nicht zu ermitteln. Der Tempel war zu entlegen, um zu häufigern Copien Anlaß zu geben, und solche Münzen der Gegend, die uns über den Typus unterrichten könnten, besitzen wir nicht.

---

*) Stark, Berichte der histor.-phil. Klasse der k. sächs. Gesellsch. d. Wissensch. 1860 S. 28 f.

VI. Skopas in Troas.

Die kleinasiatische Küste war einst, so wie der Sitz
der Poesie, auch mit dem Schmucke der bildenden Kunst
reichlich ausgestattet, ja für dieselbe eine Wiege und Hei=
mat gewesen. Dies hatte sich in Folge der persischen Er=
oberung allmälich geändert. Einheimische Bildhauer von
Ruf kommen während der ganzen Blüthezeit der Sculptur
von den Perserkriegen an nicht vor, eben so spärlich wer=
den Bildwerke berühmter Griechen in Asien erwähnt, und
fast scheint es, als ob sich die Empfänglichkeit dafür mit
dem Wohlstande vermindert hätte. Einzelne Heiligthümer,
die ihre großen Schätze zur bildnerischen Verschönerung
verwandten, machen eine Ausnahme, vor allen der Tempel
der Artemis in Ephesus, der reichsten Stadt an der Küste
und dem Sitze einer berühmten Malerschule, den Griechen
und Perser gleichmäßig in Ehren hielten. Die Amazonen=
statuen Polyklets und seiner Zeitgenossen, der Apollon My=
rons*) und dessen trunkene Alte in Smyrna — darauf be=

-----

*) Die Statuen dieses Gottes, außer der genannten die in Per=
gamus von Onatas, wie der Koloß des Kalamis in Apollonia, auch
die myronische Gruppe in Samos, scheinen Siegesdenkmäler nach dem
persischen Kriege gewesen zu sein.

schränkt sich unsere Kunde von eingeführten Werken aus
der Zeit des Perikles, und es scheint nicht, daß der Vor=
rath sehr viel größer war. Allerdings haben wir über Asien
keinen Pausanias, und es mögen unter den Diadochen
manche Werke in die jungen Hauptstädte entführt worden
sein, wie es denn nicht unmöglich ist, daß Polyklets Her=
mes in Lysimachia (Plinius XXXIV. 55) von der gegen=
überliegenden Küste stammte*). Aber wenn man die Nach=
richten über die Inseln und den Westen vergleicht, so stellt
sich für diese Gegenden ein günstigeres Verhältniß heraus,
und der Abstand der folgenden Periode stellt die Armuth
der eben bezeichneten in ein schärferes Licht. Denn vom
vierten Jahrhundert an wetteifert, von der makedonischen
Periode an überflügelt Rhodos und Asien das europäische
Griechenland dergestalt, daß die Kunst der Diadochen vor=
züglich diesem Boden angehört hat.

Diese merkwürdige Umgestaltung hängt mit den poli=
tischen Zuständen im Allgemeinen und mit der veränderten
Richtung des Welthandels insbesondere zusammen. Seit
dem Aufstande des jüngeren Cyrus und den spartanischen
Feldzügen hatten sich die Fesseln des asiatischen Griechen=
lands gelockert, und durch den Unabhängigkeitskrieg der
Satrapen, an dem auch Jonien Theil nahm, waren die
ungünstigen Folgen des antalkidischen Friedens weniger
fühlbar geworden. Aegypten war während seiner Unab=

---

*) Wenn nicht vielmehr aus Kardia, dessen Einwohner Lysimachos
in seine neue Stadt verpflanzte. Das Zeugniß des Plinius geht, wie
mehrere andere, auf Polemon zurück: qui fuit Lysimachiae
sagt Plinius, weil die Stadt nach dem Tode des Lysimachos (Ol. 124, 4)
und vor der neuen Gründung durch Antiochos (Ol. 145, 4) von den
Thrakern zerstört war. Gerade in dieser Zwischenzeit schrieb Polemon,
dessen Nachricht durch Pasiteles auf Plinius übergegangen sein mag.

hängigkeit mit Griechenland in engere Verbindung getreten,
und der dortige Handel wurde vorzugsweise durch Rhodos,
Kos und Knidos vermittelt, ja als Phönicien nach seinem
Aufstand unter der Schreckensherrschaft des Darius Ochus
blutete, ausschließlich. Auf der andern Seite hatte der
Handel nach dem schwarzen Meer einen sehr schwunghaften
Betrieb gewonnen und brachte durch Waaren und Zölle
eine Masse Geldes an die Propontis und den Hellespont.
Athen theilte diesen Vortheil, aber durch den Bundesgenossenkrieg ging er wohl überwiegend auf jene Seestaaten
über. Ein besonderes Verdienst um die Belebung des Verkehrs erwarb sich der König Maussolos von Karien, der
die Seeräuber zu Paaren trieb, Häfen und Paläste anlegte
und griechische Kultur in sein Land zog. Die beiden großen athenischen Meister, Skopas und Praxiteles, nebst ihren
geringeren Kunstgenossen zogen Nutzen von diesen Umstän-
den; sie reisten hin und her, hatten viele Bestellungen vom
Osten und wurden die Begründer der asiatischen Sculptur,
welche sich von Athen nach dem Festlande, von dort auf
die Inseln und von diesen wieder über den großen Conti-
nent und selbst nach Rom hin verbreitete. Pausanias spricht
zwar nur von den Statuen des Skopas in Jonien und
Karien (VIII. 45. 4), wir wissen aber auch von Arbeiten,
die er für den Norden, den auch Praxiteles Werke in Parion zierten, gemacht hat.

Etwa um Ol. 102 führte Skopas für das Samothrake
zunächst gelegene große Heiligthum des Apollon Smintheus eine Tempelstatue aus, zu deren Bestellung vielleicht jenes andere Werk den Anlaß gegeben hatte. Daß
wenigstens später die Mysten von Kleinasien fleißig nach
Samothrake pilgerten, lehren die Inschriften bei Conze.

Apollons Verehrung war in Mysien und Aeolis außeror=
dentlich verbreitet, so daß Homer den Schutzgott der Troer
lebendiger fast und gegenwärtiger als andere Götter uns
vor Augen führt. Unter seinen Beinamen ist Smintheus
in den ersten Versen der Ilias bezeugt: wir finden ihn
weit über Asien und die Inseln verbreitet, in Tenedos, Les=
bos, Rhodos, Keos, vielleicht in Kreta, Sicilien und Te=
nea bei Korinth*). Aber zu Hause war er vor Allem in
Troas und den benachbarten Orten, Kyzikos, Parion u. s. w.,
wo er mit dem lykischen Apollon verwandt zu einer solchen
Berühmtheit gelangte, daß er in der späteren Litteratur, wie
im Cultus, nur dem pythischen Gotte nachstand**).

Der Mittelpunkt der Verehrung war das Smintheion,
ein auf einem Hügel, in einem heiligen Haine, nahe an der
See, nicht weit von Alexandria Troas stehender Tempel***),
der bei Plinius V. 123 und zuletzt bei Ammianus Marcel=
linus XXII. 8, so wie auf der Peutingerschen Tafel vor=
kommt, der Sitz eines berühmten Orakels, dessen Hüterin
die Sibylle Herophila war (Pausan. X. 12. 3). Der Gott
selbst hatte seinen Beinamen von σμίνθος, der Feldmaus,
wie Apollon Parnopios in Athen (Paus. I. 24. 8) und Aeolis
(Strabo XIII. p. 613), Herakles Kornopion bei den Oetäern
(ebend.), endlich Zeus Apomyios in Elis von den verderb=

---

*) Man vergleiche die gelehrte Abhandlung von de Witte, Apol=
lon Sminthien. Extrait de la revue numismatique, nouv. série
tom. III. Paris 1858. In Athen kommt er nur auf einer von Pitta=
kis bezeugten Inschrift vor (Rangabé, antiq. hell. II. p. 732), in
Argos nur nach Pollux VIII. 84, der den Halbwolf der Münzen falsch
auf eine Maus bezieht.

**) 3. B. Menander II. Σμινθιακῶν bei Spengel rhet. Graeci
III. p. 440, ὥσπερ ὁ Πύθιος οὕτω καὶ ὁ Σμίνθιος.

***) Die verschiedenen Ortsbezeichnungen gehen alle auf denselben
Ort.

lichen Thieren, den Heuschrecken und Fliegen, zubenannt
wurden, vor welchen sie Land und Leute schützten. [Wie
Peisistratos zur Abwehr des von der Heuschrecke ausge=
henden bösen Einflusses ihr Bild auf der Akropolis aufge=
stellt hatte *), woran sich später Phidias Colossalstatue des
Heuschrecken=Apollon reihte, so wurde auch die Maus, ein
den Saaten eben so schädliches Thier, als Amulet gegen
ihre eigenen nachtheiligen Wirkungen gebraucht, ohne daß
wir überall von ihrem Vorkommen nothwendig auf den
Dienst des Mäusegottes schließen müssen **). Daß also
dieser in der That von Hause aus als Abwehr des den
Fluren drohenden Schadens verehrt wurde, unterliegt keinem
Zweifel, um so weniger als beide Legenden über den Ur=
sprung des Heiligthums denselben Charakter bezeichnen,
sowohl die von Strabo p. 613 andeutend gebilligte, wonach
teukrische oder kretische Kolonisten an dem Orte sich nie=
derließen, wo sie nach einem Orakel von den Erdgebornen
angegriffen wurden, d. h. den Mäusen, die das Leder an
ihren Waffen und Geräthen zernagten, als die ächtere, welche
von Polemon, wahrscheinlich in seiner περιήγησις Ἰλίου ***)
erzählt worden war. Danach hatte Apollon im Zorn die
Mäuse über die Felder seines Priesters Krinis geschickt und
sie dann versöhnt mit seinen Pfeilen vertilgt. Aechter nenne

---

*) S. Jahn, Abhandlung über den bösen Blick (Ber. der sächs.
Gesellsch. 1855 S. 37).

**) Auf Münzen von Metapont kommen beide Thiere zusammen
als Schutzmittel bei einer Aehre vor (Curtius, archäol. Zeitg. XVIII.
Nr. 136), die Maus allein auf Münzen von Rhodos, wo man auch
eherne Mäuse gefunden hat (Arch. Anzeiger XI. S. 387), und andern
Orten (de Witte S. 30 ff.), mit andern Amuleten an einem Halsband
aus Kertsch (Jahn a. a. O. Tf. V. 1). Eine Heuschrecke aus Bronze
im Didymäon bei Milet erwähnt Roß, arch. Aufs. S. 209.

***) Preller, Pol. Fragm. p. 63.

ich diese Erzählung, weil die erste schon ein anderes Orakel, das delphische (Aelian Thiergesch. XII. 5), voraussetzt, von dem also das sminthische abgeleitet gewesen wäre, und weil die Epiphanien des Gottes nach jener ersten hülfreichen (Schol. Jl. I. 39) als Auszeichnung des Heiligthums von Menander p. 427 gerühmt werden. Die Maus wurde dann zu seinem heiligen Thier: wie in Delphi vor dem Altar ein Wolf, so befand sich hier neben dem Dreifuß eine Maus, eben so unter der Statue Mauslöcher, und Schaaren von heiligen Mäusen gab es bei dem Heiligthum*). Ja weil der Gott, welchem sie beigegeben war, im Smintheion seine Kraft als Wahrsager offenbarte, durfte sie selbst als ein weissagendes Thier betrachtet werden**).

In dem Heiligthum stand ein altes Erzbild, das wir aus Münzen von Hamaxitus und Alexandria Troas kennen (Taf. I. bei de Witte). Der Gott ist bekleidet, bald ganz, bald mit theilweise entblößtem Oberleib, in einer schreitenden Bewegung dargestellt; in der Linken hält er einen Bogen, auf dessen Sehne der Pfeil liegt, also wie er in der sminthischen Epiphanie dem Lande hülfreich erschien. Die rechte Hand ist ausgestreckt, auf den meisten Münzen ohne Symbol, auf einigen erscheint deutlich eine Maus, ganz wie die milesische Statue ein Hirschkalb hält (Müller, Denkm. Tf. I. 4). Wenn auf jener Münze von Hamaxitus (de Witte Nr. 7) die Hand leer und neben den Füßen des Bildes eine laufende Maus erscheint, so erkennen wir in

---

*) Heraklides Pont. wahrscheinlich aus den κτίσεις ἱερῶν, Müller, Fragm. hist. Grec. II. p. 260, Aelian a. a. O., Eustathius zu Jl. I. 39.

**) Schwenk, Mythol. der Griechen S. 139, vgl. mit Welcker I. S. 483.

letzterer ein erklärendes Beiwerk, wie auf verschiedenen Mün=
zen der makedonischen Zeit (de Witte S. 29), nicht aber,
wie de Witte, eine Abbildung der Statue des Skopas.
Dieses Erzbild, welches etwa um die 70te Olympiade ver=
fertigt sein mochte, blieb, nach jenen Denkmälern zu urthei=
len, während der Kaiserzeit an Ort und Stelle, bis es von
Constantin zugleich mit dem pythischen Apollon nach Con=
stantinopel versetzt wurde (Euseb. Leb. Const. III. 54).

Als Skopas für denselben Tempel seine Statue zu
machen hatte, behielt er die Maus als Attribut des Gottes
bei, wies ihr aber, wie Phidias der Schildkröte bei seiner
Aphrodite, eine Stelle an, welche eine freie Bewegung der
Arme möglich machte. Er ließ Apollon seinen Fuß darauf
setzen, natürlich nicht unmittelbar, wie es nur bei der har=
ten Schale einer Schildkröte statthaft war, sondern auf
ein ummauertes Mausloch, aus dem eine der Mäuse her=
vorschaute, welche im Tempel unter dem Altar ihre Löcher
hatten (Hesychius σμίνθος· διὰ τὸ ἐπὶ μυωπίας φασὶ [ποσὶ?]
βεβηκέναι), das ist Alles was wir sicher wissen. Aus dem
bei Strabo*) unbestimmten Ausdrucke ξόανον läßt sich
nicht einmal ein Schluß auf das Material ziehen, wir hal=
ten es für das regelmäßige des Meisters, für Marmor.
Wäre aus den Phrasen Menanders**) III. p. 445 Sp. eine
sichere Notiz zu entnehmen, so würden wir die interessante

---

*) VIII. p. 396 heißt Agorakritos marmorner Koloß der Nemesis
Xoanon.

**) Daß Menander von Alexandria Troas redet, geht aus den
Anspielungen auf den trojanischen Krieg p. 441 f. hervor, daß er nicht
einen Tempel aus der Stadt, sondern das Smintheion meint, aus der
Erwähnung des Hains, der Flüsse und den Worten καὶ ὅτι οὐ πολὺ
τὸ διάστημα κ. τ. λ. Er läßt die Stadt, wie das Chronikon Paschale,
von Alexander selbst gegründet werden.

Thatsache gewinnen, daß Skopas in Gold und Elfenbein arbeitete. Indessen sind seine Worte nicht genau zu verstehen. Um die Pracht des Tempels, in dem die Sminthien gefeiert werden, zu schildern, läßt er ihn von Apollon, Athene und Hephästos erbaut sein. „Das Bild des Gottes aber“, so räth er dem Prunkredner, „wirst du beschreiben, indem du es mit dem olympischen Zeus und der „Athene auf der Akropolis der Athener vergleichst, dann „füge hinzu: welcher Pheidias, welcher Dädalos hat ein „so großes Bild verfertigt? vielleicht fiel dieses Bild vom „Himmel — und daß es mit Lorbeer gekränzt ist u. s. w.“ Also es war ein ansehnlicher Koloß, das Haupt mit Lorbeer gekränzt, wie auf der Vorderseite jener oben erwähnten Münze. Indessen ist auch dieser großartig schöne Kopf nicht als eine Nachbildung des Werkes von Skopas zu betrachten, denn er entspricht genau den chalkidischen Münzen, auf deren Rückseite, wie auf einer von Hamaritus (de Witte Nr. 8), eine Kithar, nur ohne die hier ersichtlichen Mäuse, erscheint (Müller, Denkm. I. 41. 183 und 184).

———

VII. Skopas in Ephesus.

Auch Apollons Schwester wurde, wie an andern Orten, bei Ephesus in einem Haine Ortygia verehrt, der sich nahe am Meere befand und aus Cypressen und andern Bäumen, wie in Deanthea aus Cypressen und Fichten (Paus. X. 38. 9), bestand (Strabo XIV. p. 639, Tacitus Ann. XII. 61). Wie in Delos die Wiege Apollons und in dem Nachbarinselchen Ortygia der Artemis, so ehrten die Jonier bei Ephesus in diesem Walde die Geburtsstätte der Artemis und ihres Bruders und übertrugen die Sage von Letos heimlicher Entbindung auf die ähnliche Oertlichkeit. Dem delischen Flusse Jnopos entsprach der Kenchreios, dem Berge Kynthos der Solmissos, auf welchem man die Kureten sich hülfreich beweisen ließ. Unter den dortigen Heiligthümern unterscheidet Strabo ältere, in denen er alte Bildwerke erwähnt, von später errichteten, in welchen sich Werke von Skopas*) befanden: „Leto mit dem Scepter, und daneben steht Ortygya," die dort als Amme galt, „welche in jeder Hand „ein Kind hält." Diese Statuen wurden gewiß vor dem

---

*) Σκόπα ἔργα nach Tyrwhitts unzweifelhafter Verbesserung statt σκολιά ἔργα.

Brande des auf der andern Seite der Stadt gelegenen
großen Tempels, also vor Ol. 106. 1, aufgestellt, denn nach=
her mußten die Epheser ihre Mittel zusammennehmen, um
den Verlust zu ersetzen. Es ist möglich, daß jene Neu=
bauten mit den Bildwerken die Feier der Chilieteris ver=
herrlichen sollten, welche nach der ersten mythischen Grün=
dung eines Artemisheiligthums verflossen war. Denn die
Verse des Alexander bei Macrobius Sat. II. 2, worin des
tausendjährigen Festes und der Belohnung des Timotheos
gedacht wird, reden von einem Heiligthum der Opis am
Kenchreios, der große Tempel aber stand am Flüßchen
Selinus (Strabo VIII. p. 387). Skopas Werke standen,
wenn Strabo sich richtig ausdrückt, in verschiedenen Ka=
pellen, in einer Leto selbst, in einer andern Ortygia mit
den Kindern. Diese letztere Gruppe hat Streber (Abhand=
lungen der Münch. Akad. phil. Kl. I. S. 217) mit einer auf
Münzen von Ephesus häufigen Darstellung (Mionnet, de=
script. 461, supplém. 6. 640, 714, 775, 818) in Verbindung
gebracht. Eine Frau trägt dort auf jedem ihrer ausge=
streckten Arme ein Kind. Sie ist mit einem Diploidion
und einem langen Chiton bekleidet, der durch ihren lebhaf=
ten Gang in eine faltenreiche Bewegung geräth. Die
Kinder sind durch Attribute kenntlich: Apollon schießt mit
dem Bogen, Artemis trägt auf einer Münze der Tranquil=
lina als Zeichen der Herrschaft einen Globus, auf einer
des Gallienus ein Geräth, welches von Streber für eine
kleine Bildsäule gehalten wird, in der Abbildung Tf. 3. 12
aber mehr einem Bogen ähnlich sieht. Die Frau schaut
immer zurück, wie nach einer Gefahr, etwa dem pythischen
Drachen. Streber nennt jene Frau Ortygia und sieht in ihr
eine Nachbildung der Statue des Skopas, ein Gedanke,

ben ich für sehr glücklich halte, obgleich ein doppeltes Be=
denken übrig bleibt. Dieselbe Gruppe kommt mehrmals
auf Münzen von Tripolis in Karien vor (Mionnet 515,
523, 538, 540), stehend mit den Kindern, zuweilen in einem
viersäuligen Tempel. Da man dort Letoa und Pythia
feierte, wäre es gerathener, in jener Tempelgottheit Leto
selbst zu erblicken. Ferner ist es nicht wohl möglich, daß
jene Statue die durch die Kinder belasteten Arme so weit
ausgestreckt hätte, so daß man eher an ein Gemälde ben=
ken möchte, wie jene bekannte Vase (Müller, Denkm. II.
144). Dies letztere Bedenken löst sich durch den Umstand,
daß auf einigen Münzen beider Städte die Kinder näher
an die Mutter gerückt sind, so daß man sie allenfalls für
eine späte Kopie einer Statue halten könnte, aber der run=
den Fläche angepaßt. Dem erstern kann man entgegenhalten,
daß auf andern Münzen von Tripolis Leto sitzend mit dem
Scepter dargestellt wird, ΛΗΤΩ daneben*). Danach hieße
jene Gruppe besser Ortygia. Einen Zusammenhang beider
Städte vermögen wir nicht nachzuweisen, aber wie z. B.
in einer unbedeutenden Stadt Kariens, dem spätern Alexan=
dria, sich eine Aphrodite des Praxiteles befand, so ist es
auch möglich, daß jene Werke des Skopas in Tripolis
kopiert und diese Kopien oder Wiederholungen auf den
Münzen dargestellt wurden. Daß die Statuen bedeutend
waren, ist ebenso gewiß, als daß beide von einem Original
abstammten, und ich glaube somit Strebers Meinung im=
mer für wahrscheinlich halten zu dürfen. Dies läßt auch
auf Leto zurück schließen: sie war nicht stehend, wie die

---

*) Mittheilung des Herrn Dr. Jul. Friedländer in Berlin, dem
ich für manche Belehrung dankbar bin.

schöne sog. Leukothea in München*), der sie im Stil
ähnlich gewesen sein mag, sondern thronend und mit dem
Scepter gebildet. Auch in dieser ephesischen Gruppe zeigt
sich die verwandte Geistesrichtung von Skopas und Pra-
riteles. Von Euphranor gab es eine Erzgruppe**) La-
tona puerpera Apollinem et Dianam infantes susti-
nens im Tempel der Concordia zu Rom (Plin. XXXIV.
77); von Praxiteles Marmorgruppen der Leto und ihrer
Kinder in Megara (Pauf. I. 44. 2) und Mantinea (ebend.
V. 9. 11).

Skopas sollte noch einmal, wie sein jüngerer Rival,
für Ephesus beschäftigt werden. Nach dem Brande des
Tempels, also gegen Ol. 107, arbeitete er den plastischen
Schmuck in Relief, womit eine von dessen 36 Säulen geziert wurde. Dieser Auftrag hängt aber so enge mit der
Baugeschichte des Tempels zusammen, daß er besser in
einem Excurse behandelt wird (S. die Beilage).

---

*) Nach Friederichs archäol. Zeitung XVII. S. 1 ff. Die Kuro-
trophos?
**) Nach Panofka freilich (Annal. dell' Instit. I. p. 397) ein Ge-
mälde.

VIII. Skopas im Gebiet von Pergamus.

Aus dem nördlich vom Mäander gelegenen Theile von Kleinasien rührten auch diejenigen Werke her, welche man außer den früher besprochenen in Rom von Skopas sah, darunter das größte und das originellste. Plinius erwähnt zwei XXXVI. 26. Das eine ist Mars sedens colosseus in templo Bruti Callaici apud circum eundem [Flaminium], praeterea Venus in eodem loco nuda Praxiteliam illam antecedens et quemcumque alium locum nobilitatura. In Rom, fährt der Schriftsteller fort, habe man zur gehörigen Bewunderung weder Zeit noch Stimmung.

D. Junius Brutus Callaicus erbaute diesen Tempel des Mars aus der Kriegsbeute der Gallaeer und Lusitaner, die er vom Jahre 616—18 = 138—36 v. E. siegreich bekriegt hatte. Wann sein Triumph gefeiert wurde, wird nicht ausdrücklich angegeben, indessen setzt ihn Eutropius IV. 8 später als den Tod des letzten Königs von Pergamus Attalus III. Philometor (621 = 133) und erwähnt ihn zugleich mit dem des Scipio über Numantia 622 = 132. Wir dürfen also vermuthen, daß der Triumph des Brutus durch die übeln Erfolge seines Schwagers Aemilius Lepidus, den er bei der vergeblichen Belagerung von Pallantia eigenmächtig unterstützt hatte, und die demokratische Opposition verzögert wurde, bis Scipios Sieg die Schmach ausgelöscht hatte. Wenn Brutus den Tempel aus der spanischen Beute errichtete, so konnte er jene Kunstwerke nicht daher nehmen. Dagegen besaß er Verbindungen in Asien, die ihm zu deren Erwerb verhalfen. Sein Freund und Begleiter, der Dichter Attius, welcher die Inschrift des Tempels in saturnischen Versen verfaßte, hatte den alten Pacuvius auf seiner Reise nach Asien (Gellius XIII. 2), in Tarent besucht, ohne Zweifel im Gefolge seines Beschützers. Diese Reise fand nach Hieronymus Ol. 160. 2 d. h. 615 = 139 v. C. Statt, ein Jahr vor Brutus Consulat, gewiß im Auftrage des Senats, um die Thronfolge Attalus III., der im folgenden Jahre auf Attalus II. folgte, zu ordnen. Wie dieser letzte König kostbare Geschenke an Scipio nach Spanien sandte (Cic. f. Dejotar. 7. 19, Schol. Ambros. p. 372), so wird er, wie wir vermuthen dürfen, auch Brutus zur Verzierung des beabsichtigten Tempels mit jenen Statuen ausgerüstet haben. (Oder kaufte sie dieser aus seinem Nachlaß? Aber schwerlich kamen Kolosse zur Versteigerung). Sie waren also früher irgendwo in seinem Reiche, das sich südlich bis an den Mäander ausdehnte, befindlich: es ist möglich, daß sie für einen ursprünglich in Mausolos Gebiet gelegenen Ort verfertigt waren.

Ich weiß nicht, von wem die Vermuthung zuerst ausgesprochen worden ist, daß die schöne, in der Gegend des Marstempels gefundene *) Marmorstatue der Villa Ludovisi

---

*) Sante Bartoli bei sua Miscellanea I. p. CCLIII. Vicino il palazzo delli signori Santa Croce, per andare a Campitelli, nel farci una chiavica ci fu trovato il bellissimo Marte sedente, con Amore, che si vedono alla villa Ludovisi.

(Müller II. 230, Braun, Kunstmythol. Tf. 86) dem Werke
des Skopas nachgebildet ist. Daß sie einem Originale
ersten Ranges entspricht, ist unverkennbar; vollständig ist
sie ebenfalls, wenn auch Meyer zu Winckelm. V. 1. 18 aus
einem Bruch an der linken Schulter schließen will, daß
ursprünglich noch eine Figur daneben stand. Da wir nun
keinen sitzenden Mars weiter kennen*), die Statue des
Skopas in Rom aber die Nachahmung reizen mußte, wer=
den wir eine Combination, die mit der Richtung des Ge=
schmacks jener Zeit vortrefflich übereinstimmt, für eine sehr
berechtigte halten. Den einzigen Einwurf könnte man
machen, daß das linke Knie des Gottes zu stark hinauf=
gezogen wird, um in einer Kolossalstatue von vorn gesehen
eine gute Wirkung zu machen. Aber einmal ist es möglich,
daß der geschickte Bildhauer der römischen Zeit sich nicht
unbedingt an sein Muster gehalten hat, und dann kann das
letztere so aufgestellt gewesen sein, daß die Höhe des Knies
nicht störend in die Augen fiel. Merkwürdig ist bei diesem
Meisterwerke vor Allem die Auffassung. Der junge, kräf=
tige Gott ist in ein süßes Nachsinnen verloren, welches wahr=
scheinlich durch die Beigabe eines Eros deutlicher gemacht ist.

---

*) Die durch gewichtige Analogien unterstützte Meinung Raoul-
Rochette's (Mon. inéd. p. 43 vgl. p. 413), jene schon bei Perrier Mars
genannte Statue stelle den trauernden Achilles vor, kann ich deswegen
nicht theilen, weil ich im Gesichte wohl einen sinnenden, aber keinen
traurigen Ausdruck erkenne und Eros Anwesenheit mit jener Auf=
fassung nicht reimen kann. Die über dem Knie zusammengelegten
Hände zeigen auf dem Friese des Parthenon unverkennbar eine be=
queme und nachlässige Haltung an. Wenn also anderwärts allerdings
Achilles in derselben Stellung gebildet wird, so ist dies aus der großen
Aehnlichkeit zwischen beiden Vorwürfen zu erklären. Doch verkenne
ich nicht, daß die hier vorgezogene Deutung keineswegs ganz unzweifel=
haft ist. Die beschädigten Stellen mögen vielleicht von einer verlore=
nen Lanze herrühren.

Seine Stellung ist eine anmuthige Ruhe, welche durch das glückliche Motiv, daß das linke Bein heraufgezogen und mit beiden Armen festgehalten wird, einen lebendigen Contrast hervorruft. Der mächtige Rücken, nebst dem Torso des Herakles der schönste, den uns das Alterthum hinterlassen hat, tritt durch diese Bewegung in prächtigen Curven hervor; die Schultern, die kräftige Brust, so wie der schöne Bauch werden durch die zusammengefalteten Arme in ihren Formen schärfer gezeichnet, während das vorgestreckte rechte Bein die Ruhe sucht. Der Leib ist fleischig, wie eines Athleten, aber nicht gemein, wie beim farnesischen Herakles, sondern bei aller Fülle voll Zartheit in den leisen Uebergängen der Umrisse. Bewundernswürdig malt sich der mächtige, aber unbestimmte Affekt in dem feinen Kopfe, den der etwas vorübergebogene Hals trägt. Die Augen sind sehnsüchtig auf ein Ideal gerichtet, welches in der Seele des Gottes lebt, aber nicht sichtbar vor ihm steht. Das Haar ist kurz geschoren, wie es einem Kämpfer geziemt. Aber müßig ruhen die Waffen am Boden, der Schild an seinen Felsensitz gelehnt, mit zusammengeknüpften Tragriemen gleichsam zur Ruhe gesetzt, auf der andern Seite liegt der mächtige Helm, und das Schwert ruht müßig in der Scheide in der linken Hand, so daß nur der mit einem Hundskopf verzierte gewaltige Griff an die furchtbare Kraft erinnert, die sich selbst zu vergessen scheint. Der Eros zwischen den Füßen macht eine Bewegung, als wolle er dem Gotte die Beinschienen lösen, die nicht gebildet sind, weil sie den Eindruck der Friedlichkeit stören würden. Die Chlamys ist über Hüfte und Schooß geschlagen und hebt durch ihre Falten die Schönheit der Glieder. Mit Recht sagt Braun (Ruinen Roms S. 573), daß man den Reichthum

der Composition nur durch eine abwechselnde Betrachtung
von den verschiedensten Augenpunkten aus erschöpfen kann.

Freilich ist die Auffassung des kriegerischen Gottes,
der einem Liebestraume nachhängt, für eine Tempelstatue
nicht die angemessenste, indessen folgt aus der Aufstellung
in Rom nicht, daß sie in Kleinasien dieselbe gewesen war.
Sie konnte in einem Heiligthume der Aphrodite, in einem
andern öffentlichen Gebäude, z. B. einem Theater, stehen,
und wenn auch nicht, so werden wir einem Zeitgenossen des
Praxiteles eine weichere Darstellung des Gottes zutrauen,
welche durch die Nachbarschaft der Aphrodite hinlänglich
erklärt und vielleicht durch deren kräftigere Bildung aufge=
wogen wurde. Schon in Athen hatte Aphrodite ihre Stelle
in dem Tempel des Ares. Pausanias I. 8. 3 nennt die Mei=
ster nicht; da aber Ares von Alkamenes, Enyo von den
Söhnen des Praxiteles verfertigt waren, dürfen wir die
beiden Statuen der Aphrodite nicht jünger sein lassen. Be=
denkt man, daß Melos vor Alkamenes Tode Ol. 91, 1
von athenischen Kleruchen besetzt wurde, so wird man in
der herrlichen Statue der Venus von Milo ein Nachbild
jenes Werkes, also ein Produkt der Schule des Alkame=
nes, den wir den Lehrer der jüngeren Generation nannten,
erblicken. In Italien scheint ein ähnliches Werk gestanden
zu haben, für dessen Nachbild die Venus von Capua (Braun,
Kunstmyth. Tf. 75, Müller II. Nr. 168) zu halten ist. Gern
würden wir dieses auf die verlorene Schöpfung des Sko=
pas zurückführen. Denn die Venus von Milo selbst, an
welche Welcker, alte Denkmäler I. S. 444 und Stark in
seiner schönen Abhandlung über „unedirte Venusstatuen"
Berichte der sächs. Gesellsch. der Wissensch. 1860 S. 6 nach
Waagens Vorgange denken, ist in Italien nicht copiert

worden. Indessen müssen wir bekennen, daß der Wortlaut jenes einzigen Zeugnisses bei Plinius diese Vermuthung nicht unterstützt. Nicht allein nennt sie Plinius nackt, was man zur Noth auch von der halben Entblößung der genannten Werke verstehen könnte, sondern er vergleicht sie mit der knidischen Aphrodite des Praxiteles. Antecedens kann dem Zusammenhange nach nicht, wie Müller Hdb. §. 125. 3 versucht, von der Zeit verstanden werden, denn im Folgenden liegt mit Beziehung auf §. 21 die Behauptung, die Statue des Skopas würde jeden Ort außer Rom eben so berühmt machen, wie Praxiteles Werk Knidus verherrlicht hat. Folglich muß das Vorhergehende mit diesem Ausspruch in logischer Verbindung stehen und kann dann nur eine Begründung desselben durch ein Kunsturtheil enthalten. Setzt man dieser Erklärung die übereinstimmende Bewunderung der Alten für die knidische Aphrodite entgegen, so läßt sich, da die alten Zeugnisse sämmtlich jünger sind als die Verpflanzung der Statue des Skopas nach Rom, mit Plinius erwiedern, daß diese in Rom eben nicht zu der gebührenden Geltung gekommen war. Wenn aber Plinius selbst §. 20 die knidische Venus allen übrigen Werken vorzieht, so geschieht dies wegen des Ruhms, der ohne Zweifel der letztern in weit höherem Maße zu Theil geworden war. Damit ist an der andern Stelle das Urtheil über den Kunstwerth der Statue von Skopas, das Plinius direct oder mittelbar dem Pasiteles verdankt, wohl vereinbar. Wollte man aber auch, ohne Rücksicht auf den Zusammenhang, antecedens für eine Zeitbestimmung halten, was eine genaue Nachricht über Verfertigung und Bestimmung des Kunstwerks voraussetzt, so würde dann erst recht gefolgert werden müssen, daß Skopas und Praxiteles ähn-

liche Motive ausgedrückt haben. Denn daß es überhaupt
Venusstatuen vor Praxiteles gab, versteht sich von selbst.
Wenn Plinius Skopas Statue für älter erklärte', so mußte
er eine gleich der knidischen nackte im Sinne haben. Sehen
wir uns daher, indem wir zu unserem Bedauern auf jene
Zusammenstellung verzichten, nach einem Motiv um, wel=
ches eines Skopas würdig und zugleich durch römische Co=
pien als in Italien eingebürgert bezeugt wird, so begegnet
uns zunächst die in der chigischen Venus (Müller=Wieseler
II. 275) am schönsten erscheinende Gestalt, die den Zipfel
des Gewandes gegen den Schooß hinzieht. Auch würde
uns der Grund, den Stark S. 10 geltend macht, um deren
Originale, der Aphrodite von Troas, die Zeit von Ol. 116
—124 zuzuschreiben, die späte Gründung der Stadt, nicht
gerade abhalten, da ja diese Statue füglich nach Alexan=
dria Troas gebracht worden sein konnte, wie der Hermes
Polyklets nach Lysimachia. Aber das Original war in Alex=
andria Troas zurückgeblieben, und die Modificationen jener
Bildung, wie sie in der syrakusischen Statue (Clarac pl.
608. u. 1844) u. a. erscheinen, indem das Gewand einen
offenen gebauschten Bogen beschreibt, scheinen jenem ein=
fachern Motiv nachgefolgt zu sein. Dagegen gibt es eine
Klasse von Statuen, die der knidischen Venus auf der einen
Seite so nahe steht und auf der andern sich durch eine so
eigenthümliche Bewegung von ihr unterscheidet, daß sie mit
ihr zu wetteifern werth war: die capitolinische Venus (Braun
Tf. 81, Müller II. 278) und ihre Copien, deren Stark S. 12
zwölf aufzählt. Sie stimmt mit der knidischen im Uebrigen
überein, nur daß sie statt des rechten den linken Arm vor
den Schooß hält und dem entsprechend auch den linken Fuß
zur Stütze macht, aber sie läßt das Gewand ganz auf die

Urne hinunterfallen und benutzt die frei gewordene rechte
Hand zur Deckung der Brust; einfacher und natürlicher
als die mediceische Venus legt sie dieselbe an die linke
Brust an. Allerdings setzt diese Statue die praritelische
voraus. Denn in der weitern Entfernung des Gewandes
ist eine Fortbildung seiner Erfindung zu erkennen, vergl·
Stark a. a. O. Aber warum sollte der alte Skopas nicht
mit dem bewunderten Werke seines jüngeren Kunstgenossen
gewetteifert, warum sollte er ihn nicht an rücksichtsloser
Kühnheit übertroffen haben? Daß jenes Meisterwerk der
besten Zeit würdig war (das Original gewiß), glaube ich
auch gegen Braun S. 53 behaupten zu dürfen, der es in
die römische Periode setzt: die größere Steife des Körpers,
der frauenhaftere Charakter desselben und des Gesichts —
sollten sie nicht aus der kühleren Empfindung des ältern
Meisters, und der Absicht, das von Praxiteles glücklich er=
fundene Motiv in neuer Weise wiederzugeben, erklärlich sein?
Der Ruhm der Erfindung ist dem Letztern mit vollem Rechte
geblieben.

Hundert Jahre später wurde ein anderes Werk des Skopas in Rom nahe bei dem Marstempel aufgestellt, welches aus denselben Gegenden herrührte: es übertraf das eben besprochene an äußerem Umfang und innerem Werthe. Hören wir Plinius Beschreibung XXXVI. 26. In maxima dignatione delubro Cn. Domitii in circo Flaminio Neptunus ipse et Thetis atque Achilles, Nereides supra delphinos et cete aut hippocampos sedentes, item Tritones chorusque Phorci et pistrices ac multa alia marina, omnia eiusdem manu, praeclarum opus, etiam si totius vitae fuisset.

Cn. Domitius Ahenobarbus hatte während des philippischen Kriegs (712 = 42 v. C.) mit Statius Murcus die republikanische Flotte im ionischen Meere befehligt und eine nach Griechenland übersetzende Abtheilung des Triumviralheers, die sich überraschen ließ, niedergemacht, dann sich mit Antonius vereinigt*). Durch ihn wurde er 40 v. C. in Brundusium mit Octavian ausgesöhnt (Appian V. 55 ff.)

*) Eine Münze des Antonius, die ihn als Imperator zeigt, bezieht sich darauf (Borghesi bei Baiter, Onomast. Cic. s. v.).

und galt als einer der mächtigsten Anhänger des Antonius, so daß im Frieden von Misenum ihm und C. Sosius das Consulat auf das Jahr 726 = 32 v. C. zugesichert wurde. Von Brundusium war er als Antonius proprätorischer Legat nach Bithynien gegangen, wo er den größten Theil der sechsjährigen Zeit, welche das antonische Gesetz für die Provinzialverwaltung festsetzte (Marquardt III. S. 280) blieb. Von dort aus machte er im J. 36 den parthischen Feldzug des Antonius mit (Plut. Anton. 40) und leistete im Winter seinem Nachbarn, dem Statthalter der Provinz Asien C. Furnius, gegen Sextus Pompejus Beistand (Appian V. 137). Da er aber in den Kriegsereignissen des J. 35, worin Furnius und M. Titius Pompejus zu Paaren trieben, nicht erwähnt wird, scheint er in diesem Jahre seine Provinz, deren Hauptstädte Nicäa und Nicomedia von Pompejus eingenommen wurden, verlassen, also immer lange genug darin verweilt zu haben, um Kunstwerke für seinen beabsichtigten Bau zu sammeln. Im J. 32 = 722 bekleidete er mit Sosius das Consulat, ging kurz vor der Schlacht bei Actium zu Octavian über und starb bald nachher (Sueton. Nero 3). Zwischen dem Frühling 35 und dem Sommer 32, während dessen er zunächst zu Antonius ging, muß er also den Tempel des Neptunus eingeweiht haben, zum Dank für seine Erhebung, die er dem Besitz jener mächtigen Flotte zuschreiben durfte. Denn deren Uebergabe sicherte ihm Antonius Freundschaft. Ueber die Lage des Heiligthums, des ersten, welches Neptun in Rom, vielleicht an der Stelle erhielt, wo ein Altar des Gottes von Livius XXVIII. 11 erwähnt wird, sind wir zwar außer jener allgemeinen Bezeichnung in circo Flaminio bei Plinius und in einer Inschrift bei Gruter CCCXVIII. 5 nicht unterrichtet: indessen werden wir durch mehrere Spuren darauf geführt. Nicht weit nämlich vom Circus Flaminius, welcher bis zum Palazzo Mattei reichte (Beschr. d. St. Rom III. 3. S. 23), in der Gegend, welche wahrscheinlich die Porticus des Octavius durchzog (ebend. S. 39), liegt der Palast Santa Croce, in dessen Umgebung, so wie in ihm selbst zu verschiedenen Zeiten Architekturstücke entdeckt worden sind, u. a. eine schöne Säule von Rosso antico (ebend.). In dem Hofe befindet sich noch ein Relief, welches Tritonen mit Amoren auf Meerwundern zeigt(ebend. S. 456). Aus demselben Hause stammen nach Schorn, Beschreib. der Glyptothek S. 106 und Welcker, zu Müllers Handbuch S. 345 zwei Friese, welche in den Besitz des Cardinals Fesch kamen und im Juni 1816 in Paris versteigert wurden. Einen kaufte Herr v. Klenze, wie er mir selbst erzählt hat: es ist der jetzt in der Münchener Glyptothek befindliche (Schorn, Verzeichniß S. 104), welchen O. Jahn in den Berichten der sächs. Gesellsch. d. Wissensch. 1854 S. 163 mit einer vortrefflichen Erklärung ausgestattet hat. Dieser wunderschöne Fries, welcher nach Schorns richtiger Deutung die Hochzeit des Poseidon und der Amphitrite darstellt, hat ohne Zweifel einem Tempel Poseidons angehört, dessen Cella er in der Breite schmückte. Den er ist 31' 2" lang, 2' 9" breit. Vergleicht man damit die Maße mehrerer alten sechssäuligen Tempel, so findet man, daß sie im äußern Umfang wenig größer sind. So ist z. B. der kleinere Tempel zu Pästum 47, der zu Agrigent 50, der von Aegina 45, der von Rhamnus sogar nur 33 englische Fuß breit. Da der letztere der besten Zeit angehört, vielleicht mit Skopas, der die Statue Apollons dafür arbeitete, gleichzeitig ist, so würden wir, dieselbe Ordnung und Säulenweite vorausgesetzt,

auch diesen Neptunstempel für einen sechssäuligen halten
dürfen. Wahrscheinlich aber war er in der damals belieb=
ten korinthischen Ordnung und mit weiteren Intercolumnien
erbaut, also wohl viersäulig. Nun haben wir in der Nähe
nachweislich den Circus Flaminius, daneben die Porticus
Octavia, welche einen Seesieg verherrlichte, daneben den
Tempel des Domitius, an einem nahe gelegenen Orte außer
mehreren Bauresten jene Sculpturen, die sich auf Neptun
beziehen — ist es nicht so gut wie gewiß, daß die letzte=
ren zu jenem Tempel Neptuns gehörten? Es ist außer=
ordentlich schade, daß der zweite Fries, welcher wahrschein=
lich dem ersten in der Größe entsprochen haben wird, spurlos
verschwunden ist (ich wenigstens habe keine Notiz gefunden),
aber auch der erhaltene ist unschätzbar. Denn, wie Jahn
erschöpfend darthut, erinnert er unmittelbar an die Scul=
pturen des Parthenon und ist mehr geeignet als irgend ein
anderes Werk, uns von dem Stil des Skopas einen Be=
griff zu geben. Jahn nimmt Anstand, ihn geradezu für
ein Werk seiner Schule zu erklären, obgleich er ihn auch
in die Zeit der schönsten griechischen Kunstblüthe versetzt.
Wir dürfen getrost einen Schritt weiter thun und behaup=
ten, daß er aus der Werkstatt des Skopas als Begleiter
der von seiner Hand ausgeführten Statuen hervorgegangen
ist und zu den letztern sich ähnlich verhält wie die Reliefs
des Parthenonfrieses zu den verlorenen Originalwerken des
Phidias. Auf die Natur, die Anmuth und Wahrheit jener
Gestalten hinzuweisen ist überflüssig; wichtiger ist es, die
Verschiedenheit zu betonen, welche zwischen diesen bei aller
Freiheit und Zierlichkeit einfachen und zugleich idealischen
Gestalten, so wie den mächtigen Seeungeheuren und der
sinnlich erregten oder koketten Bildung der verwandten

Denkmäler aus der Kaiſerzeit obwaltet. Sie iſt ein ſiche=
res Merkmal der griechiſchen Originalität jenes Frieſes
und ſeines höhern Alters. Für dieſes ſpricht auch die
wunderbare Leichtigkeit und ſchlichte Anmuth der Gewan=
dung und die bequeme, ungeſuchte Mannichfaltigkeit der
Stellungen, welche beide theils an die Niobegruppe, theils
an das Denkmal des Lyſikrates erinnern. Wir halten alſo
das Relief für älter als den Tempel des Domitius, der
während der kurzen Zeit, bis er auf ſeinen Bau zu ver=
wenden hatte, bei ſeinen Zeitgenoſſen ſchwerlich größere
Sculpturen beſtellt oder geſucht haben wird. Da er mußte,
daß er nach drei Jahren das Conſulat bekleiden würde,
hat er es wohl vorgezogen, ſie den Gegenden zu entnehmen,
wo die beſſere und ächtere Kunſt wohlfeil zu haben war.
Wir nehmen an, daß der Münchener Fries denſelben Tem=
pel des Poſeidon zierte, woraus Domitius die Gruppe mit=
brachte, womit wir nicht behaupten wollen, daß er gerade an
derſelben Stelle des Gebäudes ſich befand — er konnte eine
Baluſtrade oder irgend eine größere Abtheilung ſchmücken.
Dieſer Tempel kann nur in der Provinz Bithynien geſucht
werden, da die römiſchen Magiſtrate, ſo wenig ſie auf das
Eigenthumsrecht der Griechen an Kunſtwerken Rückſicht
nahmen, eben ſo ſtrenge das Jagdrecht ihrer Amtsgenoſſen
als römiſcher Bürger wahrnahmen und höchſtens freiwillige
Gaben oder Darleihen derſelben annahmen.

Der Cultus Poſeidons war aber am Bosporos und
der Propontis weit verbreitet. Aſtakos, das ſpätere Olbia,
leitete ſeinen Urſprung von einem Sohne und einer Nymphe
Olbia her, auf den Münzen von Lampſakos, Apamea u. a.
werden Thetis oder eine Nereide dargeſtellt, auf dem Vor=
gebirge Archium ſtand die Statue eines alten Seegottes

(Nereus oder Phorkys, Dionysii anaplus fr. 31) und ein
Tempel Poseidons an der Spitze der Landzunge, welche die
Buchten von Kius und Astakos trennt (Pompon. Mela I.
19). Beide Städte waren mit Athen verbündet; jenes
kömmt unter den ältern Tributlisten der athenischen Bun=
desgenossen (Böckh, Staatsh. III. S. 697), dieses wahrschein=
lich auch in der auf den Bund des Nausinikos sich bezie=
henden Inschrift vor. Dort stehen neben einander Πάριοι.
Ο..... (Meier, comment. epigraph. II. p. 54. v. 89). Den
verstümmelten Namen ergänze ich 'Ολβιανοί. Denn von
der Stammmutter Olbia benannten sich die Astakener um
die neunziger Olympiaden (Böckh a. a. O. S. 673), auf je=
den Fall vor Ol. 105, denn Skylar p. 34 gebraucht den
jüngern Namen. An einem von beiden Orten, entweder in
jenem Tempel oder in Olbia, stand jene Gruppe des Sko=
pas. Denn westlich vom Rhyndakos zu gehen, erlaubt die
Grenze der Provinz Bithynien nicht, und weiter östlich hat
sich, so viel wir wissen, die Thätigkeit des Meisters nicht
erstreckt, während die Nachbarschaft des Hellesponts durch
die Denkmäler von Troas und Samothrake bezeichnet und
auch Praxiteles Thätigkeit dort in Parion bezeugt wird.
Zwischen ihnen kann man schwanken. In Astakos=Olbia war
die Verehrung Poseidons an die Stiftungssage der Stadt
geknüpft; sie erhielt sich auch, als nach der Zerstörung
der Stadt durch Lysimachos von dem König Nikomedes um
Ol. 126 die Einwohner in die neue Hauptstadt Nikomedeia
dicht neben der alten Stelle angesiedelt wurden. Denn auf
mehreren Inschriften (corp. inscr. Graec. n. 3779 ff.) wird
eine poseidonische Phyle erwähnt. Bei jener Uebersiedelung
mochte Skopas Gruppe in die neue Hauptstadt gebracht
worden sein und hier die Augen des Statthalters auf sich

gezogen haben. Leichter und einfacher ist die Annahme, daß sie aus jenem Poseidonstempel zwischen Kius und Myrlea herrührte. Beide Städte waren bedeutend und wohlhabend. Jenes, der Sitz des Mythus von Hylas, vermittelte den phrygischen Verkehr, dieses war auch nach der Zerstörung durch Philipp III. unter dem Namen Apamea (Polyb. XV. 23, Strabo XII. p. 563) als der Hafen von Prusa blühend und reich (Dio Chrysost. 40. 30). Sie werden den Poseidonstempel als gemeinschaftliches Heiligthum glänzend ausgestattet haben. Auch kömmt auf den Münzen aus Apamea und Prusa eine weibliche Figur, die auf einem Delphin oder Hippokampen reitet, vor, eine Vorstellung, die sich wohl durch Skopas Arbeiten eingebürgert und auf die Kaiserzeit vererbt hatte*). Nehmen wir diesen Tempel als die ursprüngliche Stätte des Kunstwerks an, so gewinnen wir für dessen Verfertigung die Zeit nach Ol. 104, nachdem Timotheos das Ansehen Athens an jenen Küsten hergestellt hatte. Denn das Heiligthum wird bei Skylax nicht erwähnt, ist also frühestens um Ol. 105 erbaut worden.

Skopas wählte einen Stoff, welcher für jeden Tempel Poseidons paßte, aber an dieser Stelle noch besonders

---

*) Stark hält sie S. 21 für eine Venus, indessen wird die auf sicilischen Münzen des Pyrrhus erscheinende verschleierte Frau auf einem Seepferd (Raoul-Rochette, monum. inéd. Vignette 15. 2 und 3 S. 411), wie auf Münzen von Larissa (arch. 3tg. V. Tf. 10. 3) in Thessalien, neben dessen Vorgebirge Sepias ein Chor der Nereiden sitzt, um Peleus aufzunehmen (Eurip. Androm. 1255, wo auch Achill auf Leuke erwähnt wird), durch den Schild als Thetis bezeichnet. Auf bruttischen Münzen (z. B. Müller, Denkm. II. Nr. 68) steht Eros auf ihrem Schooß. Ich möchte sie aber doch nicht für Aphrodite halten, da die Vorderseite den Kopf Poseidons zeigt, sondern für Amphitrite als seine Braut oder Gemahlin.

geeignet war, eine Scene aus dem Mythus von Achilleus, welche das ganze Gewimmel der Meerwesen nach Art eines bacchischen Thiasos entwickeln konnte. Achilleus Verehrung als eines Helden, welcher von seiner göttlichen Seite her eng mit dem Element des Wassers verbunden war, hatte sich über viele Orte, wo man den Nymphen und dem Poseidon diente, verbreitet. In Tänaron befand sich der Hafen Achills neben den Tempel des Meergottes (Pauf. III. 25. 4); eine Reihe von alten Heiligthümern der Thetis und der Nymphen befand sich in Lakonika*); an der Küste neben Samos lagen die Inseln der Nymphen und des Achill dicht neben einander (Plin. V 135); im schwarzen Meere verehrte man ihn neben den Nymphen (Pauf. II. 1. 8, nach meiner Verbesserung, Philol. XVII. S. 348) und nicht allein dort, sondern an mehreren Orten**) hieß das lang gestreckte Gestade Achilleus Rennbahn. Auch erwies man ihm in Sparta und Olympia göttliche Ehren (Pauf. III. 20. 8, VI. 23. 3). In der Nähe derjenigen Landschaft vollends, worin Achilleus seine Thaten verrichtet und im Achilleum sein Denkmal gefunden hatte, wies die Sage auf seinen letzten Weg, der ihn nach dem Tode zur Insel Leuke führte, so deutlich hin, und war zugleich der Cultus der Seegötter so verbreitet (ein Nymphäon bei Chalcedon Schol. Apollon. IV. 159, verschiedene Denkmäler am Bosporos), daß ein denkender Künstler die Epiphanie der Meeresgottheiten bei dem begnadigten Heros, der seinen Ursprung von ihnen herleitete, als ein künstlerisch

---

*) Welcker, Götterlehre I. S. 619. Auf der bekannten Büste zeigt daher die Stephane des Achilleus Seethiere.

**) Schol. Apollon. II. 658. τὰς εὐρείας ἠιόνας λέγεσθαι Ἀχιλλέως δρόμον.

eben so dankbares wie sachlich angezeigtes Motiv erkennen mußte. Wie er dasselbe auffaßte, läßt uns Plinius nur rathen. Von vorn herein empfiehlt sich Böttigers Ver= muthung (Andeutungen S. 158, Kunstmythol. II. S. 359), daß Skopas den Triumphzug des Achilleus nach den seligen Inseln d. h. eben ins schwarze Meer dargestellt hatte, sowohl durch die Schönheit des Gegenstandes selbst, als durch die Oertlichkeit an der dorthin führenden Wasserstraße sehr, auch ist sie früher allgemein gebilligt worden*). Dagegen hat Welcker (äschyl. Tril. S. 424, Bonner Mus. S. 34, alte Denkm. I. S. 204 ff.) den gewichtigen Umstand geltend ge= macht, daß dieser Gegenstand in der bildenden Kunst nicht vorkömmt**), während es unwahrscheinlich ist, daß ein so bedeutendes Werk, welches in Rom allen Blicken ausge= setzt war, keine Spur einer Nachbildung hinterlassen hätte. Hingegen wird die Uebergabe der göttlichen Waffen, welche

---

*) Carrière, dem Welckers Ausführung unbekannt geblieben zu sein scheint, hält an jener Vermuthung fest: er denkt sich Poseidon als Achilleus Wagenlenker (Aesthetik II. S. 163).

**) Ganz fehlt er freilich nicht. Achilles auf Leuke hat v. Paucker auf einer rohen lukanischen Vase in Berlin erkannt (arch. Ztg. V. S. 97 ff.). Helena in heroischer Umgebung auf der Insel der Seligen bilden etruskische Spiegel: 1) der Durandsche Mon. d. Inst. II. 6, Gerhard, etr. Spiegel Tf. 181, andere ebend. Tf. 217 und 218, Lanzi, I. Etr. II. p. 175. Vgl. Welcker, a. Denkm. III. S. 573 ff. Die Deu= tung, welche Panofka, arch. Ztg. IX. S. 287 dem von Gerhard, aus= erl. Vasenb. III. Tf. 229 publicirten Vasenbilde gibt (Achilles auf Leuke mit Peleus, Rhadamanthys und Kadmos), halte ich für ver= fehlt, da die Inseln der Seligen im Ocean bei Pindar Ol. II. 79 von der Insel im schwarzen Meer (Nem. IV. 49) verschieden sind, die Vase aus Nocera (Cavedoni, Bullet. nap. Okt. 1856 p. 16 ff., vgl. Gädechens, Glaukos S. 58 ff.) für Achilleus Abschied von Nereus. Denn die Bekränzung mit Lorbeer und der kurze Chiton kommen auch bei Theseus vor (z. B. Gerhard, Tf. 160). Nur Thetis, die Achilles hinführt, hat sich bis jetzt nicht gefunden.

Thetis in Begleitung der Nereiden ihrem Sohne überbrachte, durch eine große Zahl von Denkmälern als ein so beliebter Vorwurf der Kunst bezeugt, daß Welckers Meinung, auch Skopas habe sie dargestellt, sich äußerlich sehr empfiehlt. Dennoch muß ich mich eher für Böttiger entscheiden. — Die epische Poesie hatte das anmuthige Bild der Thetis mit ihren Nymphen nicht vernachlässigt: in der Aethiopis des Arktinos klagte sie mit ihren Schwestern und den Musen um Achills Tod. Auch die bildende Kunst war über die Erzählung Homers, bei dem Thetis die Waffen allein brachte, hinausgegangen: auf dem Kasten des Kypselos zog Thetis mit ihren Schwestern zu Hephästos, um für ihren Sohn die Waffen zu holen, aber nicht in ihrem eigenen Element, sondern auf Zweigespannen, deren Pferde mit goldenen Flügeln versehen waren (Paus. V. 19. 2). Glänzender stellte die athenische Bühne dergleichen Scenen dar. Wie im Prometheus des Aeschylos die Okeaniden auf geflügelten Wagen erschienen, so brachten die Nereiden in dem gleichnamigen Stücke die Waffen, nachdem sie „über die delphinenreiche Fläche des Meeres gekommen waren", eben so in den Phrygiern oder Hektors Lösung (Hygin Fb. 106)*) bei Sophokles Frgm. 691 und Achäus Fr. 29. Zwar brauchten die Meerthiere, wovon jene anmuthigen Gestalten getragen waren, wohl nicht selbst vorgeführt zu werden, aber ihr Anblick und die Beschreibung ihres Zugs, wie bei Euripides Elektr. 442, Androm. 1255, mußte die Phantasie der

---

*) Auf dies oder ein ähnliches Stück spielt Plautus an, Epid. I. 1. 33 alin (arma) apportabant ei Nerei filine. Ennius Achilles, der die Situation vorgeführt haben kann, war dem gleichnamigen Stücke des Aristarchos, nicht den Nereiden (Ladewig, Ztschr. f. A. W. 1841 S. 1091) nachgebildet. Frgm. 4 gehört zur Rede des Achilles, der sein Verhältniß zu Agamemnon berührt.

bildenden Künstler mächtig anregen. Vor Skopas wird keine größere Composition der Art angeführt, und man darf ihn in dem Sinne einen Erfinder nennen, in sofern von seiner Zeit an und ohne Zweifel gerade durch seinen Vorgang der Kreis des Seelebens, welcher ganz wie ein bacchischer Thiasos geordnet wird, eine bedeutende Stelle in der Kunst einnimmt, obgleich es aus der perikleischen Zeit nicht an einzelnen Werken fehlt. Amphitritens Wagen wird in dem Giebel des Parthenon von Fischen gezogen, und Seethiere, pristas, hatte Myron gebildet*), Tritonen aber schon Bathykles am Thron des amykläischen Apollon, Pauf. III. 18. 10. Um über die Frage, ob Skopas gerade den Waffenzug und wie er ihn ausführte, zu urtheilen, müssen wir zuvörderst die erhaltenen, verwandten Kunstwerke betrachten. Jahn hat sie mit gewohnter Einsicht beurtheilt, Overbeck in der Gallerie heroischer Bildwerke verzeichnet, vgl. auch Voß, mythol. Briefe XXII ff. Unsere Aufzählung wird wenige hinzubringen, wie sie denn auf Vollständigkeit bei der Beschränktheit des zugänglichen Apparats keinen Anspruch macht.

I) Unter den gemalten Vasen verdient eine Amphora mit schwarzen Figuren aus der Sammlung Campana (Catalogo classe I., serie 4—7. Nr. 1118) besondere Auszeichnung, weil sie nicht allein der Zeit des Skopas, sondern viel-

---

*) Ob etwa in Verbindung mit Perseus, so daß dieser zwischen Nereiden auf Seeungeheuern nach seiner That erschien? Vgl. die Vase Bullet dell' Inst. arch. 1855 p. 36. Daß Myron auch eine chryselephantine Statue Poseidons gearbeitet hat, scheint aus Lucian Gall. 24 hervorzugehen. Möglich auch, daß seine Seeungeheuer, dergleichen mehrere erscheinen, zwischen den Säulen eines Tempels standen. Doch der Möglichkeiten mag es noch mehrere geben. Seepferde auf einem etruskischen Grabe im Museum Napoleon III.

leicht auch den genannten Dramen des Aeschylos vorhergeht.
Darauf erscheint Achilles bärtig und nackt, einen Speer in
der Rechten. Thetis reicht ihm den Schild, ihr folgt eine
Nereide mit dem Harnisch, eine dritte mit dem Helm. Hin=
ter Achilles geht ein gerüsteter Held nach der andern Seite
gewandt in den Kampf, durch die Inschrift ΣVƎTVꓶVO
als Odysseus bezeichnet. Die Form des Sigma ist im
Druck des Katalogs undeutlich, die Doppelform des Lambda
LV entspricht dem Alphabet der Vase François (Jahn,
Einl. z. Vasenkunde S. CLVII), d. h. dem ältesten attischen,
welches bis gegen Ol. 80 im Gebrauch war. Die Scene
ist auf dem Lande und von einer Bezeichnung der Nereiden
als Bewohnerinnen des Wassers keine Spur. Dagegen
läßt sich auf der Vase François (arch. Ztg. VIII. Tf. 23
und 24) hinter dem Maulthiere des Hephästos ein gespal=
tener großer Fischschwanz erkennen, vielleicht von dem Thiere
des Okeanos, dessen Hals einem Pferde zu gehören scheint.
Ebenso zeigen Fragmente von archaischen Vasen (Inghi=
rami, Monum. Etruschi serie V. t. 55 und 56) zwei Ne=
reiden (?) und einen Theil eines Thiers (Hippokampen?) und
Galatea (AƎTAVA) und Triton (NVTIꟼT) als Muschel=
bläser. Die erstere Vase kann eine Ueberbringung der Waf=
fen an Achill dargestellt haben (Birch, arch. Ztg. XII. S. 221),
indessen ist die Deutung sehr ungewiß, da die Inschrift
ꓶVꓷꓶTPOΣ kaum auf eine Nereide paßt (ἁλμυρός vermuthet
Birch, gibt aber selbst zu, daß auch eine Kekropstochter
Aglauros gemeint sein kann), und auf jeden Fall das Werk
später als Ol. 86, wie die Form des Sigma zeigt. Wir
dürfen also schließen, daß die ältere Kunst, wenn sie Thetis
und Achilles bildete, dem Epos folgte, während vereinzelte
Darstellungen von Seethieren und Seeungeheuern sowohl

der Sculptur (Bathykles und Myron) als der Malerei (Vase François) wohl bekannt waren.

Desto zahlreicher zeigen die Vasen mit rothen Figuren den Seezug zu Achill.

1) Der Jatta'sche Krater aus Ruvo (Monum. dell' Inst. III. tv. 20, Overbeck 18. 13): Durch das Diadem ausgezeichnet sitzt Thetis auf einem Hippokampen*) in der Mitte von sechs auf Delphinen reitenden Nereiden, welche Schwert, Lanze, Harnisch, Schienen und Helm tragen, alle bekleidet bis auf die letzte, deren Oberleib nackt ist. Sie trägt in der Linken ein Gewand, nach Braun (Annal. XII. p. 126) für Achilles, eine Chlamys, der ähnlich, womit der sich waffnende Held (Overbeck 18. 7) bekleidet ist. Fisch und Krebs bezeichnen das Meer.

2) Thetis auf dem Hippokampen, dem ein Eros voranfliegt, hinter ihr auf einem phantastischen Seethier (Seepferd?) eine Nereide, vor ihr eine andere mit dem Harnisch auf einem Delphin, nach Thetis umgewandt. Unten Fische (ebend. 18. 8).

3) Thetis allein mit dem Harnisch auf einem Seepferd, hinter ihr eine Nereide (Galene nach Tölken, Berl. Kunstbl. I. S. 12 f.), Amphora im Vatican (Overbeck, Tf. 17. 1).

4) Thetis mit dem Helm auf einem Delphin (in der rechten Hand vielleicht eine Beinschiene?); gegenüber Medea(?) auf einem Seedrachen, welche ein

*) Sie scheint mir dadurch zu deutlich unterschieden, um mit Jahn S. 183 sieben Nereiden aufzuführen.

bluttriefendes (?) Schwert hält*). R. Rochette, Monum. inéd. pl. 6. 1.

5) Thetis mit Lanze und Schild auf einem Hippokampen; im Innern Achill kämpfend. Kylix bei Maisonneuve, introduct. 36. 1, Overbeck Nr. 70.

6) Thetis auf einem Delphin mit Schild und Helm. Cabinet Pourtalès 41. 1, Overb. Nr. 69.

7) Eine irdene Schüssel mit schwarzem Firniß: im Innern eine Nereide auf einem Seepferd in Relief, die in der Rechten einen Schild trägt (Mus. Campana serie 9 e. 10 sala 1 n. 230).

8) Drei Nereiden, zwei sitzen auf Delphinen (eine heißt ΕΤΔΙΑ), die dritte ist abgestiegen (Bull. Nap. IV. Tf. 2. 1 aus Canosa). Achilles sitzt trauernd da, die Hände um das Knie geschlagen. Auf einer apulischen Vase in Berlin (Gerhard, apul. Vas. 10) tragen von vier Nereiden zwei Spiegel, keine Waffen.

9) Vase aus Perugia — Bullet. dell' Inst. 1858 p. 52. Bewaffnung Achilles, nachdem die Nereiden schon auf dem Lande angekommen sind, ähnlich Overbeck 18. 2.

10) Eine Kylix aus Vulci zeigt auf einer Seite Achill zwischen vier Nereiden, auf der andern Nereus zwischen eben so vielen, im Innern Thetis vor Poseidon.

11) Achill die Waffen von Thetis empfangend — Amphora des britt. Museums (Arch. Anzeig. IX. S. 179).

---

*) In Thessalien stritten Medea und Thetis um den Schönheitspreis. Ptol. Hephästion bei Photius p. 150 Bekk. Overbeck nimmt S. 437 diese zweite Figur für eine Nereide, was ich für wahrscheinlicher halte; nur kommt es darauf an, ob der Streifen, der an dem Schwerte hinuntergeht, von R. Rochette, dem Besitzer der Vase, richtig als Blut erkannt ist.

11) Amphora in Wien: Achill hat die rechte Schiene angelegt und befestigt die linke. Thetis reicht ihm mit der Rechten den Helm und hält in der Linken den Schild; ein Jüngling hält die Lanze. Laborde I. 93, arch. Anzeiger XII. S. 447.

13-16) Dieselbe oder ähnliche Vorstellungen mit verschiedenen Modificationen bei R. Rochette pl. 16 und pag. 84, pl. 80 und pag. 418. Vgl. Jahn a. a. O. S. 183 Anm. 106.

17) Nereiden und Delphinen von Pamphaios in Paris (notice s. les vases peints du musée Napoléon III. p. 23. 70.

II) **Statuarisch in Stein und Marmor: 1) Rundwerke.**

a) Nereiden:

1) Eine Nereide auf einem Seerosse reitend, mit nacktem Oberleib (der rechte Arm neu) schöne Gruppe aus Villa Medici in Florenz, 1,488 Meter (5¼') hoch. Gall. di Firenze IV. 19, Meyer, Kunstgeschichte Abbildung. Tf. 10.

2) Das Untertheil von der Bildsäule einer Nereide, welche auf einem Meerwunder sitzt, von vorzüglicher Arbeit, im Cortile di Belvedere (Platner, Beschr. d. St. Rom II. 2 S. 144, Clarac 747. 1805)*).

3) Mit dieser letztern stimmt eine im J. 1843 gefundene Statue in Neapel überein (Welcker zu Müllers Archäol. 402. 3).

4 u. 5) Zwei Nereiden auf Seepferden im Braccio nuovo (Platner S. 105, unbedeutend nach Braun, Ruinen Roms S. 255).

---

*) Mir ist Claracs Werk hier nicht zugänglich.

6) Eine ausgezeichnet schöne Statue in Venedig (Za=
   netti II. 38), eine bekleidete Nereide, hinter deren
   Rücken sich ein weiter Schleier bauscht; beide Vor=
   derarme sind abgebrochen. Die Arbeit verräth offen=
   bar griechische Originalität,

7) stand eine Statue der Thetis mit Seekrebsen im
   Haar in Konstantinopel (arch. 3tg. VII. S. 239),
   die vielleicht zu einer Nachbildung unserer Gruppe
   gehörte; die Seekrebse erinnern an Astakos.

Daran schließen sich in entfernter Aehnlichkeit mehrere
Bildungen der Amphitrite und Aphrodite an; Amphitrite
kolossal, ihren Arm auf einen Stier stützend, an der Basis
Wellen, V. Albani. Platner III. 2. S. 563, Braun S. 720.
Dieselbe mit einem Delphin auf einem Harnisch, Platner
S. 559. Zwei Statuen der Venus auf Meerwundern,
ebend. 1. 535 (dieselbe auf einem Seedrachen, mit Eroten
scherzend, in den Wellen Delphin und Pistrix, kleines Fries=
relief, ebend. S. 527, Braun S. 668). Amor auf einem
Seestier, ebend. S. 495. Venus Euplöa stützt sich auf ein
Ruder, das auf einem Triton steht. Früher in V. Albani,
Winckelmann XII. 2. 3.

b) **Tritonen:**

1) Auf einem Seethier. Bruchstück, früher in Villa
   Medici, wahrscheinlich zu dem florentinischen Werk
   a) 1) gehörig. Meyer zu Winckelmann VI. 2.
   S. 86, Kunstgesch. I. S. 106.

2) Ein Torso mit einer Fischhaut über der Schulter
   (der Unterleib ist neu, Platner S. 167), jetzt 4½ Palm,
   also ursprünglich etwa doppelt so hoch, bei Tivoli
   gefunden. **Pio-Clem. I. 34.**

3) Im Palaſt Grimani in Venedig. Clarac 749. 1806, Thierſch, Reiſe S. 252*).

4) Seecentaur**) (Triton), mit einer ſich ſträubenden Nereide und zwei Amoren, von einer Brunnenmün: dung, wohl aus einem Nymphäum, 6 Palm hoch (mit der modernen Fluth 9¼ Palm), alſo Nr. 2 un: gefähr entſprechend — gefunden vor Porta Latina, im Vatican, P.-Cl. I. 33; nach Platner S. 164 ein mittelmäßiges Werk, von Braun S. 320 mit den Erfindungen des Skopas verglichen. Ohne Zweifel iſt die Erfindung beſſer und älter als die Ausfüh: rung, indeſſen ſcheint die erotiſche Gruppierung nicht für eine vorrömiſche Zeit zu ſprechen. Das Bruch: ſtück eines ſilbernen Seecentauren in Wien, Clarac 747. 1807. Sind die von R. Rochette angeführten Dar: ſtellungen bei Paciaudi, monum. Peloponn. I. 144 und marm. Taurin. XII. 157 Rundwerke oder Re: liefs?

2) R e l i e f s :

1) Das ſchöne Gefäß aus Rhodos in München: ein langer Zug von Nereiden, vorauf Thetis, theils auf Seewölfen, theils auf Delphinen, theils auf See: pferden, meiſt alle bekleidet, in den anmuthigſten Stellungen. Fünf tragen Schild, Schwert, Helm, Harniſch, Beinſchienen, die ſechs andern nichts. Auch Fiſche ſind daneben ſichtbar. — Monum. dell' Inst. III. tv. 19.

---

*) Nach R. Rochette p. 343 fragment de statue .... qui se voyait au palais Grimani.

**) Ueber den Namen Tzetzes zu Lykophron 34.

Sarkophage, welche theils denselben Gegenstand in leichterer Weise so behandeln, daß die gefälligen Formen der Nereiden ganz oder fast nackt erscheinen, theils verlassen, um in dem Gegensatze zu den Tritonen und den Seethieren erotische Motive zu gewinnen. Unter ihnen kömmt

2) der vaticanische dem rhodischen Marmorkrater am nächsten, in sofern dort vier Nereiden, in verschiedenen Stellungen auf Delphinen sitzend, Schienen, Schild, Helm und Harnisch tragen. Die Gewänder aber sind von dem schönen Körper so herabgefallen, daß sie den Gliedern nur als Folie dienen. — Gefunden bei Roma vecchia, der Marmor ist hymettisch, die Arbeit die eines Griechen aus der frühesten Kaiserzeit. P.-Cl. V. 20; demnächst

3) der Deckel eines Sarkophags bei Caußeus, Mus. Rom. II. p. 115. Vier Nereiden sitzen auf fischschwänzigen Tritonen, links zwei halbbekleidete auf bärtigen, rechts zwei nackte mit fliegendem Mantel auf jugendlichen. Sie tragen Schwert, Helm und Harnisch, die vierte hält mit den Händen das segelförmig flatternde Gewand. Von den Tritonen hält einer den Schild, einer einen Anker, der dritte ein Aplustre (?), der vierte einen Delphin.

4) Sarkophagdeckel im Louvre n. 1010. Vier weibliche Figuren sitzen auf Seethieren (Stier, Drachen, Hirsch); dazwischen zwei Tritonen und ein Amor auf einer Pistrix — unten Wellen.

Ungemein häufig sind die Sarkophage und Reliefs der zweiten Art, z. B. Pio-Cl. IV. 33, Mus. Capitol. IV. 62 (Admiranda tb. 31), ebend. Vignette p. 301, Gal. Giustin.

II. 88, 92, 98, 99, 132, 134, 136, 138, Maffei, mus. Veron.
p. 137, Monum. Mattei. III. 103, 111, Scult. d. vill. Pinc.
VII. 16 f., Bouillon, mus. d. antiq. III. 10, Gori, inscr.
Etrusc. III. p. 88 ff., Gerhard, ant. Bildw. Tf. 100 f., Za-
netti II. 50., Winckelmann, monum. ined. n. 111, arch. Anzeiger IX. S. 115, mus. Capitol. IV. 25, 34 u. s. w.

III) In den Terracotten sind Tritonen und Nereiden ebenfalls häufig, z. B. arch. Anzeiger IX. S. 29, XV
S. 78 (Thetis auf einem Tritonen), Catal. Campana serie
4. 150 f., 214, 305, eine Nereide in Karlsruhe Nr. 360, ein
Triton ebend. Nr. 37. Die Darbringung der Waffen stellt
1) eine kleine sicilische Grabara vor: nackte Nereide mit
Schwert und Helm auf einem Delphin (R. Rochette pl. 6. 2),
2) ein Relief bei Campana, op. di plastica 10; 3) endlich
ist ein gemalter Fries aus Armento in Paris zu erwähnen, worauf eine bekleidete Nereide erscheint, die, einen Helm
in der Rechten, auf einem Delphin sitzt, eins von mehreren
Stücken, welche den ganzen Chor darstellten (R. Rochette,
Vignette p. 48).

IV) Auch ein präneftinischer Spiegel, einst bei Herrn
Révil, zeigt drei ganz oder halb nackte Nereiden mit Schwert
und je einer Beinschiene, auf einem Seegreif, einem Delphin und einem Hippokampen sitzend (R. Rochette pl. 20.
1). Auch ein anderer des Vicomte de Janzé, arch. Anzeiger XV. S. 80 zeigt Thetis auf einem Seepferd. Eine
Cista in Paris (Mus. Napoleon III.; Mon. dell' Inst. 1862
IV) enthält auf dem Deckel: Thetis mit dem Schild auf
einem Seedrachen, dann drei geflügelte Delphine, neben
Thetis eine Nike. Eine kleinere N. 84 hat Seethiere als
Ornament.

V) Daß die auf Gemmen (z. B. Buonarotti, meda-

glioni p. 113, Eckhel, pierres gravées pl. 15, vgl. Overbeck
S. 439) und Münzen (z. B. R. Rochette p. 411) darge=
stellte Einzelfigur mit oder ohne Waffen ebenfalls Thetis
darstellt, ist schon oben berührt.

VI) Von den Wandgemälden gehören einige pom=
pejanische in engerem Sinne zu dem hier berücksichtigten
Kreise, nur sind ihrem üppigeren Charakter gemäß die
Nereiden fast gänzlich unbekleidet. Museo Borbonico X. 7,
X. 19. In beiden Bildern hält eine Nereide den Schild,
in dem ersteren sitzt sie auf einem bärtigen Triton, im
andern auf einem Seepferde. Bei Weitem die Mehrzahl
hat den Mythus ganz zu Gunsten eines erotischen Motivs
aufgegeben, welches, da es durch die Zwischenkunft der
Aphrodite bedingt ist, vielleicht einem knidischen Originale
verdankt wird. Im Gegensatz zu den anmuthigen weibli=
chen Gestalten erscheinen die Tritonen entweder mit ihrer
Muscheltrompete (bucina) oder einem Pedum, gleichsam
als Hirten der Seeheerden, die selbst wieder in phantasti=
scher Bildung auf die Klassen des Seedrachens (pistrix),
Seepferdes, Seewidders, Seewolfs zurückgehen. So z. B.
Mus. Borbon. VIII. 2, 55, X. 8, 34, 39, 52.

VII) In weitester Ausdehnung nahmen die römischen
Mosaikfußböden dieses besonders zur Verzierung von
Badezimmern sehr geeignete Motiv auf, indem sie Neptun
und Amphitrite oder das Gewimmel des Meeres ohne be=
stimmte Handlung, nur in reichem Wechsel darstellten. Ihre
Zahl hat sich durch neuerliche Funde sehr vermehrt, s. die
Uebersicht von Jahn in der arch. Ztg. XVIII. S. 113, worin
Mosaiken von Olympia, Rom und der Umgegend, dann in
Afrika von Karthago, Constantine, (jetzt in Paris) Philippe=
ville, Oudnah, in Spanien von Barcelona, in Frankreich

von St. Rustice und Vienne, in der Schweiz von Orbe, in Deutschland von Westerhofen aufgeführt und das von Bilbel in Darmstadt, so wie das von Constantine abgebildet werden. Außerdem sind der Fußboden von Tor Marancia im Braccio nuovo (Platner II. 1. S. 89, Braun S. 259, Bionbi, monum. Amaranziani 1843 tv. 8) und die bei Nennig und Conz im Trierischen gefundenen Werke zu erwähnen. Auf allen sieht man die erwähnten Thiere, die Nereiden und Tritonen, von letzteren am anmuthigsten einen bärtigen Alten, der mit einem langen Blasinstrumente, einem Horn oder einer Muscheltrompete, die wunderlichen Seegeschöpfe wie eine Heerde um sich sammelt (so das vaticanische und das Orber Mosaik). Eine so unerschöpfliche Lebenskraft wohnte diesen fabelhaften Gebilden bei, daß sie nicht allein in die Kunst des Mittelalters (z. B. auf einem karolingischen Relief bei Jahn S. 177 und einem Elfenbeinrelief in Aachen aus dem 13/14. Jahrhundert, Jahrb. des Vereins v. Alterthumsfreunden im Rheinl. XI. Tf. 5), sondern auch in die Litteratur und die Sage vom Meerweibchen u. s. w. übergingen.

Fragen wir, welche von diesen Werken wir auf die Gruppe des Skopas zurückführen dürfen, so können wir uns nicht verhehlen, daß nur wenige von ihnen zur Herstellung der Nebenfiguren einen Anhalt bieten. Vor Allem sind die üppigen Schöpfungen, die besonders in Rom beliebt waren, zu beseitigen, welche das Gewimmel des Meers zu einer Art von Venusfest versammelt haben. Ferner treten die bemalten Vasen hinter den plastischen Rundwerken in sofern zurück, als wir in den letztern eine Nachahmung der Gruppe des Skopas voraussetzen und, wenn ein Motiv wiederholt erscheint, mit ziemlicher Wahrscheinlich-

keit vermuthen dürfen. Da dies Letztere bei der unter II. a,
2 und 3 aufgeführten Nereide, die auf einem Seethier
sitzt, der Fall ist, können wir sie füglich auf jene Gruppe
zurückführen. Auch die florentinische Gruppe a 1) ist des
Skopas würdig, vor Allem aber das ausgezeichnete Werk
in Venedig Nr. 6), welches, wenigstens der Abbildung nach,
als die 4 Palm hohe Copie einer Statue aus dem Cyclus
des Skopas zu betrachten ist. Mit unübertrefflicher Anmuth sitzt die Nereide auf dem Delphin; ihr feines Gesicht
neigt sich seitwärts ihre Blicke sind auf Achilles gerichtet, der dorische gegürtete Chiton läßt die Arme frei und
legt sich in so dünnen Falten über den Körper, daß die
schönen Glieder wie nackt durch das Gewand scheinen. Ein
weiter Schleier, den sie mit dem erhobenen linken Arm se-
gelartig gehalten hat, hebt den Körper mit seinen dünnen
Gewändern wie aus einem Rahmen hervor. Namentlich
dieser Faltenwurf ist es, der den Stil des Skopas verräth.
Denn jener Schleier entspricht dem emporgezogenen Mantel in der Statue der Niobe und ihrer ältesten Tochter,
das anschließende Gewand den Töchtern. Deren „Kleider
„liegen ganz nahe am Fleische, und nur in den Höhlungen
„legen sich Falten, auf der Höhen hingegen sind dieselben
„sehr leicht und niedrig, wie blos zum Zeichen des Ge-
„wandes gezogen" (Winckelmann VI. 2. 9). Auch das
Haar ist in seiner zierlichen und doch einfachen Behandlung
echt griechisch, es geht in sanften Wellen über das Ohr
fort und ist hinten zusammengebunden, am Vorderkopf in
einen Knauf (Korymbos), wie z. B. bei der capitolinischen
Venus, aufgenommen. Eine ähnliche, nur etwas reichere
Haartracht zeigt die florentinische Statue, deren Oberleib
nackt ist. Merkwürdiger Weise trägt die venetianische

keine Waffen, eben so wenig die vaticanische und wohl auch die neapolitanische (3—5), die andern sind verstümmelt, indessen ist es nach der übrigen Haltung auch von der florentinischen nicht wahrscheinlich. Möglich wäre es nun freilich, daß gerade eine oder auch mehrere ohne Waffen erhalten wären, wie deren auch auf dem rhodischen Gefäße sechs erscheinen. Aber völlig müßig würden die Tritonen sein, die nach der Beschreibung die andere Hälfte der Composition eingenommen haben. Diese haben mit der Ueberbringung der Waffen an Achill nichts zu thun; nur auf dem späten Sarkophag Nr. 3 hält einer den Schild, indessen ist ihr Verhältniß zu den Nereiden, die auf ihnen reiten, hier so ganz anders als in Skopas Gruppe, daß wir daraus keinen Schluß ziehen dürfen. Nach dem Geiste der griechischen Kunst, die nichts halb thut und nichts Müßiges zuläßt, haben wir nur anzunehmen, entweder daß alle Theilnehmer am Seezug sich an der Darbringung der Waffen betheiligen oder Niemand, am wenigsten aber die ganze Hälfte blos zuschaut. Eben so wenig will es gelingen, Poseidon eine Stelle anzuweisen. Welcker stellt ihn in den Giebel eines Tempels, von wo aus er hinausschaut in sein Reich, und vertheilt die übrigen Figuren auf beide Seiten, so daß ihm zunächst Thetis und Achilles standen, und ohne Zweifel fügt sich die Reihe der Figuren sehr ansprechend in die abnehmenden Flügel des Giebelfeldes. Aber dann würde Achilles, wenn die Ueberbringung der Waffen dargestellt war, von den auf ihn zukommenden Nereiden und seiner Mutter durch Poseidon getrennt und an die Spitze eines Tritonenschwarms gestellt, mit dem er als Empfänger der Waffen in gar keinem Zusammenhange stände. Ferner scheint Poseidon an der ganzen Handlung unbetheiligt

und doch mitten in ihr stehend nicht an seinem Orte. Am
Tempel von Aegina begreifen wir es wohl, daß Athena
mitten zwischen dem Schlachtgetümmel, das sie beherrscht
und leitet, gleichsam gleichgültig dargestellt wird: die
vollendete Kunst seit Phidias wird wohl alle Personen, die
sie überhaupt zusammenbrachte, in die Composition als
Theilnehmer an der Handlung hereingezogen haben. Endlich wäre Thetis, die nach Plinius selbständig dem Chor
der Nereiden gegenüber steht, wenn wir die Analogie der
auf die Waffen bezüglichen Bildwerke als maßgebend betrachten, ebenfalls auf einem Seethier reitend zu denken.

Aus diesen Gründen kann ich mich der Welckerschen
Ansicht nicht anschließen. Eben so wenig scheint die Meinung Böttigers, wie sie von Feuerbach, vatic. Apollo S. 160
des Näheren ausgeführt wird, annehmbar. „Ein Zug von
Neptun geführt", in welchem mitten zwischen den Seedä-
monen Achill und Thetis gebildet wären, widerspricht, wie
Welcker ausführt, den Worten des Plinius, wonach jene
drei Hauptfiguren ungetrennt bleiben müssen. Indessen hat
sie Feuerbach, Gesch. d. gr. Plastik II. S. 104 später mo-
dificiert.

Ich glaube, Skopas hat den Moment gewählt, worin
Poseidon seiner Verheißung gemäß der Thetis ihren göttlichen Sohn nach desseu Tode wiedergibt, um ihn seinem
seligen Leben als einen herrlichen Sohn des Meeres zuzu-
führen. Jene Verheißung lesen wir freilich nur bei Quintus Smyrnäus III. 766 f. *), aber der hat sie gewiß nicht

---

*) Καὶ τότ' ἐριγδούποιο λιπὼν ἁλὸς ὄβριμον οἶδμα
ἤλυθεν Ἐννοσίγαιος ἐπ' ἠόνας, οὐδέ μιν ἄνδρες
ἴδραχον, ἀλλὰ θεῆσι παρίστατο Νηρηΐδης·
καὶ ῥα Θέτιν προσέειπεν ἔτ' ἀχνυμένην Ἀχιλῆος·

erfunden, sondern ohne Zweifel aus Arktinos Aethiopis ent=
nommen *). Wenn also| Poseidon selbst Achilles als Gott
anerkennen und sich gleich stellen will, so ist die Erfüllung
seiner Zusage ein Ereigniß, welches ihn selbst, die Mutter
und den Sohn als Mittelgruppe vereinigt und die Bewoh=
ner des Meers in freudiger Aufregung als eine wahre
ἐνάλιος ϑεωρία (Achäus Fr. 29) herbeiruft, um Zeugen des
Wunders zu werden. Wir denken uns demgemäß das
Ganze in folgender Ordnung:

In der Mitte auf einem Vorsprung des Landes **) steht
Poseidon zu seiner Linken ***) Thetis, zur Rechten Achilles,
den sie voll Entzücken aus der Hand des Gottes wieder
empfängt. Von beiden Seiten eilen die Meerdämonen her=
bei, um den Sohn der Thetis zu begrüßen. Hinter der
letztern zunächst ein Zug der Nereiden, ich vermuthe

> ἴσχεο νῦν περὶ παιδὸς ἀπειρέσιον γοόωσα·
> οὐ γάρ ὅ γε φϑιμένοισι μετέσσεται, ἀλλὰ ϑεοῖσιν,
> ὡς ἠΰς Διώνυσος ἰδὲ σϑένος Ἡρακλῆος·
> οὐ γάρ μιν μόρος αἰνὸς ὑπὸ ζόφον αἰὲν ἐρύξει,
> οὐδ' Ἀΐδης, ἀλλ' αἶψα καὶ ἐς Διὸς ἵξεται αὐγάς·
> καὶ οἱ δῶρον ἔγω γε ϑεουδέα νῆσον ὀπάσσω
> Εὔξεινον κατὰ πόντον, ὅπη ϑεὸς ἔσσεται αἰὲν
> σὸς πάϊς, ἀμφὶ δὲ φῦλα περικτιόνων μέγα λαῶν
> κεῖνον κυδαίνοντα Θυηπολίης ἐρατεινῆς
> ἶσον ἐμοὶ τίσουσιν·

*) In dem Innenbilde der unter 9) angeführten Kylix, Thetis vor
Poseidon, erkenne ich dasselbe Motiv, wenn auch der Zeit nach hinauf=
gerückt. Während die Nereiden sich um Achill sammeln, erhält Thetis
von Poseidon Trost für ihre bange Voraussicht, daß ihr Sohn die
Rüstung nicht lange tragen wird.

**) Vom Lande holt Thetis mit 50 Nereiden Peleus ab (Eurip.
Androm. 1266), ans Land gehen sie, um Achills Sohn zu besuchen
(Paus. III. 26. 6).

***) Auch bei Vergil Aen. V. 825 nehmen die Nereiden die linke,
die Tritonen die rechte Seite ein.

sechs, wie bei Vergil Aen. V. 825, je zwei auf Hippokam=
pen, zwei auf Delphinen und zwei vermuthlich auf Thun=
fischen. Denn von eigentlichen Fischen muß bei Plinius
die Rede sein, weil sie durch die Copula et mit den Del=
phinen verbunden, durch die Partikel aut von den Hippo=
kampeu gesondert werden. Plinius versteht an andern Stel=
len (IX. 78, XXXII. 82 und 10) darunter die Walen, aber
IX. 157 werden nach Aristoteles Thiergesch. V. 5 δελφῖνες
καὶ πάντα τὰ κητώδη delphini et reliqua cete aufgeführt,
wahrscheinlich die Horkynes, eine Art großer Thunfische,
die Oppian Halieut. III. 132 ὄρκυνας μεγακήτεας nennt
und III. 334 unter den κητώδεες begreift. Ihre Größe
hebt Plinius IX. 44, ihren ergiebigen Fang in der Pro=
pontis ebend. 52 hervor; Walen aber kannte Skopas weder
im mittelländischen noch im schwarzen Meer*).

Daß die Tritonen mit ihrem Anhang die andere
Seite einnahmen, geht aus der Partikel item bei Plinius
hervor und wird durch die eben angeführte Stelle Vergils
bestätigt, welche unter dem frischen Eindruck der Gruppe
geschrieben sein mag und von Plinius mehr, als wir der
Deutlichkeit wegen wünschen möchten, nachgeahmt wird.
Jene jugendlichen Götter sind leicht verständlich: es wer=
den ihrer zwei den auf Delphinen reitenden Nereiden ent=
sprochen haben; dunkel aber ist der Ausdruck chorus Phorci,
welcher denselben Raum wie die Kete eingenommen haben
wird. Vergil gebraucht ihn V. 240 so, daß er allein den
Nereiden gegenüber steht, dagegen führt er V. 822 senior
Glauci chorus, Palaemon, Tritones Phorcique exercitus

---

*) Den Ausdruck cete entlehnt Plinius übrigens aus Vergil
p. 822, und dieser wieder aus Jl. XIII. 27, wo alle großen Fische
darunter begriffen werden.

omnis auf, die der Thetis nebst sechs Nereiden entsprechen.
Phorkys gehört allerdings in diese Gewässer. Denn, wie er
überhaupt in Buchten, an Klippen und Vorgebirgen haust
(Schömann, opusc. III. p. 184 ff.), so führen insbesondere
die kyaneischen Inseln an der Einfahrt ins schwarze Meer
den Namen Φόρκυνος πυλαί (Schol. Theokrit. XIII. 22),
und es wäre ganz denkbar, daß er selbst von Skopas dar=
gestellt wurde. Da aber jene Dichterstellen, die Plinius
im Auge hat, allgemein lauten, ohne daß seine persönliche
Gegenwart nothwendig ist, Phorkys in der Kunst nicht er=
scheint, Skopas ihn auch gewiß an einen bedeutendern Ort
neben Thetis gestellt hätte, so haben wir anzunehmen, daß
er nicht sowohl selbst, sondern nur seine Unterthanen gebil=
det waren, verschiedene Ungethüme, von denen er bei Va=
lerius Flaccus III. 727 die Robben durch den Schall seiner
gewundenen Trompete zur Ruhe in die Höhle ruft. Ich
denke mir nach der Analogie des Frieses zwei mächtige
Seecentauren, auf deren Rücken möglicher Weise Seegötter,
wie Glaukos, Palämon oder Nereus Platz genommen hat=
ten. Endlich folgen zwei Seedrachen, ebenfalls, wie wir
die Beschreibung ergänzen, von bärtigen Dämonen gezügelt
und geritten. Damit wäre die Gruppe abgeschlossen: ob
unter den multa alia marina See=Böcke und =Widder,
oder, wie wahrscheinlicher ist, kleinere Thiere zu verstehen
sind, die entweder zwischen den großen oder zu beiden Seiten
sich vertheilten, läßt uns Plinius rathen. Im Wesentlichen
begriff also die Composition drei Theile: die drei Haupt=
figuren in der Mitte, rechts davon sechs männliche Seegöt=
ter, drei jugendliche und drei ältere, theils selbst in Fischlei=
bern sich endigend (Tritonen und Centauren), theils auf
Seedrachen reitend, ihnen gegenüber links sechs Nereiden

auf Delphinen, Thunfischen und Seepferden, die kleineren
Seethiere, wie Krebse, Fische u. dgl. zur Seite der größern.

Welcker hat a. a. O. S. 205 die gefällige Vermuthung
ausgesprochen, Skopas habe sein Werk für den Giebel ei=
nes Neptunstempels gearbeitet. Daß es in Rom im Innern
der Cella stand, widerspricht dieser Hypothese nicht. Denn
es läßt sich wohl denken, daß die Gruppe dort entweder
an einer Langwand angebracht oder, wenn der Raum nicht
ausreichte, in drei Theilen auf neuen Postamenten aufge=
stellt wurde. Eine muthmaßliche Berechnung des für das
Ganze in seiner ursprünglichen Ordnung erforderlichen Raums
wird jene schöne Vermuthung unterstützen. Nehmen wir
jene lebensgroße Nereidengruppe in Florenz zum Maße,
so ergibt sich, da sie in der Höhe mit der Plinthe 1,488
Meter, ohne dieselbe 1,410 mißt, in der Abbildung, Gall.
di Firenze IV. 19 ihr Seepferd von der Tatze bis zum
Schweif die Höhe um Weniges übertrifft, eine durchschnitt=
liche Länge von 5 Fuß für jedes Seethier, d. h. für sechs
Nereiden c. 30 Fuß. Verdoppelt man diese Zahl für die
Tritonenreihe, so erhält man 60 und, wenn man für die
drei Mittelfiguren etwa 6—8, für die Seekrebse u. dgl. in
den Ecken 4 Fuß annimmt, eine Gesammtbreite von c. 70
Fuß, was für einen sechssäuligen Tempel gerade hinreichen
wird, wenn man den Durchmesser der Säulen zu 4 Fuß und
die Säulenweite zu 9 Fuß rechnet. Ueberträgt man darauf
die Proportionen des Parthenon, so ergibt sich eine Höhe
des Giebels von ungefähr 8¼ Fuß, so daß die Statue Po=
seidons so hoch gewesen sein wird. Danach wäre es höchst
wahrscheinlich, daß wir in den oben angeführten Nereiden=
statuen Copien der verlorenen in deren ursprünglichen Größe
besitzen. Die Figur auf dem Seepferd würde mit einer

Höhe von 5 Fuß sehr gut in die schöne Linie des Gie=
bels passen, vielleicht die venetianische, die nur 3¼ Palm
hoch ist, die letzte Stelle einnehmen*). Daß Plinius die
Beschreibung mit dieser letztern anhebt, ist rein zufällig
und durch den Umstand erklärlich, den wir dann bestimm=
ter aussprechen, daß das Werk in Rom auf drei Postamen=
ten stand, die drei Götter dem Eingang gegenüber, die
Seezüge in der Längenrichtung. Denn wenn wir jenen
Münchener Fries mit Recht an die Breitseite des Tempels
gesetzt haben, wird er in der Länge etwa 60 Fuß gemessen
haben. Natürlich reicht diese Wahrscheinlichkeit nicht hin,
andere Möglichkeiten auszuschließen, worunter eine Aufstel=
lung im Halbkreis oder bilateral auf einem Postament, auch
vielleicht, nach Analogie des lydischen Denkmals in Xanthos,
in den Intercolumnien gehört: das Material zu einer Ent=
scheidung ist eben nicht vorhanden.

---

*) Denn allerdings müßten die von der Mitte weiter entfernten
Nereiden, auch abgesehen von der verschiedenen Größe der Thiere
und den wechselnden Stellungen, kleiner gewesen sein.

X. Skopas in Cilicien.

Ganz wie sein College im Consulat verherrlichte auch
C. Sosius seine asiatischen Erfolge durch einen Tempel
und eine aus seiner Provinz fortgeschleppte Gruppe, die
weltberühmte Niobe mit ihren Kindern.   Sosius hatte
als Antonius Legat im J. 716 = 38 v. C. in Cilicien und
Syrien das Commando übernommen (Dio XLIX. 22), besonders in Judäa sich durch die Eroberung von Jerusalem,
wo er Herodes einsetzte, ausgezeichnet und im folgenden
Jahre 37 sich ruhig verhalten.   Im September des J. 34
feierte er seinen Triumph über Judäa und erbaute zu Ehren
dieses Sieges einen Tempel des Apollon, den er wie
Domitius vor dem Sommer 32 eingeweiht haben wird.
Wir kennen ihn und seinen Schmuck nur aus den beiden
Stellen des Plinius XIII. 53: Cedrinus est Romae in
delubro Apollo Sosianus Seleucia advectus und XXXVI.
28: Par haesitatio est in templo Apollinis Sosiani,
Niobae liberos morientes Scopas an Praxiteles fecerit,
indessen gewährt die Gleichzeitigkeit und die Gleichartigkeit
beider Tempel einige Anhaltspunkte, die kurzen Worte unseres Gewährsmanns zu benutzen.   Es ist mindestens äußerst

wahrscheinlich, daß beide Feldherrn, denen das Consulat
auf ein Jahr zugesichert war, während sie zusammen im
Heere des Antonius gegen die Parther dienten, sich über ihr
Amt und über die künstlerische Verherrlichung desselben ver-
einigten. Sie werden ihre beabsichtigten Tempel, wie den
zu deren Verzierung brauchbaren Vorrath in ihren Provin-
zen besprochen, dieselben an derselben Stelle aufgeführt
und mit Gruppen von gleicher Beschaffenheit, die wohl die
Hauptsache waren und sein sollten, ausgestattet haben. Daher glaube ich, daß 1) die beiden Tempel in circo Flaminio d. i. an der Triumphalstraße in gleicher Ordnung und
Größe erbaut; 2) die Bildwerke von gleichem Umfang,
von gleichartigen, an der See gelegenen Heiligthümern entnommen wurden, und folgere daraus 3), daß, wenn die
Gruppe des Neptunstempels von einem Tempel Poseidons
herrührte, die Gruppe des Sosius von einem Apollotempel
stammte, 4) daß sie von demselben Meister, also von Skopas, verfertigt waren.

Was wir von der Tempelstatue wissen, daß sie von
Seleucia stammte, das müssen wir von der Niobegruppe
schließen; eben so, daß beide von einem Tempel des Apollon
herrührten. Jenes Seleucia aber war nicht, wie ich Chrestom. Plin. S. 383 meinte, die syrische Stadt in Pierien,
sondern Seleucia in Cilicien, in der Nähe des sarpedonischen
Vorgebirges und der frühern Stadt Holmoi (Strabo XIV.
p. 670), ein blühender, griechisch civilisierter Ort, die Mut-
terstadt der umliegenden Städte (Ammian XIV. 2) und
durch ein berühmtes Orakel Apollons ausgezeichnet, welches
gegen 147 v. C. den Alexander Balas in einem dunkeln
Spruche vor dem Geschicke gewarnt hatte, das ihn 146
in Arabien betraf (Diod. exc. Photii 32, vgl. I. Maccab.

11. 14) und im dritten Jahrh. v. Chr. den Palmyrenern ihr Unglück prophezeite (Zosim. I. 57). Dieser Tempel des Apollon Sarpedonios in der neuen Hauptstadt war erbaut worden, als die Einwohner der alten an der Mündung des Kalykadnos und dem sarpedonischen Vorgebirge gelegenen Stadt Holmoi dorthin verpflanzt wurden, mit ihm das Orakel, welches ihr den Namen gegeben hatte. Denn ὅλμος ist in Delphi der gewölbte Sitz der Pythia. Mit dem Orakel wanderten die Kunstwerke dorthin, vor allem 1) die Tempelstatue aus Cedernholz, wozu die nahe gelegenen großen Cedernwälder (Theophrast. Pflanzengesch. II. 2. 6, Strabo a. a. O.) das Material geliefert hatten, höchst wahrscheinlich ein Werk kretischer Meister, da auch die Schule des Dipönos und Skyllis sich dieses Holzes gern bediente (Paus. V. 17. 1, VI. 19. 5), der Dienst des sarpedonischen Apollon aber, wie schon sein Beiname besagt, aus Kreta über Lycien herrührte (Müller, Dorier I. S. 216 1. Ausg.), also etwa um Ol. 50 verfertigt, 2) die Gruppe des Skopas, die also für Holmoi gearbeitet worden war. Daß man in Rom über den Verfasser derselben im Unklaren war, erklärt sich zum Theil aus jener Verpflanzung, welche die Tradition verdunkelt hatte, vornehmlich wohl aus einer Differenz der ältern Periegeten und Kunstforscher, die sich bei dem Mausoleum wiederholt. Plinius Notiz stammt wahrscheinlich aus einem Buche Varros, der in seinen letzten Lebensjahren die Kunstschätze Roms gemustert zu haben scheint, zu derselben Zeit, als er in seinen Imagines unter Andern auch die berühmtesten Künstler kurz und scharf charakterisierte *). Uns bestimmt besonders die

---

*) Plinius kann die verschiedenen Notizen und Anekdoten nicht alle aus demselben Werke, aus den Imagines, genommen haben, worin

Aehnlichkeit beider Tempel, beider Gruppen und beider Transporte, uns für Skopas als den Meister der Niobe zu entscheiden. Skopas war überhaupt mehr mit Apollon beschäftigt als Praxiteles und arbeitete mehr große Gruppen als dieser, von dem blos die Mänaden ein figurenreiches, bewegtes Ganze darstellten; endlich steht Praxiteles beim Mausoleum auch nur die geringere Autorität zur Seite. Ich enthalte mich, auf eine ausführliche Besprechung des Werkes einzugehen, da wir sie von einer bewährten Feder erwarten*). Nur das bemerke ich, daß die Thätigkeit des Meisters an den berühmten Cultusstätten von Samothrake, sowie im ephesischen Tempel und besonders im Smintheion die Augen der Priester von Holmoi auf ihn gelenkt haben, und daß die ganz ähnlichen Gründungssagen ein weiteres Bindeglied gewesen sein mögen. Wie in Troas die Mäuse, so hatte Apollon in Holmoi die Heuschrecken vertilgt: es bot sich dem Künstler, der die wohlthätige, aber auch furchtbare Gewalt des Gottes darstellen sollte, kein schönerer Ausdruck dar, als die Fabel der Niobe, um so mehr, weil

---

die schönen Kunsturtheile gestanden haben mögen. Was Varro von sich und seinen Bekannten erzählt (XXXIII. 154, XXXV. 155 u. a.), mag in dem Buche de vita sua gestanden haben, die Kunsttopographie Roms, die Anekdoten von Piscienius u. dgl. in einem dritten.

*) Stark, dessen mündlicher Mittheilung ich den Gedanken an die Herkunft der Gruppe aus Cilicien verdanke, hat jetzt auch über die Lage des sosianischen Tempels überzeugend gehandelt (Niobe S. 123 ff.) Wenn ich ihn früher auf dem Palatin suchte, so schloß ich aus der Bezeichnung des berühmten als t. Apollinis Rhamnusii zu viel. Meine Berichtigung ist übrigens, ehe ich der Güte des Verfassers die ersten Bogen seiner Abhandlung verdankte, geschrieben. In ihr finde ich nur S. 126 ein kleines Versehen zu berichtigen: bei Plinius XXXVI. 34 geht suo nicht auf Philiskus, sondern auf Apollo, daß ich Chrestom. Plin. S. 283 in Betreff des Janustempels Becker gefolgt sein soll, kann ich weder an der angeführten Stelle noch an einer andern entdecken.

in ihr außer dem sarpedonischen Apollon auch die ebenfalls in Cilicien verehrte Artemis Sarpedonia (Strabo XIV. 676), beides Kinder des Zeus Sarpedon, in ihrer unentrinnbaren Macht sich offenbarte. Tiefsinnig hatte schon Phidias den Tod der Niobiden unter die Verzierungen des olympischen Throns aufgenommen; von ihm wie von den Dichtern entnahm der Künstler sein Motiv, das in einem athenischen Werke wiederkehrte, (Pauf. I. 21, 3); er wußte es an jenem entlegenen Orte in einer Herrlichkeit auszuführen, die ihn allein neben Phidias stellt. Wie wir es Lord Elgin Dank wissen müssen, daß er die athenischen Meisterwerke gerettet hat, so verdient auch jener rauhe Krieger wegen seines Raubes unsern Dank. Denn was wäre uns von der Gruppe bekannt, wenn sie nicht in Rom bewundert und nachgebildet wäre? Kein Pausanias hat jene Gegenden beschrieben — wir wüßten schwerlich, daß sie jemals existierte.

Knidus besaß außer der berühmten Aphrodite des Praxiteles noch einige Meisterwerke, deren Ruhm nur durch ihre Schönheit verdunkelt wurde (Plin. XXXVI. 22), einen Dionysos von Bryaris und zwei Statuen von Skopas, ebenfalls einen Dionysos und eine Athena. Wenn die bewundernswürdige, gewiß gleichzeitige Statue der Demeter, welche bei den letzten Ausgrabungen zum Vorschein kam (Newton, Discoveries at Halicarnassus, Cnidus and Branchidae, plate LV), neben ihnen gar nicht genannt wird, so können wir daraus auf die Vortrefflichkeit jener verlorenen Arbeiten schließen. Sie scheinen, da Knidos früher in der Kunstgeschichte keine Rolle spielt und namentlich, wie man aus der dorischen Nationalität vermuthen möchte, keine Arbeiten aus dem Peloponnes enthält, ziemlich zu der gleichen Zeit, vor dem Bundesgenossenkrieg (Ol. 105, 4) bestellt worden zu sein, und zwar nach Ol. 103, 3, da die Aphrodite des Praxiteles zuerst den Koern angeboten wurde, die Gründung der neuen Stadt Kos aber nach Diodor XV. 76 in jenes Jahr fällt. Praxiteles hielt sich damals in Athen auf, wahrscheinlich auch die andern Meister, von denen wir

den jungen Bryaris gern als einen Schüler des Skopas
betrachten möchten.

Wie der Letztere seine Aufgabe löste, läßt sich allen=
falls aus den Münzen entnehmen. Sie zeigen den behelm=
ten Kopf einer Athene, einige mit einer Nike (Mionnet
III. 220 f., supplément VI. 242 f.). Dionysos, der Gott
der weinreichen Gegend, erscheint in ganzer Figur (Mionnet,
supplém. VI. 234, 245 ff., 250) in langem Gewande und
hält in der Rechten einmal einen Becher ein anderes Mal
eine Amphora (?), in der Linken einen Thyrsus in der
Quere. Auch bloße Köpfe mit und ohne Epheu zeigen die
Münzen, sämmtlich unbärtig. Wenn diese Münzen die
Statue des Skopas vorstellen (freilich können sie auch der
andern des Bryaris entsprechen), so haben wir in ihr ein
merkwürdiges Mittelglied zwischen dem alten sogenann=
ten indischen Bacchus und dem bekannten jungen Gotte
zu erkennen. Mit jenem hatte sie die lange Bekleidung,
mit diesem die weichen jugendlichen Züge und die Epheu=
bekränzung gemein. Jene sind so weiblich zart, daß Mionnet
an eine Nymphe gedacht hat: die Statue mag in der Ge=
wandung etwa dem Monumente des Thrasyllos in Athen
(Wieseler 362) entsprochen haben. Also auch hier finden
wir Skopas als Tempelbildner in der Mitte zwischen den
Forderungen des überlieferten Cultus und der modernen
Eleganz: sein Dionysos war bekleidet, wie sein Apollo, aber
sein Gesicht zeigte die weichen Formen der Jugend. Wenn
wir den herrlichen Marmorkopf in Leyden (Mon. dell' Inst.
II. tv. 41. 1, Wieseler N. 345), der aus Kleinasien stammt,
vergleichen, so werden wir in der wunderbaren Mischung
von Hoheit und Weichheit am ehesten den Charakter des
Skopas erkennen. Ungleich berühmter sind seine Arbeiten

in der nicht weit entfernten Hauptstadt des karischen Rei=
ches, in der stolzen Königsstadt Halikarnassus, geworden.

Halikarnaß war die Haupt= und Residenzstadt des
glücklichen Dynasten von Karien Maußolos*) geworden, wel=
cher den Sitz seiner Herrschaft mit richtigem Blick von
Mylasa, wo sein Vater Hekatomnos gewohnt hatte, in die
günstig gelegene Seestadt verlegte; sie wurde von ihm mit
prächtigen Gebäuden und Kunstwerken ausgeschmückt, die
er von den berühmtesten athenischen Meistern verfertigen
ließ. Da sie bei seinem Tode Ol. 107, 2 in der Residenz
vereinigt waren, dürfen wir mit Grund vermuthen, daß sie
nicht allein von Athen aus bestellte Statuen hinschickten,
sondern sich auch selbst in Karien aufhielten, und werden
das rasche Aufblühen der Kunst von Rhodos, das unter
karischem Einfluß stand, während der Diadochenzeit zum
großen Theil der Einwirkung der auf dem festen Lande in
der Nähe der rhodischen Peräa und für Rhodos selbst thä=
tigen athenischen Meister zuschreiben, von denen kein bedeu=
tender ganz unbetheiligt blieb. Am wenigsten wissen wir
von Praxiteles. Seine Venusbilder in Kos und Knidos
mochten schon vor der Unterwerfung unter die karische Herr=
schaft entstanden sein; ein drittes befand sich in einem Ado=
nisheiligthum am Latmos (Steph. Byzant. Ἀλεξάνδρεια)
in der spätern Stadt Alexandria, die sich wohl an jenes
ältere Heiligthum und ein Kastell Latmos anschloß, das
von den Kariern eingenommen wurde, also in der Nähe
von Milet. Seine Betheiligung an den halikarnassischen
Werken ist zweifelhaft; wie denn überhaupt die Nachrichten
der Alten so vielfach abweichen, daß man sieht, wie sie

---

*) Diese Namensform ist die inschriftliche.

mehr aus dem Stil der Werke als aus historischen Daten
ihre Angaben entnahmen, besonders wohl Polemon in seinem Werke über die karischen Städte (Preller p. 66), aus
welchem Pasiteles und Varro, der von den sieben Weltwundern handelte, Plinius unmittelbare Quellen, geschöpft haben*), während Vitruvius zum Theil Andern folgt. Leochares oder Timotheos wurde die kolossale akrolithe Statue
eines Ares auf der Burg von Halikarnaß zugeschrieben
(Vitruv II. 8, 11); da Beide am Mausoleum arbeiteten,
mit gleicher äußerer Wahrscheinlichkeit**); Bryaxis arbeitete fünf eherne kolossale Götterbilder auf Rhodos (Plinius
XXXIV. 42), ebenso die eine Gruppe des Zeus und Apollon
in Patara in Lycien (Clem. Aler. protr. p. 14); ob auch
die Erzstatue der Artemisia auf Rhodos (Vitruv II. 8, 15)
von ihm herrührten, läßt sich nicht sagen, eben so wenig
sind die Verfasser der Statuen der Aphrodite und des Her-

---

*) Aus Polemon rührt auch die Notiz her, welche Plin. XXXIV.
59. über Pythagoras Statue des dicaens zubenannten Eitharoden in
Theben gibt. Ich habe diese, durch Brunns Irrthum I. S. 135 ver-
leitet, in meiner Chrestom. Plin. p. 320 auf Apollon bezogen, wie
man ziemlich allgemein thut (Overbeck, Gerhard u. A.): sie stellte aber
einen siegreichen Eitharoden Kleon dar, epit. Athen. I. p. 19. Plinius schöpft seine Angabe aus einem griechischen Schriftsteller, wie
das Wort dicaeus anzeigt. Da Polemon jünger war als Xenokrates,
Menächmos und Duris, mit seinem Zeitgenossen Antigonos aber verfein-
det, Plinius ihn aber nicht selbst benutzt, muß dieser die Stelle aus
Pasiteles entnommen haben. Das argumentum e silentio, das Brieger in seiner trefflichen Schrift de fontibus p. 52 dagegen vorbringt,
kann gegen diesen Schluß nicht genügen.

**) Da die Statue akrolith war, d. h. die Extremitäten von
Marmor, das Uebrige ein ohne Zweifel vergoldetes Holzbild, Leochares aber in Olympia als Bildhauer in Gold und Elfenbein sich auszeichnete (Paus. V. 20, 5), werden wir, wenn wir uns an den Akrolith des Phidias in Plataa (Paus. IX. 4, 1) erinnern, aus innern
Gründen das halikarnassische Werk eher dem Leochares zuschreiben.
Brunns Vermuthung I. S. 388, es sei von ihnen gemeinschaftlich gearbeitet worden, ist mir nicht wahrscheinlich.

mes, die wir in ihren Tempeln vorausſetzen, ſo wie die eherne des Maußolos und die marmorne der Artemiſia in Erythrä *) (Lebas bei Newton, history p. 45) bekannt.

Als daher Maußolos Ol. 107. 2 geſtorben war und ſeine Wittwe Artemiſia ihren Gemahl nicht allein durch die wetteifernden Lobeserhebungen der Dichter und Redner, ſondern auch durch ein Grabmal zu ehren beſchloß, das mit Ausnahme der ägyptiſchen Pyramiden alle andern Denk= mäler durch Größe und Pracht übertreffen ſollte, brauchte ſie ſich zu deſſen künſtleriſcher Verzierung nur an die be= kannten Bildhauer zu wenden. Zu ihnen geſellte ſich der alte Skopas, der kurz vorher in Epheſus und vielleicht in Knidos gearbeitet hatte; ſie theilten ſich in die Arbeit und förderten ſie mit ſolcher Hingebung, daß ſie auch nach dem zwei Jahre darauf erfolgten Tode der Königin nicht ab= ließen, bis ſie ein Werk zu Stande gebracht hatten, wel= ches mehr noch als der Bau ſelbſt das Mauſoleum zu einem der ſieben Weltwunder machte.

Wir haben darüber folgende beſtimmtere Angaben:

1) Bitruvius praef. VII. 12 f. De Mausoleo (volu-men ediderunt) Satyrus et Phiteus (wahrſcheinlich Py-this, wie er bei Plinius heißt), quibus vera felicitas summum maximumque contulit munus. Quorum enim artes aevo perpetuo nobilissimas laudes et sempiterno florentes habere iudicantur, et cogitatis egregias operas praestiterunt. Namque singulis frontibus singuli arti-fices sumpserunt certatim partes ad ornandum et pro-bandum, Leochares, Bryaxis, Scopas, Praxiteles; non-nulli etiam putant Timotheum; quorum artis eminens

---

*) Die Statuen, welche Verres aus Erythrä und Hallkarnaß entführte (Cicero g. Berr. I. 49), ſtammen wahrſcheinlich aus dieſer Periode.

excellentia coegit ad septem spectaculorum eius operis pervenire famam.

2) Plinius XXXVI. 30. Scopas habuit aemulos eadem aetate Bryaxim et Timotheum et Leocharen, de quibus simul dicendum est, quoniam pariter caelavere Mausoleum: sepulcrum hoc est ab uxore Artemisia factum Mausolo Cariae regulo, qui obiit olympiadis CVII. anno secundo. Opus id ut esset inter septem miracula, hi maxime fecere artifices. Patet ab austro et septentrione sexagenos ternos pedes, brevius a frontibus, toto circumitu pedes CCCCXXXX; attollitur in altitudinem XXV cubitis; cingitur columnis XXXVI; pteron vocavere circumitum. Ab oriente caelavit Scopas, a septentrione Bryaxis, a meridie Timotheus, ab occasu Leochares, priusque quam peragerent, regina obiit; non tamen recesserunt nisi absoluto iam id gloriae ipsorum artisque monumentum iudicantes, hodieque certant manus. Accessit et quintus artifex. Namque supra pteron pyramis altitudinem inferiorem aequat viginti quatuor gradibus in metae cacumen se contrahens; in summo est quadriga marmorea quam fecit Pythis, haec adiecta CXXXX pedum altitudine totum opus includit.

So hat die Stelle der Bamberger Coder, mit Ausnahme des Wortes altitudinem, welches Newton und Jahn statt altitudine hergestellt haben. Die übrigen Handschriften. lesen CCCCXI (oder vielmehr quadringentos undecim) statt CCCCXXXX. Die Aenderungen, welche ich in einem Programm und in meiner Chrestomathia Pliniana p. 384 gemacht habe, indem ich vor sexagenos centenos einschob und statt XXV nach dem Coder Vossianus (viginti.

XX) XXXX las, ſind älter als die Berichte über die Aus=
grabungen: ich muß ſie, obgleich von Schäfer *) in ſeiner
Rede zum Winckelmannsfeſte Greifswald 1861 S. 21 ge=
billigt, nach dieſen zurücknehmen. Auch der Verſuch, den
man etwa aus Hygins Angabe, daß das Monument in
Allem 80' hoch war, entnehmen könnte, CXXXX in LXXX
zu ändern, würde nicht helfen, da dann die Quadriga nur
5 Fuß hätte.

3) Hyginus Fab. 223. Munimentum regis Mausoli
lapidibus lychnicis altum pedes LXXX. circuitus pedes M.CCCXL.

4) Lucians Todtengeſpräche 24. Maußolos rühmt ſich
ὅτι ἐν Ἁλικαρνασῷ μνῆμια παμμέγεθες ἔχω ἐπικείμενον,
ἡλίκον οὐκ ἄλλος νεκρός, ἀλλ' οὐδὲ οὕτως ἐς κάλλος ἐξ-
ησκημένον, ἵππων καὶ ἀνδρῶν ἐς τὸ ἀκριβέστατον εἰκα-
σμένων λίθου τοῦ καλλίστου, οἷον οὐδὲ νεὼν εὕροι τις ἂν
ῥαδίως. Die πολυτελεῖς ἐκεῖνοι λίθοι werden dann von
ſeinem Gegner Diogenes noch einmal erwähnt.

Dies und einige gelegentliche Anführungen iſt im We=
ſentlichen Alles, was uns das Alterthum überliefert hat.
Vergleichen wir die Stellen, ſo lernen wir aus jeder etwas.
Lucian iſt der Einzige, welcher von dem Gegenſtande der
Bildwerke wenigſtens ſo viel berichtet, daß Männer und
Pferde dargeſtellt waren. Ueber die Betheiligung der Künſt=
ler weichen die Nachrichten in ſofern ab, als Vitruv Pra=
riteles darunter erwähnt, aber zugleich angibt, daß Andere

---

*) Schäfer behandelt S. 18 ff. auch die Stellen des Pauſanias
I. 15. 1 und X. 10. 4 über das Treffen bei Oenoë: ich hätte ge=
wünſcht, das Urtheil des hochgeſchätzten Verfaſſers über meine Ver=
muthung in den R. Jahrb. f. Phil. u. Päd. Bd. LXIX. S. 380 f. zu
vernehmen.

statt seiner Timotheos nennen. Da Plinius offenbar den genauesten Bericht gibt und nur des Timotheos gedenkt, haben wir uns für den Letzteren zu entscheiden; auch ist es an sich wahrscheinlicher, daß der berühmtere Künstler irrig an die Stelle des unberühmteren trat als umgekehrt, und Timotheos stand] auch in Attika mit Skopas in Verbindung, wenn wir anders richtig seine Artemis in dem Tempel zu Rhamnus neben Skopas Apollon gesetzt haben (S. 70). Uebereinstimmend dagegen berichten Beide, daß jene vier Meister sich in die vier Seiten des Denkmals theilten und dieselben wetteifernd schmückten. Da die Ausdrücke certatim und certant einander entsprechen, scheint zu folgen, daß Artemisia, wie sie Preise für die redenden Künste ausgesetzt hatte, auch die bildenden bedachte, und wir hätten hier ein Beispiel der künstlerischen Agonen, die in verschiedenen dunkeln Spuren beim Tempel der Hera in Samos und des Apollon in Delphi vorkommen*). Endlich lehrt uns Vitruv, daß nicht allein der bildnerische Schmuck, sondern auch die Ueberwachung der ganzen Ausführung den Bildhauern übertragen wurde. Denn die probatio bedeutet die Uebernahme eines fertigen Werks. Erwägen wir, daß Skopas den schönsten Tempel im Peloponnes gebaut hat, so werden wir uns nicht darüber wundern, wenn er, und es begreifen, wenn auch seine Genossen den Bau selbst eben so im Auge hielten, wie sie die Bildwerke daran verfertigten. Wäre dem nicht so, so würde der Ausspruch beider Gewährsmänner, daß ihretwegen das Gebäude

---

*) Ich trage Bedenken, diese Nachrichten so entschieden zu verwerfen wie Jahn, Ber. der sächs. Gesellsch. 1856 S. 284 ff. Wenigstens scheint mir Plinius Ausdruck XXXV. 61 artis fores apertas nicht poetischer zu sein als II. 31 rerum fores aperuisse.

zu den Weltwundern gerechnet wurde, gar zu hyperbolisch
erscheinen. Eben so war der fünfte Künstler, der „hinzu-
kam", Pythis, Bildhauer, wie Plinius, und Architekt, wie
Vitruv berichtet. Da mit ihm Satyros über das Mausoleum schrieb, der als Bildhauer gar nicht genannt wird
und als Baumeister seine Kunst auf einen Enkel, den Architekten des Ptolemäus Philadelphus (Plinius XXXVI.
67), vererbt zu haben scheint, läßt sich die Vermuthung äußern, daß Satyros den Plan zum Ganzen entwarf, Pythis
ihm so zur Hand ging, wie der bei Vitruv kurz zuvor genannte Karpion dem Iktinos beim Bau des Parthenon;
daß jener auch die Hauptleitung des Baues übernahm,
und von dessen beiden geschmückten Theilen der untere von
Skopas und seinen Genossen, der obere von Pythis besorgt
wurde. Eine solche Theilung der Arbeit wurde auch durch
die Kürze der Zeit erfordert, welche die Ungeduld der Königin, die ja doch das Ende nicht erleben sollte, gestattet
haben wird, mochte auch Maußolos selbst, wie die ägyptischen Könige ihre Pyramiden, schon sein Grab zu bauen
angefangen haben*).

Endlich gibt Hygin an, daß der Bau aus dem feinsten
parischen Marmor (dem sog. Lychnites Plin. XXXVI. 14)
ausgeführt war. Die Maße bei ihm und bei Plinius weichen so sehr ab, daß Schreibfehler vorhanden sein müssen;
bei Plinius, dem wir als dem Hauptzeugen vorzugsweise
vertrauen, sind sie entweder verschrieben oder lückenhaft.

Daß das Gebäude noch im 12ten Jahrhundert stand,
erhellt aus einer Stelle bei Eustathius zu Il. ed. Lips.

---

*) Eudocia bei Villoison Anecd. Gr. I. p. 286, Nicetas Schol.
zu Greg. Nazianz. Paris 1611 II. p. 78 c, Philo de spect. ed. Orell.
p. 144 nach S. Croix' Restauration — Newton p. 55.

p. 1298. Καὶ ὁ μὲν τοῦ Μαυσώλου μάλα πολλὺς τάφος ἄκρως περιείργασται, καὶ θαῦμα καὶ ἦν καὶ ἔστιν. Vermuthlich war es ein Erdbeben, welches vor dem J. 1402 den obern Theil des Gebäudes zerstörte, so daß die Johanniter, als sie den Ort in Besitz nahmen, sich zum Bau des heute noch bestehenden Kastells, welchen ein deutscher Ritter Schlegelholt aufführte, der Steine des Mausoleums bedienten. Im Jahre 1522 sandte der Großmeister einige Ritter von Rhodus hinüber, um es gegen Soliman herzustellen. Ces cheualiers estans arriués a Mesy, so erzählte einer derselben nach der Einnahme von Rhodus dem gelehrten Dalechamp*), se mirent incontinent en deuoir de faire fortifier le chasteau, et pour auoir de la chaux, ne treuuans pierre aux enuirons plus propre pour en cuire, ny qui leur vinst plus aisee, que certaines marches de marbre blanc, qui s'esleuoyent en forme de perron emmy d'un champ pres du port, là où iadis estoit la grande place d'Halycarnasse, ils les firet abbattre et prendre pour cest effect. La pierre s'estant rencōtree bonne, fut cause, que ce peu de maçonnerie, qui paroissoit sur terre, ayant esté demoli, ils firent fouiller plus bas en esperance d'en treuuer d'auantage. Ce qui leur succeda fort heureusement: car ils recognurent en peu d'heure, que de tant plus qu'on creusoit profond, d'autant plus s'eslargissoit par le bas la fabrique, qui leur fournit par apres de pierres, non seulement à faire de la chaux, mais aussi pour bastir. Au bout de quatre ou cinq iours, apres auoir faict une grande descouuerte, par une apres disnee ils virent une ouuerture comme pour

---

*) Newton hat das Verdienst, diesen Bericht aus dem Werke von Guichard, funerailles de Romains et Grecs. Lyon, 1581, III. 5, pp. 378—81 ans Licht gezogen zu haben.

entrer dans vne caue: ils prirent de la chandelle et deualerent dedans, où ils treuuerent une belle grande salle
carree, embellie tout au tour de colonnes de marbre, auec
leurs bases, chapiteaux, architraues, frises et cornices grauees
et taillees en demy bosse: l'entredeux des colonnes estait
reuestu de lastres, listeaux ou plattes bandes de marbre
de diuerses couleurs ornees de moulures et sculptures conformes au reste de l'oeuure, et rapportés propermēt sur
le fonds blāc de la muraille, où ne se voyait qu' histoires
taillees, et toutes battailles à demy relief. Ce qu' ayans
admiré de prime face, et apres auoir estimé en leur fantāsie la singularite de l'ouurage, en fin ils defirent, briserent
et rompirent, pour s'en seruir comme ils auoyert faicte
du demeurant. Outre ceste sale ils treuuerent apres vne
porte fort basse, qui conduissoit a une autre, comme antichambre, ou il y auoit vn sepulcre auec son uase et son
tymbre de marbre blanc, fort beau et reluisant à merueilles, lequel, pour n'auoir pas eu assez de temps, ils ne
descouurirent, la retraicte etant desia sonnee. Le lendemain
apres qu'ils y furent retournés, ils treuuerēt la tombe descouuerte, et la terre semee tout autour de force petits morceaux de drap d'or, et paillettes de mesme metal: qui leur
fit penser, que les corsaires, qui escumoyent alors le long
de toute ceste coste, ayans eu quelque vent de ce qui
auoit esté descouuert en ce lieu là, y vindrent de nuict,
et osterent le couuercle du sepulcre, et tient on qu'ils y
treuuerent des grandes richesses et thresors. Ainsi ce superbe sepulcre, compté pour l'un des sept miracles,...
fut descouuert et aboli pour remparer le chasteau de S.
Pierre, par les cheualiers croisés de Rhodes. — Աn biesem
Schlosse entdeckte im vorigen Jahrhundert Dalton eine

Reihe von Marmor=Reliefs, die er flüchtig zeichnete und in seinen views of anc. Greece, Caria tav. 3 ff. (vgl. Ionian antiquities II. append. tav. 2) bekannt machte, ohne besonderes Aufsehen zu erregen.

Es entstand erst, als im J. 1846 13 früher nur gelegentlich von Reisenden erwähnte und gezeichnete Stücke von einem Friese nach England gebracht wurden, welche in dem Kastell von Budrum, d. h. auf der Stelle von Halikarnaß, eingemauert waren. Alsbald nach ihrer Aufstellung im brittischen Museum wurde von verschiedenen Seiten die Vermuthung jener Reisenden erneuert und bestätigt, daß sie ursprünglich das Mausoleum geziert hatten und von den rhodischen Rittern an jenem Kastell, dessen Erbauung in das Jahr 1402 fällt, bei dessen Herstellung 1522 angebracht waren. Sie wurden von Newton im Classical museum V. p. 270—201 besprochen, von mir im Novemberheft der arch. Ztg. 1847 XI. Nr. 11 beschrieben und später in den Monumenten des arch. Instituts V. Tf. 18—21 abgebildet, von Braun in den Annalen des Instituts 1850 S. 285 ff. ausführlich behandelt. Durch eine vierzehnte Platte aus Budrum vermehrte sich der Vorrath des brittischen Museums, durch drei wenigstens seit 100 Jahren in Genua befindliche Stücke, deren Kenntniß der hochgebildeten verewigten Frau Mertens=Schaaffhausen verdankt wird, das zugängliche Material, und es richtete sich die Kritik sowohl auf die Sculpturen als auf das Gebäude, zu dem sie gehört haben mochten. Jene zeugte Anfangs von einer gewissen Enttäuschung. Man hatte Meisterwerke ersten Ranges erwartet und sah Arbeiten sehr verschiedenen Werthes vor sich, von denen einige ähnlichen Reliefs von Phigalia an die Seite gesetzt zu werden verdienten, andere durch

offenbare Zeichnungsfehler verunstaltet wurden. Nur Braun
lobte sie fast unbedingt, Newton schlug ihren Werth gering
an, ich suchte Originale der großen Künstler und Arbeiten
ihrer Gesellen zu unterscheiden, Leopold Schmidt sprach sie
(arch. Anzeiger 1849 VII. S. 115) dem Mausoleum ganz
ab, und Overbeck pflichtete ihm 1858 in seiner Gesch. der
griech. Plastik II. S. 102 ff. in sehr lebhaften Worten bei.
Eben so unsicher wurde die topographische Frage. Wo
Newton nach Vitruv und Donaldsons Bemerkungen in der
Nähe des Meers die Lage des Mausoleums zu bestimmen
gesucht hatte, da glaubten Spratt (Transactions of the
R. society of literature II. v. p. 1—23) und Roß (Rei=
sen auf den griech. Inseln IV. S. 30—41) es nicht finden
zu können. Es war daher im höchsten Grade dankenswerth,
daß sich die englische Regierung im J. 1856 entschloß, eine
wissenschaftliche Expedition an die Stelle zu senden und
deren Leitung Herrn Newton anzuvertrauen. Ihre Resul=
tate wurden zuerst in parlamentarischen Aktenstücken *) mit=
getheilt: sie liegen jetzt in einem Prachtwerke **) vor, leider

*) Papers respecting the excavations at Budrum, Presented
to both Houses of Parliament. 1858. 52 S. fol. Further papers
respecting the excavations at Budrum and Cnidus. 1859. 94 S.
fol. London: printed by Harrison and sons.
 **) A history of discoveries at Halicarnassus, Cnidus and
Branchidae. By C. T. Newton, assisted by R. P. Pullan. London:
Day and son 1862. (part 1.) 362 S. 8. Discoveries at Halicarnas=
sus etc. vol. I. plates XCVII, (wovon XLVIII sich auf Budrum be=
ziehen). Daran knüpft sich eine Kritik im Athenäum 15. Februar, im
Saturday review 15. März und ein scharfsinniges Buch des Architek=
ten Fergusson, the mausoleum at Halicarnassus restored. London,
John Murray 1862. 4. 43 S. mit 4 Tafeln. In Deutschland hat
Lübke in der Beilage zur Allg. Ztg. 1862 August die Sculpturen be=
sprochen. Nach der Vollendung meiner Abhandlung gehen mir dessen
Bemerkungen in der eben erschienenen Gesch. d. Plastik I. p. 179 ff. zu.

unvollständig, da mehrere und zwar sehr bedeutende Sculpturen nicht abgebildet sind.

Durch dieses Werk, dessen Erscheinung der Vollendung
dieser Abhandlung vorausgehen mußte, ist das Material
in einer erfreulichen Weise vervollständigt; nimmt man
dazu die zahlreichen jetzt in London befindlichen Sculpturen, so kann man im Wesentlichen nicht bezweifeln, daß
die Stelle des Mausoleums wirklich gefunden ist, und
daß jener Fries dazu gehört hat. Wir beginnen unsere
Betrachtung mit dem Gebäude. Vor der Expedition
hatte der berühmte Architekt Cockerell in jenem ersten
Aufsatze Newtons einen geistreichen Versuch der Herstellung gemacht (vgl. archäol. Zeitung 1847 Tafel 12), den
Falkener im Museum of classical antiquities vol. I. weiter ausführte und modificierte. Danach waren die 36 Säulen, welche Plinius aufzählt, in einem Dipteros vertheilt,
von dem die Langseiten 7, die schmalen 6 in einer Reihe
zeigten, die Pyramide aber wurde, was constructiv möglich
ist, von diesen Säulen getragen. Diese Hypothese ist durch
die Ausgrabungen nicht bestätigt worden und stimmt mit
dem Umfang des Ganzen bei Plinius nicht überein, der
Begleiter Newtons, Lieut. Smith, ist daher zur Annahme
einer Säulenreihe zurückgekehrt. Auch Herr Pullan, welchem die letzte Restauration verdankt wird, hat diese Ordnung mit Recht vorgezogen, und Fergusson ist ihm darin
beigetreten. Leider sind die Maße, wie der Letztere nachweist, nicht überall zuverlässig angegeben. Plinius gibt folgende Maße*):

*) Leider sagt er nicht ganz bestimmt, welche, ob griechische oder
römische. Offenbar schöpft Plinius seine Angabe nicht aus dem Ori-
ginalwerke des Satyros und Pythis, wie z. B. Fergusson S. 9. meint,

Fuß.

Südliche und nördliche Ausdehnung . 63 (?),

Oestliche und westliche   „   . 63 (?) — x,

Ganzer Umfang . . . . 440 (411?),

1) Höhe der Säulenstellung 25 Ellen . 37½,

    Säulenzahl des Umfangs 36,

2) Pyramide von 24 Stufen gleich hoch 37½,

3) Quadriga . . . . x,

    Gesammthöhe . . . . 140.

Daß diese Zahlen nicht übereinstimmen, ist klar. 1) Die Höhe: Wenn das Gebäude in seinem untern Theile 37½' maß, so würde die Gesammthöhe von 140' nur dann herauskommen, wenn man der Quadriga die Höhe eines Kolosses von 65' geben wollte, was den architektonischen Eindruck zerstörte und Plinius nicht sagen ließe, daß gerade die Arbeiten der vier Meister das Gebäude zum Weltwunder machten. Entweder ist also die eine oder die andere Zahl verschrieben, oder ein Theil des Gebäudes wird von Plinius nicht erwähnt, was denn kein anderer als ein Unterbau unter der Säulenstellung sein kann. Hier mußte es auf die Ausgrabungen ankommen.

Bestimmter läßt sich 2) über den Umfang reden Drei Zahlen kommen vor:

---

sondern aus demselben Buche, worin die Maße des ephesischen Tempels (§. 95), vielleicht auch der ägyptischen Denkmäler (§. 65 ff. 77 ff), und wohl auch der athenischen Pallas (§. 18) angegeben waren. Denn auch hier zeigt sich die Abwechselung zwischen pedes und cubiti. Ich vermuthe, daß Varro sein nächster Führer war: aber daß dieser die griechischen Maße aus seinen Quellen beibehalten hatte, wie die ägyptischen Maße §. 88 auch nicht auf römische reducirt sind. Bekanntlich verhält sich der griechische Fuß zum römischen wie 25:24. 100 griechische Fuß=101,25 englisches Maß, worin die Angaben bei Newton gemacht werden, oder 98,355 preußisch.

bei Plinius nach der Vulgata   CCCCXI (quadringentos undecim),

bei demselben nach der Bam=
berger Handschrift . . . . CCCCXXXX,

bei Hyginus . . . . . .   M.CCCXL.

Urtheilt man über diese Abweichungen rein diplomatisch,
so wird man keinen Augenblick im Zweifel sein, die Lesart
der Bamberger Handschrift für die richtige zu erklären, da
ihr die Zahl bei Hyginus zu Hülfe kommt, sie endet auch
in 40; und wie in dem Exemplar, das den andern Hand=
schriften des Plinius zu Grunde liegt, aus XL XI werden
konnte, liegt auf der Hand. Selbst wenn nicht der Bam=
berger Handschrift wegen ihrer Vortrefflichkeit im Zweifel=
falle immer der Vorzug gegeben werden müßte, würden
wir es hier wegen der Parallelstelle des Hyginus zu thun
haben. Es bleiben die Anfangsziffern. Bei ihnen spricht
wieder die Uebereinstimmung der plinianischen Handschriften
entschieden gegen Hyginus, dessen einziger, jetzt verlorner
Coder in longobardischer Schrift von Fehlern, namentlich
in Zahlen, wimmelte. Gleich in demselben Kapitel wird
dem olympischen Zeus des Phidias ein Maaß von 60 Fuß
(ebenso Philo p. 12 Orell.), den ägyptischen Pyramiden
dasselbe von 60 Fuß gegeben. Es ist ohne Zweifel bei
ihm M in C zu verwandeln. Zwar könnte man meinen
(und das haben die englischen Gelehrten gethan), daß er
von einem breiten Peribolos um die Säulenstellung redete:
da er aber denselben Ausdruck circuitus gebraucht, womit
Plinius das griechische pteron übersetzt, kann er auch nichts
Anderes als eben dieses Pteron haben messen wollen. Steht
sonach die Zahl 440 für den Umfang fest, so muß die Zahl
LXIII für die breitere Seite entweder verschrieben sein (die

Handschriften haben sie in Worten sexagenos ternos), oder auch hier in der Beschreibung des Plinius eine Lücke sich finden.

Was ergeben nun die Ausgrabungen?

1) Die Quadriga. An der Nordseite des Mausoleums fand man eine größere Zahl von Marmorblöcken, welche nach ihrer Lage zu urtheilen bei der Zerstörung des Gebäudes durch ein Erdbeben von einer Höhe geschleudert waren. Unter diesen Blöcken entdeckte man die Reste eines kolossalen Pferdes, zu denen noch Stücke von einem zweiten kamen, auch Bruchstücke eines ehernen Zügels, die man mit großer Wahrscheinlichkeit auf die Quadriga bezog. Diese Vermuthung wurde zur Gewißheit, als man theils an derselben Stelle, theils an der Südseite (report p. 66) Fragmente eines Rades der Marmorquadriga selbst fand, welche bei jenem Erdbeben, das zwischen dem 12ten und 15ten Jahrhundert das Gebäude zerstört haben muß, durch die hebelartige Kraft der fallenden Säulen nach entgegengesetzten Seiten geschleudert waren. Sie bestanden aus einem Theile des Umkreises der halben Nabe und Stücken der 6 Speichen, deren Zwischenräume des zu tragenden Gewichts wegen ausgefüllt waren. Eine Restauration der Reste ergab für das Rad einen Durchmesser von 7' 7", und es war damit ein Anhalt für die Größe des Wagens gewonnen. Die Länge der Pferde muß nach den erhaltenen Theilen (die Breite der Brust z. B. beträgt 3' 6") zu wenigstens 10 Fuß angenommen werden. Rechnet man dazu einen gewissen Abstand zwischen ihrer Kruppe und dem Wagen, so ergibt sich eine Länge von etwa 20 Fuß für das Piedestal des Wagens. Die Breite berechnet sich zu $4 \times 3' 6" = 14'$ für die Pferde, und, wenn man den Abstand

der beiden innern, zwischen denen die Deichsel lief, zu 9″, den der beiden äußern zu je 6″ nimmt, zu 15′ 3″, dazu die Breite der Plinthe, zusammen gegen 16 Fuß. Es ist also die Platte, worauf die Quadriga stand, rund 16 Fuß breit und 20 Fuß lang gewesen. Für die Höhe des Wagens bieten die Maße der beiden Statuen, des Maußolos selbst und einer Göttin, die sein Gespann lenkte, eine ziemlich sichere Gewähr. Jene mißt rund 10 Fuß. Das Stehbrett lief in den griechischen Wagen in einer Linie mit der Are der Räder; es kommen also 3′ 9″ 6‴ hinzu, endlich die Dicke der Basis, welche mit dem Huf eines Pferdes vorhanden ist, zu circa 1′, gibt zusammen in engl. Fußen:

$$\begin{array}{lr} \text{Statue circa} & 10 \\ \text{Räder gegen} & 3\ 9\ 6 \\ \text{Basis} & \underline{1} \\ & 14, 9, 6, \end{array}$$

d. h., im Durchschnitt, 14 griechische Fuß*).

Die Gruppe war nach der Vorderfronte, der größeren Are parallel gerichtet, denn sonst hätten die Trümmer nicht wohl nach Nord und Süd auseinander fallen können.

Wir haben also für die Quadriga das Verhältniß von 4:5 für Breite und Länge.

2) Die Pyramide. An der Nordseite entdeckten die Herren Newton und Smith zwischen 40 und 50 Marmorblöcke, welche ursprünglich durch kupferne Klammern zusammengehalten wurden. Sie waren 4′ lang gewesen, 3′ und 2′

---

*) Pullan rechnet 13′ 3¼″ englische, Fergusson 14 griechische Fuß, ein Maß, das den Resten genauer entspricht und gerade ein Zehntel der Gesammthöhe begreift. Er möchte die Quadriga lieber in die Quere als in die Länge stellen.

breit und 1' ¼" dick. Durch eine mit der Langseite parallel laufende Linie wurde bei einem Theile ein Raum von 1' 9", bei dem andern von 1' 5" abgetheilt. Es erhellt, daß dies die Stufen der breiten und schmalen Seiten der Pyramide waren; denn unter ihnen befanden sich 4 oder 5 Ecksteine, die auf der einen Seite eine Stufe von 1' 9", auf der andern von 1' 5" zeigten. Nur zwei Stufen hatten die abweichenden Maße von 9" und 10¼" Weite. Multiplicirt man die 22 übrigen (von den 24 Stufen bei Plinius die obersten) mit 1' 9", so erhält man 38' 6", und dazu jene 10¼", so wie 7" für die Neigung der Blöcke, die nicht ganz perpendiculär stehen, vielmehr 0,025 zurückweichen, in Allem für die Ausdehnung der Pyramide auf einer Seite 39' 11¼". Wird dieses Maß für die andere Seite verdoppelt und dazu die Länge der obern Platte gerechnet, so ergibt sich für Herrn Pullan, welcher diese zu 25'6": 20'5" berechnet, die Ausdehnung von 105'5" engl. der breitern Basis, für die schmalere nach denselben Sätzen 2[(22×1'5")+9"+7"] +20'5" ein Maß von 85'5", oder für die Querfläche der Pyramide 381' 8" englisch.

Fergusson versichert dagegen p. 21 bei wiederholten Messungen der in das brittische Museum gebrachten Ecksteine das Maß der längern Seite um 0,3 bis 0,9 eines Zolles zu klein gefunden zu haben, während das andere richtig sei. Er gibt für die letztere 21,2625 englische oder genau 21 griechische Zoll an und, indem er die unbedeutenden Unterschiede als zufällig oder durch die Schwierigkeit, die Neigung jetzt ganz genau zu bestimmen, beseitigt, erhält er für die schmale Seite 32, für die breite 40 griechische Fuß, d. h. die Proportion von 4:5. Die Plattform des Piedestals hält er für etwas kürzer als Pullan, d. h. 20:16 griechische

Fuß, oder die unterſte Stufe der Pyramide 100:80 grie=
chiſche Fuß. Die Genauigkeit, womit ſich dergeſtalt die
Proportion von 4:5 in allen Theilen wiederholt, läßt mich
ſeiner Meinung beitreten. Für eine weſentliche Verbeſſerung
halte ich auch die veränderte Stellung, welche er jenen
beiden kleinen Steinen gibt. Statt unter die Quadriga,
ſtellt er ſie ganz zu unterſt und gewinnt dadurch den gro=
ßen Vortheil, daß der Unterbau nicht hinter dem vorſprin=
genden Kranzgeſimſe der Säulenſtellung und den darin an=
gebrachten Waſſerſpeiern verſchwindet. Zu demſelben Zwecke
gibt er nach der Analogie des gleich zu erwähnenden Lö=
wengrabes in Knidos dem unterſten Steine die doppelte
Höhe der übrigen und erreicht dergeſtalt für die Pyramide
ſtatt der 25 engliſchen Fuß Pullans eine Höhe von 26'
oder 25' 9" griechiſchen Maßes. Darüber läßt ſich freilich
ſtreiten. Aber die bedeutendſte Aenderung der Pullan=
Smith'ſchen Herſtellung ſcheint ein weſentlicher Fortſchritt
zu ſein. Es läßt ſich nämlich nicht läugnen: die Conſtruc=
tion der Begleiter von Newton gibt einen unbefriedigenden
Eindruck. Wenn die Pyramide mit der Quadriga zuſam=
men 37¼ Fuß in der Höhe maß, ohne dieſelbe nur 25, ſo
hatte ſie eine gedrückte, von den ägyptiſchen Muſtern ganz
abweichende Proportion. Bei dieſen verhält ſich die Höhe
zur Baſis wie 5:8, hier erreicht ſie kaum ein Viertel der
letzteren. Dieſe unſchönen Verhältniſſe mußten aber bei
der Höhe des Unterbaus beſonders widrig und unzweck=
mäßig wirken. Die Stufen traten ſo zurück, daß die ober=
ſten in der Nähe gar nicht, und die Quadriga faſt gar nicht
geſehen werden konnte; man hat berechnet, daß ſie erſt in
einer Entfernung von 400 Schritten wirkſam in die Augen
fiel. Den größten Architekten der Zeit läßt ſich ein ſol=

cher Fehler nicht zutrauen. Den Schlüssel zur Lösung der
Aufgabe hat Fergusson in Newtons Werke selbst gefunden.
Tafel 61—66 wird dort ein merkwürdiges Denkmal von
Knidos bekannt gemacht, welches in älterem Stil, wahrscheinlich noch im 5ten Jahrhundert, ausgeführt wurde: es
stimmt in seiner ganzen Anlage mit dem Mausoleum überein. Auf einem soliden Unterbau erhebt sich ein quadrates
Gebäude, das mit Halbsäulen und einem Gebälk dorischer
Ordnung verziert ist und im Innern eine kreisrunde (wahrscheinlich Grab-) Kammer enthält. Ueber diesem Gebälke
trägt eine abgestumpfte 13' 10" hohe Pyramide einen mehrfach gegliederten hohen Stein, auf welchem ein kolossaler
Löwe stand, zusammen 18' hoch. Leider sind die noch vor-
handenen Reste von der Herstellung nicht sorgfältig unterschieden, worüber wohl der zweite Band des Werkes nähere
Auskunft geben wird, aber so viel erhellt schon jetzt, daß
die Pyramide als Basis für jenes hohe Monument dient.
Ueberträgt man diesen Unterschied auf das Mausoleum, so
leidet es keine Schwierigkeit, auch hier zu den 24 Stufen
der Pyramide, welche ein verticales Maß von 25—26',
wie oben gerechnet 25' 9" griechisch, begreift, eine Stein-
basis für die Quadriga von 11' 9" hinzuzufügen, so daß
mit ihr zusammen die Pyramide 37½' griechisch hoch war,
und die Quadriga, die Newton auf 13' 3" englisch, Fergusson auf 14' griechisch berechnet, sich darüber erhob. Fergussons Annahme vereinigt sich mit der Beschreibung bei
Plinius ganz gut: unter dem metae cacumen ist eben
jene Basis zu verstehen, und mit ihr zusammen kömmt die
Pyramide der Höhe des untern Gebäudes gleich; die Quadriga trennt Plinius selbst von ihr. Diese Anordnung hat
den Vorzug, daß nun die optische Verkürzung auch in der

Nähe nicht so weit reichte, den Wagen unsichtbar zu ma=
chen, und daß zugleich die untern Theile des Baues wohl=
gefälliger werden.

3) Das Pteron, gleich hoch wie die Pyramide (d. h.
37½ Fuß), war nach Plinius von 36 Säulen umgeben, in=
nerhalb deren die Cella sich befand. Auf diese bezieht zu=
erst Leake in einem Aufsatz in den Transactions of the R.
society of litterat. 2nd Series II. p. 44—49 die sonst
unverständliche Angabe bei Plinius, das Gebäude habe
in der Länge 63', in der Vorderseite weniger gemessen.
Newton und Fergusson sind ihm darin mit Recht gefolgt.
Von den Säulen sind mehrere Trommelstücke und Kapitelle
ans Licht gekommen; letztere ionisch, der Schaft maß im
untern Durchmesser 3' 9" englisch = 3' 6" griechisch = 2 Ellen.
Wie sie vertheilt waren, erhellt nicht, und bis jetzt ist keine
befriedigende Herstellung gegeben. Den Gedanken Smiths,
je 9 Säulen auf die schmaleren und 11 auf die breiteren
Seiten zu vertheilen haben Pullan und Fergusson als den
einzig möglichen angenommen; der Erstere nimmt die Ent=
fernung der Säulen von Mitte zu Mitte = 10', der Letztere
= 10' 6". Gegen jene Ansicht spricht ein bedeutender Um=
stand. Sechs bis sieben Fragmente des Kranzleistens zei=
gen ein schönes Ornament von Geisblatt zwischen erhöhten
Löwenköpfen, welche die Fugen verbergen. Jedes Stück
maß wie die Stufen der Pyramide 21 gr. Zoll, so daß je
zwei Löwenköpfe 3' 6" gr. von einander entfernt waren.
Diese kommen nach Pullans Herstellung weder in das ge=
wöhnliche Verhältniß zu den Kapitellen, so daß ein Kopf
über die Säulenmitte und einer in die Mitte zwischen zwei
Säulencentren trifft, noch in eine andere annehmbare Pro=
portion. Cockerells Gedanke, die Intercolumnien 8' 9"

weit sein zu lassen, bringt zwar eine solche hervor, indem ein Löwenkopf über der Mitte einer Säule, und die beiden nächsten Säulen zwischen zwei Löwenköpfen ständen, stimmt aber nicht zu den Maßen der Pyramide. Fergussons Ansicht endlich ergibt $10 \times 10'6'' = 105' + 5'6''$ als zweimal den Vorsprung der Pyramidenstufe über die Säulenmitte $= 110'6''$, eine Ausdehnung, welche wenigstens mit seiner Berechnung der Proportionen für die Pyramide im Widerspruch steht. Wenn er deshalb die beiden äußersten Säulen für gekuppelte, d. h. ihren Abstand für $5'3''$ als die Hälfte der übrigen hält, so ergibt sich zwar das befriedigende Resultat von 100' für die Langseite, und wenn man seine gewagten Muthmaßungen billigt*), auch einigermaßen für die Breite 80', aber zugleich eine solche Abweichung von den Ueberlieferungen und Formen der griechischen Baukunst und eine solche Verletzung der ionischen Symmetrie, daß die bekannte größere Annäherung der Ecksäulen in dorischen Tempeln damit nicht verglichen werden kann. Gekuppelte Säulen kommen meines Wissens erst in der Kaiserzeit vor; ich kann das Argument Fergussons, daß ein pyramidales Dach ja auch etwas Neues sei, nicht für stark genug halten, um sie in einen griechischen Bau einzuführen. Einen Ausweg aus diesen Schwierigkeiten zu finden ist Sache der Architekten; wir dürfen uns mit dem ungefähren

---

*) Sechs ganze und zwei halbe Abstände: $73'6''$. Dazu $5'6''$ für die vorragenden Pyramidenstufen $= 79$. Um den fehlenden Fuß herauszubringen, nimmt Fergusson an: 1) die Rinne des Kranzgesimses sei auf beiden Seiten in dem Verhältniß von 4:5 verschieden gewesen, 2) sie betrage nicht $1'10''$, wie in Newtons Text, noch 1,88, wie in der Abbildung angegeben wird, sondern nach der Zeichnung Pullans 2 Fuß. Dies sei die engere gewesen; man müsse für die größere auf jeder Seite 6 Zoll zusetzen u. s. w.

Resultate begnügen, daß die Maße des Pteron der unter=
sten Stufe der Pyramide entsprechen und die Differenzen
10 Fuß nicht übersteigen. Die einzelnen Glieder werden
nach einzelnen Bruchstücken vollkommen sicher ergänzt, sowohl
das Kranzgesimse mit seinen Löwenköpfen und den Zahn=
schnitten als der dreimal gefurchte Architrav. Daß der
Fries mit Sculpturen geschmückt war, verstände sich von
selbst, auch wenn wir nichts davon besäßen.

4) Das Postament. Auch wenn wir den Wagen ein=
rechnen, erreicht die Höhe von $2 \times 37\frac{1}{2} + 13\frac{1}{2}$ bis $14' = 89'$
bei weitem nicht das von Plinius angegebene Maß von
140. Es bleibt vielmehr ein Rest von 51 Fuß. Für ihn
müssen wir nothgedrungen einen neuen Bestandtheil des
Gebäudes suchen, dessen Plinius, weil er keine architekto=
nischen Merkwürdigkeiten aufzuweisen hatte, im Einzelnen
keine Erwähnung that, ohne ihn deshalb in der Gesammt=
angabe der Maße außer Acht zu lassen. Hier hat nun
Falkener (Museum of classical antiquities I. p. 157—189)
eine sehr glückliche Anwendung von dem durch Sir Charles
Fellows entdeckten Nereiden=Monument in Xanthos*) und
andern Denkmälern, die bei Newton Taf. 31 zusammenge=
stellt werden, gemacht, wenn er annimmt, wie bei ihnen,
so habe auch beim Mausoleum ein hoher Unterbau die Säu=
lenstellung getragen. Pullan gibt ihm einschließlich der Stu=
fen des Pteron eine Höhe von 65 Fuß, die wir freilich
nur häßlich nennen können und auch, wenn wir sie, wie
oben gezeigt, um 14 Fuß vermindern, doch immer noch sehr
auffallend finden. Ferguffons großes Verdienst ist es, jene
ungeschlachte Masse aufgelöst und gegliedert zu haben. Er

---

*) S. über dieses meinen Aufsatz in den Verhandlungen der XIX.
Philologenversammlung zu Braunschweig 1860.

läßt die Basis, wie das Pteron, architektonisch schließen, indem er ihr ein Gebälk gibt, welches ebenfalls aus einem Architrav, einem geschmückten Friese und einem Kranzgesimse besteht, genau die Verhältnisse des obern wiedergibt und bis zum Stylobaten eine Höhe von 14 Fuß erreicht. Dergestalt bleiben für das Postament selbst 37½ Fuß, und es gliedert sich das Gebäude in drei Hauptmassen, Pyramide, Pteron und Unterbau, von der gleichen Höhe 37½', welche durch das Gebälk des untern Stockwerks und die fast gleich hohe Quadriga charakteristisch belebt werden. Damit wären die Maße der vertikalen Ausdehnung vollständig gerechtfertigt.

Ob dieser Unterbau nach außen als eine solide Mauer erschien, oder ob er, wie Fergusson ihn restaurirt, eine Reihe von offenen Zugängen enthielt, deren Pfeiler in der Zahl den oberen Säulen, die Eckpfeiler den beiden gekuppelten entspricht, läßt sich nicht entscheiden, da wir keine sichern Reste der Details nachweisen können. Die Analogie der übrigen Denkmäler spricht gegen jene Oeffnungen, und es läßt sich nicht behaupten, daß diese Form an sich die schönere wäre. Da es zu dem Pteron auf jeden Fall einen Zugang geben mußte, weil in der Cella irgend welche Dienste und Ceremonien, auch Weihgeschenke Platz forderten, würde bei einem ganz soliden Bau eine Freitreppe nothwendig werden, welche ziemlich weit vorspringen und das fortlaufende Gesims störend unterbrechen würde. Ich ziehe daher mit Fergusson vor, Treppen im Innern unter dem Säulengang anzunehmen, indessen würde dazu eine weite Thür an den beiden schmalen Seiten vollkommen genügen.

Die Frage hängt mit der über die Einrichtung des Innern zusammen. Sicher war die 63' lange und etwa

42½' breite Cella ein geräumiges, nach Abzug von etwa einer halben Säulenweite (3 Ellen) für die Dicke der Mauer, im Lichten 52½' langes, 42' breites Gemach; eben so scheint unter diesem ein anderes sich befunden zu haben, und endlich leidet es keinen Zweifel, daß eine tiefe Thür in eine mit diesem verbundene Kammer führte, worin wir das oder ein Grab vermuthen; denn diese ist bei den Ausgrabungen zum Vorschein gekommen. Alles Andere aber beruht blos auf Schlüssen und Vermuthungen. Man möchte glauben, daß die Cella des Heroen zugänglich und geschmückt war, daß dagegen der untere Raum, der die Gräber des Königs und seiner Nachfolger enthielt, zwar vermittelst einer Treppe ebenfalls besucht werden konnte, aber sich ten Blicken der Neugier entzog; man muß beinahe mit Smith und Pullan eine Vorkehrung voraussetzen, welche den Druck der Pyramide aushalten konnte, und wird diese am zweckmäßigsten in einer Benutzung des sogenannten ägyptischen Bogenschnitts des horizontalen Bogens suchen, welche durch allmälig sich nähernde Steinlagen die Wirkung eines Bogens erzielt, endlich die Mauern selbst für sehr mächtig halten. Damit ist aber eine flache Decke für die Cella im Innern selbst wohl verträglich, welche bei ihrer bedeutenden Breite eine Unterstützung durch Säulen oder Pfeiler voraussetzt, da die Wucht der Pyramide auf die dicken Mauern und das Gewölbe vertheilt war. Wenn also die Cella im Innern eine Säulenstellung und die Formen des griechischen Tempels, nicht ein dem mykenäischen Schatzhause ähnliches, sichtbares Gewölbe aufwies, so war sie ebenfalls zur Aufnahme bildnerischen Schmucks geeignet. Wie es sich mit dem untern Raume innerhalb des Postaments verhält, bleibt dunkel. Sicher läßt sich nur von einer Grabkammer reden;

wenn Fergusson einen jenem obern wesentlich gleichen Saal
annimmt, so schließt er zu viel aus einer zweifelhaften Erklärung des Berichts über die Entdeckung vom J. 1522.
Er glaubt, jene salle carrco sei ein unterer Saal gewesen, indessen besagen das die Worte, abgesehen von der
möglichen Unbestimmtheit der Erinnerung, nicht. Die Ritter räumten zuerst die Steine der Pyramide fort, von der,
wie wir annehmen, ein Theil schon mit Schutt und Erde
verdeckt war. Als sie diese entfernten und tiefer gruben,
sahen sie, daß das Gebäude breiter wurde, und gelangten
endlich zu jenem Saal. Dieß war eben die obere Cella
mit ihren Verzierungen. Wenn sie endlich außer dem Saale
eine niedrige Thür fanden, die zu der Grabkammer führte,
so kann diese sehr füglich tiefer gelegen haben als jener:
daß sie mit dem Saale in einer Flucht gelegen habe, würde
nur aus einer zu buchstäblichen Auffassung des beispiels-
weise gebrauchten Wortes antichambre geschlossen werden.
Von welcher Seite man zu der Thür kam, und in wie weit
der Oberbau der Cella schon verschüttet war, wissen wir
nicht. Ich sehe kein Hinderniß anzunehmen, daß der letztere
schon im Erdreiche stak. Denn was ein zweiter gleich großer Saal bezweckt hätte, will mir nicht einleuchten.

Endlich den untern Umfang des Ganzen bestimmt Fergusson, indem er nach Smiths und Pullans Vorgange die
schlechtere Lesart bei Plinius vorzieht, so daß er das Maß
von der Peripherie des soliden Baues versteht und sowohl
die Stufen als die etwa vorspringenden Basen der Statuen
außer Acht läßt, auf 408 Fuß, zu welcher er für den Vorsprung der Plinthe je 4 Zoll, also zusammen 3 Fuß hinzu-
rechnet. Wir werden seine eigenen Annahmen zu Grunde
legen können, um ein mit der richtigen Lesart bei Plinius

annähernd übereinstimmendes Ergebniß zu erhalten. Denn offenbar ist die Behauptung, der unterste Theil des Gebäudes, Stufen oder Basen, sei nicht in Anschlag zu bringen, willkürlich. Fergusson rechnet p. 37 für die Breite

	Fuß	Zoll	Ellen
der Cella	42	0 =	24
des Pteron (Peristyl) 21×2	42	0 =	24
der vorspringenden Postamente 5′ 3″×2	10	6 =	6
der untersten Stufen 5′ 3″×2	10	6 =	6
Gesammtbreite	105	0 =	60

für die Länge

	Fuß	Zoll	Ellen
der Cella	63	0 =	36
des Peristyls incl. Treppen	42	0 =	24
der Postamente und Stufen	21	0 =	12
Gesammtlänge	126	0 =	72
also für den Gesammtumfang	462	0 =	264

oder 22 Fuß mehr als Plinius angibt. Dieser Ueberschuß hat aber seinen Grund in der Anordnung, welche dem Unterbau gegeben wird. Um die beträchtliche Zahl von Statuen unterzubringen, deren Stücke in der Nähe gefunden worden sind, umgibt Fergusson denselben mit 7 Mauervorsprüngen, welche diesen als Piedestale gedient haben sollen, weder architektonisch schön, noch mit den ähnlichen kleinern Denkmälern, welche bei Newton Tf. 31 zusammengestellt sind, im Einklange. Läßt man diese Postamente, für welche ein Raum von 21 Fuß berechnet wird, aus, so daß die untern Pfeiler oder Mauern ohne Vorsprung in derselben Linie wie das Pteroma aufsteigen, so ergibt sich, dieselbe Ausdehnung der Stufen vorausgesetzt, ein Umfang von 441, und verkürzt man die Ausdehnung der Stufen um 3 Zoll, genau

das von Plinius angegebene Maß von 440 Fuß. Wir
nehmen also keinen Anstand, diese Restauration im Wesent=
lichen für richtig zu halten.

Daß das Gebäude innerhalb einer Umfassungsmauer
gestanden hat, erscheint um so glaublicher, als sich in der
Nähe Reste einer altgriechischen Mauer gefunden haben;
wahrscheinlich wurde dies Temenos mit mehreren jener Sta=
tuen verziert. Nur darf aus den oben entwickelten Grün=
den Hygins Zeugniß hiefür nicht angezogen werden.

Ein so eigenthümliches Gebäude im Ganzen zu beur=
theilen, ist schwer. Seine horizontale Ausdehnung übertraf
die bedeutendsten griechischen Tempel nicht; auch werden
manche Bauten, z. B. die cycicenischen, von Ephesus zu
schweigen, ihm an Pracht des Materials keineswegs nach=
gestanden haben. Was es aber auszeichnete, war seine
imponierende Höhe und vor Allem der kühne Gedanke, eine
Pyramide zur Krönung zur verwenden und durch ihre schwe=
bende Leichtigkeit das Gesetz der Schwere scheinbar aufzu=
heben*). Dieser Eindruck und die unbegreifliche Meister=
schaft, womit das Problem gelöst wurde, erhob es zu einem
Weltwunder für eine Zeit, welche die keusche Einfalt den
Wundern des Orients nachzusetzen geneigt war. Es liegt
darin gleichsam eine Vorbedeutung der himmelanstrebenden
Sophienkuppel und der abendländischen Thurmbauten.

Fast möchte man es bedauern, daß die Meister der
Bildhauerkunst sich der Verherrlichung des glücklichen Des=
potismus dienstbar machten. Indessen die Zeiten sind sel=
ten, in denen sittliche und künstlerische Größe in völliger
Uebereinstimmung der Zwecke glänzen, und wir wollen es

---

*) Aere nec vacuo pendentia mausolea. Martial.

den letzten großen Athenern nicht mehr verargen, wenn sie
ihre Kunst den Tyrannen liehen, als den ersten, wenn sie
durch ihre Aufträge sich fördern ließen. Ging ja doch auch
Leonardo da Vinci an den Hof nach Mailand und Fon=
tainebleau.

Von den Sculpturen, die in großer Zahl, aber lei=
der in sehr zerstreutem und fragmentarischem Zustande in das
brittische Museum gebracht worden sind, hätte man vor
Allem in Newtons Werke vollständige und genaue Abbil=
dungen gewünscht, und es muß dieser großen und kostbaren
Arbeit zum |gerechten Vorwurfe gemacht werden, daß sie
von Halikarnaß allerlei malerische Ansichten, auch der neuern
rhodischen Bauten mittheilt, dagegen die gespannten Er=
wartungen der gelehrten Welt in Betreff der kunstgeschicht=
lich merkwürdigsten Ergebnisse der Expedition unerfüllt ge=
lassen hat. Außer den zwei Tafeln, welche einzelne Stücke
des Frieses enthalten (9 und 10) und der einen (15), welche
einige Löwenfiguren in malerischer Unordnung wiedergibt,
so wie den beiden Tafeln im Text zu S. 104 und 106 mit
Köpfen, einem männlichen des Maußolos und einem weib=
lichen, sind wir ganz auf die Beschreibungen Newtons im
Report und dem Text S. 213 ff. beschränkt, welche immer
nur ein bedingtes Urtheil erlauben.

Die Monumente zerfallen in Rundwerke und Reliefs,
die zu verschieden Friesen gehört haben. Von jenen sind
die einzigen, über deren ursprüngliche Aufstellung mit Si=
cherheit gesprochen werden kann, die Reste der Quadriga
des Pythis, die in Stücken der Räder und der kräftigen
Pferde, so wie zweier kolossalen Statuen bestehen. Die
eine männliche ist jetzt aus 63 Stücken, mit Ausnahme
beider Arme und des linken Fußes, vollständig zusammen=

gesetzt; auch der Kopf, der wenige Fuße von dem Rumpfe nördlich von dem Denkmale entdeckt wurde, hat unzweifelhaft dazu gehört. Er zeigt das interessante Bild des Königs in seiner vollen Manneskraft, mit kurzem Kinn- und Schnurrbart und zurückgestreiftem langen Haar, nicht idealisch schön in seinen etwas kurzen und breiten Proportionen, aber voller Energie und Willenskraft, die sich in den über die Augen stark vortretenden Superciliarknochen und dem festgeschlossenen Munde kund thut. Das lange, über einen Chiton herabwallende Gewand entspricht der Würde des Herrschers, der auf den rechten, bekleideten Fuß sich stützte und nach der erhobenen linken Schulter zu urtheilen, in der Linken eine Waffe oder ein Scepter trug. Der Effekt dieser großartig componierten Gewandung ist majestätisch. Neben ihm stand vermuthlich als Wagenlenkerin, wie Athene neben Herakles und mit Nike zusammen auf dem Wagen Alexanders, eine Göttin, welche den vergötterten König geleitete, wie sie ihn im Leben beschützt hatte. Dieses Werk rührte von Pythis her, Skopas hat keinen Theil daran. Wir können nur ganz im Allgemeinen von seinem freien, großartigen Stil, der in einer Höhe, welche die etwaige Flüchtigkeit der Ausführung verschwinden ließ, doppelt imponieren mußte, auf eine ähnliche Behandlung der übrigen berühmten Meister schließen.

I. Statuen. Diese zeigt sich auch wirklich in der Menge von Kunstwerken verschiedener Größe, deren Trümmer in der Umgebung entdeckt wurden, in allem über 400 Stück. Sie bestehen zuvörderst in den Resten von etwa 20 Löwen, welche stehend gebildet wie Schildwachen das Heiligthum schützten, nicht alle gleich vollendet, aber alle lebendig im Ausdruck, zum Theil außerordentlich schön;

besonders wird ein nördlich gefundener Kopf als meister=
haft gepriesen (Newton S. 231). Sie waren, wie es scheint,
sämmtlich aus pentelischem Marmor ausgeführt, wenigstens
theilweise roth gemalt, gegen 5 Fuß hoch und standen auf
isolierten, felsähnlichen, ungefähr 6 Zoll dicken Plin=
then. Ihre Maße selbst lassen 2—3 Reihen unterscheiden.
Die größeren messen von der Schulterecke bis zum Hinter=
theil 4' 6", die kleinern ungefähr 4' 3", von einer dritten
gibt Newton S. 229 kein Maß an. So weit sich ersehen
läßt, rühren sie fast alle von der Nordseite und zwar aus
einer ziemlichen Entfernung vom Gebäude her (Tafel 4);
südlich wurde eine Klaue gefunden. Indessen folgt daraus
nicht, daß sie nicht auch an den andern Seiten gestanden
haben, und demgemäß vertheilen sie die Architekten rings
umher. Pullan stellt sie oben auf sein Basament an den
Fuß der Säulen, wo nach unserer Annahme kein freier Raum
verfügbar war, Fergusson auf Postamente, die er von den
untern Pfeilern frei vortreten läßt. Auch diese Anordnung
stimmt mit dem Umfange des Baus, wie er aus der rich=
tigen Lesart bei Plinius sich ergibt, nicht überein und macht
außerdem einen ästhetisch unbefriedigenden Eindruck. Am
wahrscheinlichsten werden sie, wenn sie mit dem Gebäude
zusammengehangen haben, auf den Stufen und zwischen den
Säulen angebracht werden; indessen ist es auch nicht un=
möglich, daß sie auf der Nordseite nach Art der ägyptischen
Dromoi eine Allee gebildet haben. Denn sie sind nicht die
einzigen Thiere, die an der Nordseite zum Vorschein ge=
kommen sind. Man fand einen kolossalen Widder*), der,

---

*) Die schönsten Widder aus Bronze, vermuthlich aus der Zeit
Dionysius I., stehen im Pallast zu Palermo, sie sollen vom Hafen
zu Syrakus herrühren.

nach einem Vorsprung daneben zu urtheilen, neben einer Figur, vermuthlich einem Hermes, stand, ferner Reste von einer Eberjagd, Kopf, Fuß und Körpertheile eines Ebers und das Stück eines Hundskopfs in Lebensgröße. Zum Mausoleum gehörten ferner Thierstücke, die theils im Kastell von Budrum eingemauert waren, theils bei den Ausgrabungen an den Tag kamen, der jetzt in Konstantinopel befindliche Kopf einer Löwin, von deren Körper auch einzelne Theile sich fanden, ebenso die Hälfte eines Panthers. Ohne Zweifel sind also Thierjagden in freien Gruppen aufgestellt gewesen.

Auch die übrigen statuarischen Reste rühren größtentheils von der Nordseite her: der Torso einer Reiterfigur von kolossaler Größe und ausgezeichneter Schönheit, eine männliche, bis zu den Knien bekleidete Statue, eine andere 12 Fuß hoch (Nr. 236 des Verzeichnißes), also beinahe so groß wie Maußolos selbst, zwei bekleidete Torsi eines Mannes (Nr. 279), jetzt 3' 1", einer Frau (Nr. 281), jetzt 3' 6", ursprünglich 7—8 Fuß hoch. Nahe bei der Reiterfigur stieß man an der Westseite auf den Torso einer männlichen, stehenden, mit einem Chiton bekleideten Figur (Nr. 237), jetzt noch 3' 5" hoch, im Osten endlich auf die kolossale Gestalt eines bekleideten, in einem Stuhl sitzenden Mannes (Nr. 235), mit Spuren von Farbe, jetzt noch 5' 8" hoch, es fehlen ungefähr 2' 8". Im Süden sind keine Statuen zum Vorschein gekommen.

Zu diesen 7 Statuen kommen noch 8 zum Theil kolossale Köpfe, von denen die meisten ohne Zweifel Götterbildnissen gehört haben, was Newton freilich bezweifelt. Kolossal sind insbesondere 4 weibliche Köpfe, von denen einer, der in den Kamin eines nördlich vom Mausoleum

gelegenen türkiſchen Hauſes verbaut war, ſehr durch Feuer
gelitten hat, ein anderer von der Südſeite ſehr zerſtört
und nur in einem Bruchſtück erhalten iſt, der dritte, an
der Nordſeite gefundene nur noch die Stirn und ein Auge
aufzuweiſen hat, während der vierte ziemlich unverſehrt
auf uns gekommen iſt. Dieſe Köpfe ſind einander im Stil,
der Behandlung, der Größe und dem Koſtüme ſehr ähnlich;
ſie müſſen alſo ſämmtlich entweder Portraits oder göttlichen
Geſtalten gehört haben. Das Letztere halte ich nicht ſowohl
wegen der Größe als wegen der eigenthümlichen Kopfbe=
deckung für wahrſcheinlicher. Sie trugen entweder einen
Schleier, der von dem Hinterhaupte bis auf den Nacken
hinunter fiel, oder wenigſtens eine Haube (Pullan S. 104 ff.,
Newton S. 224 f.). Dergleichen lange Schleier ſind be=
kanntlich mehreren Göttinnen, wie Hera, Demeter, Heſtia,
Ariadne und andern bacchiſchen Figuren eigenthümlich; die
anliegende Haube ſcheint, wenn ich Newtons Beſchreibung*)
recht verſtehe, eine Art Kekryphalos zu ſein, dergleichen
z. B. auf einer Vaſe bei Gerhard, ant. Bildw. Tf. 50 eine
Demeter oder Hera trägt. Merwürdig wird das darunter
über die Stirn vortretende Haar geordnet: es fällt nicht
frei in Locken oder Scheitel, ſondern iſt in drei Reihen ge=
drehter Locken abgetheilt, welche der bekannten archaiſchen
Bildung entſprechen. Dieſe Behandlung iſt, wie die Aus=
führung des Geſichts beweiſt, keineswegs Folge älterer Be=
ſchränktheit oder Zaghaftigkeit, ſondern der Abſicht**), den

---

*) The remainder of the hair is drawn back into a conical
form, under a close-fitting cap or coif, a kind of hair-dress
which may be seen on coins of Syracuse of the finest period.

**) Letronne, Annal. d. Inst. VI. p. 204 ff. zeigt an dem Beiſpiel
der berühmten ehernen Apolloſtatue des Louvre, daß dieſe Haartracht
ſich auch in nachgeahmt archaiſchen Bildwerken findet.

idealen Charakter der Göttin durch Anschluß an ältere Bil=
dungen hervorzuheben. Diese Idealität tritt in der einzi=
gen Abbildung, welche Newton zu S. 106 dem Publikum
gegönnt hat, ihm in vollendeten Ausdrucke mächtig entge=
gen. Die weichste Technik vereinigt sich in jenem Kopfe
mit einer großartigen Auffassung der Züge und einer kräf=
tigen Angabe der Knochen zu einer vollkommenen Schön=
heit, worin man die jüngere, aber ebenbürtige Schwester
der perikleischen Kunstblüthe erkennen darf. Die vollen
Wangen, das mächtige Kinn, die weit geöffneten Augen,
die breite Nase, so wie die bedeutende Stirn lassen als Ge=
genstand Hera vermuthen. Danach würden die drei andern
Köpfe muthmaßlich Demeter, Artemis und Aphrodite be=
nannt werden.

Eben so sind die männlichen Köpfe meistens göttlich
oder heroisch. Ein unbärtiger Kopf von der größten Schön=
heit (Nr. 264 im brittischen Museum), welchen das Haar,
das aus dem Gesichte nach hinten gestreift ist, und der
Ausdruck nach Newtons Urtheil als Apollon bezeichnet ist
unter den Stufen der Pyramide gefunden worden, in dem
Felde des Imaum, in dessen Hause sich der oben erwähnte
verschleierte Kopf befand, gehört also zu derselben Sta=
tuenreihe. Etwas kleiner und geistloser ist das mechanisch
ausgeführte Fragment eines bärtigen Gesichts (Nr. 187),
dessen Züge einen milden und ehrwürdigen Charakter zeigen.
Da es nach Newton für ein Portrait zu ideal ist und kur=
zes Haar und Bart trägt, mag es einem Hermes oder
Herakles gehört haben. Etwas mehr als lebensgroß ist
ein jugendlich schöner Held (Nr. 265, etwa Theseus?), un=
ter Lebensgröße ein junger Kopf in einer phrygischen Mütze
(Nr. 262), der Ganymed vorstellen konnte. Dagegen scheint

ein bärtiges Haupt in einer Kidaris (Nr 263) in der That
dem Bildniſſe eines kariſchen Fürſten angehört zu haben.
Die übrigen Fragmente ſind undeutlich; es befinden ſich
darunter die Füße von 12 Statuen auf felſigen Baſen.
Aber mit wenigen Ausnahmen zeigen alle bei mehr oder
weniger ſorgfältiger Ausführung denſelben Stil wie jener
Herakopf, ſind alſo faſt ſämmtlich in die Zeit des Mau=
ſoleums und die Schule der attiſchen Meiſter zu ſetzen.
Am meiſten iſt die leider ſehr verſtümmelte Reiterſtatue
geignet, den Verluſt der übrigen Werke bedauern zu laſſen.
Der Reiter, in engen Beinkleidern und kurzem Aermelrock,
ſitzt auf einem bäumenden Pferde; er zückte wahrſcheinlich
mit der Rechten einen Speer gegen einen tiefer ſtehenden
oder liegenden Feind. „Ungeachtet der großen Verſtüm=
„melung," ſagt Newton S. 220 (und wir ſind, da er weder
eine Abbildung noch die Maße gegeben hat, auf ſeine Be=
ſchreibung beſchränkt), „darf dieſer Torſo als eins der ſchön=
„ſten Stücke der alten Sculptur betrachtet werden, welche
„auf uns gekommen ſind. Der Leib des Pferdes iſt mei=
„ſterhaft modelliert; die bäumende Bewegung ergreift
„die ganze Geſtalt, und die ſchwere, feſte Marmormaſſe
„ſcheint vor unſern Augen ſich zu biegen und zu ſpringen,
„als wenn die verborgene Energie des Thiers plötzlich ganz
„hervorgerufen und in einer Bewegung vereinigt wäre.
„Eben ſo kunſtreich iſt der Reiter dargeſtellt. Sein Sitz
„iſt unübertrefflich. Das rechte Bein und der Schenkel
„ſcheinen an das Pferd angewachſen; die Art, wie die Seite
„der Bewegung des Pferdes nachgibt, wird durch den Fal=
„tenwurf bewundernswürdig ausgedrückt; die Stellung der
„Hand, welche den Zügel hält, iſt ſorgfältig berechnet, der
„Ellbogen feſt, die Fauſt biegſam, der Daumen feſt auf die

„Zügel gelegt." Newton hält das Werk für einen karischen Fürsten oder einen Heros, welcher einen Feind besiegt, Fergusson für eine Amazone, welche er nach Pullans Vorgange an allen vier Ecken des Gebäudes wiederholt*); eben so gut, wenn nicht eher, kann es zu einer Jagd gehören, worauf die oben erwähnten Thiere hinweisen. Daß die Statue auf eine Betrachtung in der Nähe berechnet war, beweist ihre höchst sorgfältige Ausführung.

Die Gewandung einiger Statuen ist auf dem Rücken sehr flach; es scheint daher, daß sie nur von vorn gesehen wurden. Das gilt von dem kolossalen Torso (Nr. 236), der sitzenden Figur (Nr. 235) und dem kleinen Torso (Nr. 279). Daher werden sie von Fergusson zwischen die untern Pfeiler, von Pullan zwischen die obern Säulen gestellt, eine Vermuthung, die durch das Beispiel des Heroons von Xanthos**) unterstützt wird. Indessen ist die Säulenweite dort viel beträchtlicher; in einer Höhe, wohin sie Pullan stellt, würde die sitzende Statue durch die Verkürzung von ihrer Wirkung einbüßen. Auch sind die Maße so verschieden (sie gehen vom Kolossalen bis zur knappen Lebensgröße hinunter), daß eine gleichförmige Aufstellung kaum angenommen werden kann. Endlich wird jener Umstand nur von drei Statuen berichtet. Es ist also sehr möglich, daß diese an verschiedenen Theilen, einem Pfeiler, einer Eckwand, auf den Stufen, angebracht waren, die andern im Freien standen; es lassen sich der Möglichkeiten so viele denken, daß man am besten thut, keine bestimmter hervorzuheben.

---

*) Eine seltsame Grille ist sein Einfall, die Kolosse von Monte Cavallo hätten auf den andern 4 Ecken (es sind nämlich acht, an jeder Ecke zwei Plätze frei) gestanden.

**) S. die Abbildung zu meinem S. 183 angeführten Vortrage.

Bei weitem die meisten Funde fallen der Nordseite zu, deren bildnerischer Schmuck von Bryaxis herrührte; Skopas würde ohne jenen Apollokopf und die sitzende Gewandfigur (Nr. 235) leer ausgehen. Diese Kolossalstatue hat beinahe die doppelte Lebensgröße; sie zeigte deutliche Spuren einer rothen Bemalung. Jetzt fehlen ihr Kopf und Hals, erhalten sind auf der rechten Seite der mittlere Theil des Oberarms und der Leib bis zur Hälfte des untern Beins unter dem Knie, auf der linken ist ein Stück des linken Beins erhalten, das Knie und der größere Theil des Schenkels verloren; wahrscheinlich fiel sie bei ihrem Sturz auf die Kniee, da diese theils abgebrochen theils sehr zerstört sind und der Sturz umgekehrt gefunden wurde. Aus der Richtung der Falten schließt Newton S. 222, daß die linke Hand auf einem Speer ruhte, die rechte Hand, nach der ursprünglich vorgestreckten Haltung des Armes zu urtheilen, eine Schale hielt. Der Torso sitzt auf einem rechtwinkligen Thron, dessen dickes Kissen nach beiden Seiten überhängt, das Gewand fällt über den Sitz hinunter. „Der Typus „scheint eine Gottheit, vielleicht Zeus, darzustellen, obgleich „dessen Oberleib in der besten Zeit der Kunst nackt zu sein „pflegt." Dies ist, besonders auf einem nicht echt griechischem Boden, kein Hinderniß. Nicht allein ist die kolossale sitzende Figur aus Solus in Sicilien (Müller, Denkm. II. 2. 15) ganz bekleidet, sondern eben so der stehende Zeus Stratios von Labranda auf einer Münze von Mylasa (ebend. Nr. 30). Ihn, den karischen Nationalgott, wird der griechische Meister etwa an der Fronte des Gebäudes als dessen Schutzgott in der nationalen Weise gebildet haben, bekleidet, in der Linken die Lanze, in der Rechten das Beil. Ueber den künstlerischen Werth des Werkes hat Newton früher (papers p. 13) sehr günstig geurtheilt. Er nennt es „ausnehmend großartig, den Gruppen des Parthenon nicht „nachstehend und die werthvollste Entdeckung." Jetzt findet er „die Gewandung etwas schwer und weniger fein aus= „geführt als die Statue des Meisters." Dagegen nennt ein anderer Augenzeuge, dessen Notizen ich habe benutzen können, Herr Dr. v. Lützow in München, den Faltenwurf beider Statuen herrlich, dem parthenonischen auch in den spitzen Linien, welche die Falten begränzen, ähnlich. Höchst wahrscheinlich besitzen wir in diesem Torso eine Arbeit aus Skopas Werkstatt, von ihm entworfen und unter seinen Augen ausgeführt. Die schöne Niobide des Museo Chia= ramonti soll dagegen zurücktreten, wie die Kopie hinter ei= nem Original.

II. Reliefs. Nach den oben nachgewiesenen Maßen des Mausoleums mußte in Allem eine Länge von 440 Fuß mit einem Friese geschmückt werden, also beinahe 100 Fuß mehr als der äußere Umfang des Tempels zu Phigalia erforderte. Mit einem einfachen Friese war es aber bei einem Bau, dessen Höhe, die Pyramide abgerechnet, immer noch gegen 90 Fuß, d. h. mehr als alle in Griechenland selbst bekannten Tempel betrug, besonders deswegen nicht genug, weil er in zwei verschiedene Abtheilungen zerfiel, deren gleichartige Krönungen gleichartige Verzierungen er= heischten. Daher wurden in Halikarnaß zwei Friese von ungefähr gleicher Höhe wünschenswerth, der eine über dem Unterbau, der andere über der Säulenordnung. Endlich mußte die Analogie des Parthenon und anderer Gebäude empfehlen, auch die Cellenmauer mit bildnerischem Schmucke auszustatten, während die Bestimmung des Grabmals einen Fries im Innern der Cella unnöthig machte. Von diesen

drei Abtheilungen haben sich Reste vorgefunden, zum Theil dieselben, welche von den rhodischen Rittern bewundert wur=
den. Denn in der S. 169 f. mitgetheilten Beschreibung scheint der Zwischenraum der Säulen mit seinen vielfarbigen Schlach=
ten = Reliefs, die von der weißen Mauer sich abhoben, der untere Fries zu sein, dessen Farbenschmuck die Ritter für bunten Marmor hielten*). Die erhaltenen Reliefs zerfallen in vier Klassen. Die eine begreift einige Fragmente von viereckten Feldern in einem $2\frac{1}{16}$" vorspringenden Rahmen, deren Gegenstand bis auf eine Gruppe nicht mehr erkenn=
bar ist. Diese stellt auf einer jetzt noch 23" langen Platte wahrscheinlich Theseus dar, welcher Skiron auf einen Fel=
sen niedergeworfen hat, also ein attisches Sujet. Da diese Stücke durch kein Simswerk gegen den Regen geschützt waren, hat sie Pullan mit Recht an der Mauer der Cella angebracht: ich möchte sie für eine sockelartige Verzierung halten, die rund herum ging und von der wahrscheinlich zugänglichen Säulenhalle aus betrachtet werden konnte. Die drei übrigen enthalten drei verschiedene Friese, von denen der eine jetzt in fast 100 Bruchstücken erhalten ist. Sie bestehen aus feinen weißen Marmorplatten von 4" bis 7" Dicke, die deutliche Spuren von blauer Farbe des Grundes zeigen und am Fuße in einer flachen, ursprünglich gemal=
ten Hohlkehle endigen. Die sorgfältig ausgeführten stellen=
weise sehr flachen, wie von dem Grunde gelösten Reliefs stellen einen Wagenkampf dar, unter andern eine zerstörte Quadriga, worin eine mit einem langen Chiton bekleidete Wagenlenkerin steht. Sie schaut mit vorgebogenem Leibe

---

*) Er wird erwähnt, nachdem die obere Säulenordnung genannt worden. Würden nicht ausdrücklich battailles angeführt, so könnte man auch an die Felderreliefs denken.

und ängstlich gespanntem Blicke nach dem Ziele: es ist
eine Nike auf dem Wagen, wie die weiblichen Figuren des
Parthenonfrieses, die ohne Zweifel der Phantasie des Künst=
lers, welcher die von Artemisia zu Ehren ihres Gemahls
angestellten Leichenspiele verewigen sollte, anregend vor=
schwebten.   Da dieser Fries in feinem Marmor ausgeführt
und durch das Wetter nicht angegriffen ist, kann er nicht
an der Außenseite sich befunden haben: höchst wahrschein=
lich hat er, wie der ähnliche in Athen, die äußere Cellen=
wand umgeben.   Denn diese Stelle eines auf Prunk und
Bewunderung berechneten Gebäudes erheischte eine in die
Augen fallende Verzierung; das Innere, Wenigen und sel=
ten zugänglich, durste schmucklos bleiben.

Die beiden andern, aus roherem Marmor, in erhobenem
Relief, welches ursprünglich gemalt und stellenweise mit
Metall (z. B. an den Zügeln) verziert war, haben durch
das Wetter sehr gelitten, also an der Außenseite gestanden.
Daß sie an verschiedenen Theilen sich befanden, ist erst
durch die letzten Ausgrabungen wahrscheinlich geworden.
Es kam nämlich unter mehreren Stücken eins zum Vorschein,
welches einen jungen Krieger im Kampf mit einem Ken=
tauren darstellt, also, wie Newton S. 244 bemerkt, zu einer
Schlacht zwischen Lapithen und Kentauren gehört
hat.   Derselben Reihe ist dann eine der dreizehn Platten
beizulegen, welche im J. 1846 aus dem Kastell von Bu=
drum ins brittische Museum kam*) deren Höhe 2′ 10½″,

---

*) Eine starke und kurze Mannesgestalt hielt mit der verlorenen
Linken die Chlamys vor und krümmt die Rechte, als ob er eine Lanze
schleuderte oder einen Stein würfe. Vor ihm steht eine ganz beklei=
dete weibliche Figur, vor dieser ein nackter Jüngling, um den linken
Vorderarm die Chlamys gewunden, in der linken Hand und auf die

d. h. einen Zoll geringer ist als die übrigen und dessen archi-
tektonische Einfassung abweicht. Die fliehende Frau erinnert in Haltung und Geberden an die bekannten Figuren
von Phigalia. Man würde deshalb den fast ganz verlorenen Fries, wie in diesem Tempel, gern dem Amazonenkampfe
gegenüberstellen, wenn er nicht $\frac{3}{5}$ kleiner wäre, zwar ein
geringer Unterschied, aber doch merklich genug, um an den
Berührungslinien der Ecken störend zu wirken: er wird
vermuthlich dem Beschauer am nächsten, d. h. an der Krönung des Basaments, angebracht worden sein.

Ungleich mehr ist von dem andern Friese, einer Ama-
zonenschlacht, wohl gegen Herakles, erhalten, wie auf
dem untern Theseus verherrlicht war, 12 Platten aus Budrum im brittischen Museum, 1 in der Villa di Negro in
Genua, und 4 von Newton entdeckte, welche ebenfalls in
London aufbewahrt und von Newton Tafel 9 und 10 abgebildet werden. Sie begreifen zusammen eine Länge von
85′ 9″, also nur etwa den fünften Theil der ursprünglichen Ausdehnung, sind 2′ 11½″ hoch und 1 Fuß dick. Dazu
kömmt eine beträchtliche Zahl von Bruchstücken, die nicht
befriedigend zusammengesetzt werden konnten. Sie sind ebenfalls in geringerem Marmor, in hohem Relief gearbeitet,
was schon der hohe Standpunkt, den sie einnhamen, mit sich
brachte *).

Schulter gelehnt das abgebrochene Stück einer Lanze; das Haar bildet hinten zurück einen Wulst. Vor ihm läuft ein halb erhaltenes
Pferd.

　*) Ich erlaube mir, die Beschreibung derselben, welche ich vor 15
Jahren an Ort und Stelle, leider ohne die einzelnen Platten zu unterscheiden, entwarf, aus der archäol. Zeitung V. Nr. 11 hier zu wiederholen und verweise in Betreff des genuessischen Reliefs auf Brauns
Aufsatz.

Das Ganze stellt eine Schlacht zwischen Amazonen und griechischen Helden dar: vermuthlich Herakles oder Theseus. Denn Einen von Beiden glaube ich in der gedrungenen Gestalt der 10. Gruppe zu erkennen. Die Amazonen zu Pferde tragen phrygische Mützen und keine Hosen, die zu Fuß entweder Hosen und dann eine kurze Haartracht, oder eine hohe und dann blos Stiefel, und im Uebrigen die Beine bis zum Knie nackt. Ihre Obergewänder haben alle. Unter ihren Gegnern sind die jugendlichen alle, die Chlamys abgerechnet, unbekleidet, bald mit bald ohne Helm, die bärtigen tragen den Schild und einen kurzen Chiton, den Helm nicht alle*). Die Scenen, welche die einzelnen Gruppen vorstellen, meist sehr bewegt, sind folgende:

Gruppe 1. Ein mit dem Schild versehener Held weicht vor einer jetzt verlorenen Figur zurück.

Gruppe 2. Drei Figuren in lebhaftem Kampfe. Eine Amazone ist aufs Knie gesunken und streckt das rechte Bein von sich; den Kopf und den Oberleib schmerzlich zurückbiegend, beide Arme von sich gestreckt, sucht sie sich eines Helden zu erwehren, der, den erhobenen Schild in der Linken, sie niedertritt und seinen linken Fuß gerade auf ihren Bauch setzt. Eine andere Amazone eilt der Unterliegenden zu Hülfe. Gewaltsam zurückgekehrt, in fliegendem Gewande, holt sie mit dem rechten Arme zum Hiebe mit der Streitaxt aus und hält im linken den Schild zurück, um ihn nach dem Hiebe schützend vorzubringen. Sie selbst hat das Haar unter einer kurzen Haube aufgenommen, bei ihrer Freundin hängt es aufgelöst in Locken herunter. Eine heftige aber bemerkenswerthe Gruppe; der Schmerz der Besiegten ist vortrefflich ausgedrückt.

Gruppe 3. Ein jugendlicher Krieger, den Schild in der Linken, weicht vor einer Amazone zurück, welche vom Pferde herab mit dem weitausholenden rechten Arm eine Waffe gegen ihn schleudern will. Diese ist nicht abgebildet. Der Jüngling ist zu lang, Pferd und Amazone, deren heftige Bewegung auch durch die fliegende Chlamys be

---

*) Wo nichts bemerkt wird, tragen sämmtliche Kämpfer Helme.

zeichnet wird, schön, aber verzeichnet. Entweder ist der rechte Arm zu lang oder der linke zu kurz. Mit ihm greift sie nicht in die Mähne, sondern muß links den Zügel anziehen, weshalb auch das Pferd nach dieser Seite den Kopf wendet. .

Gruppe 4. Das Bein eines Kriegers; das Uebrige fehlt.

Gruppe 5. Nach der andern Seite hin gegen den Beschauer zugewandt treibt eine Amazone in fliegender Chlamys ihr Pferd gegen einen nackten Helden. Das Pferd ist viel kleiner als das eben erwähnte und hat einen unangenehm gedrungenen Hals. Die Reiterin wendet die Brust fast wie in der Vorderansicht dem Beschauer zu und erhebt den halb verlorenen rechten Arm zum Wurfe. Der linke ist in der Verkürzung zu klein gerathen, und die geistreich gedachte Bewegung verzeichnet. Der Gegner deckt sich mit dem Schilde und holt mit dem rechten Arme aus.

Gruppe 6. Ein bekleideter Held beugt sich vornüber, um eine gefallene Amazone mit dem Schwerte in seiner Rechten zu erstechen. Von ihr hat sich nur ein Bein bis zum Knie erhalten. Der Stein ist sehr zerstört.

Gruppe 7. Zu einem erschlagenen Mann, von dem blos die Beine noch vorhanden sind, beugt sich ein Krieger, den Schild mit der Linken bis an den Helm hinaufziehend, die Rechte zum Stoße gesenkt. Ihm nähert sich von hinten eilig eine Amazone, das Obergewand im Gürtel geknotet, in dem erhobenen rechten Arme eine Streitart. Hinter ihr gewahrt man die verstümmelte Figur eines Kriegers mit Schild und Schwert, zu dessen Füßen, halb erhalten, der Leichnam einer Amazone liegt.

Gruppe 8. Eine prächtige Gruppe. Zwei Krieger, der eine blos mit Helm und Schild bewaffnet, den halb verlornen rechten Arm zum Schlage erhoben, der andere ganz nackt, mit dem Schwerte in der Rechten, beugen sich über eine in die Knie gesunkene Amazone. Diese stützt sich auf das rechte Knie und den rechten Arm und hebt den linken abwehrend gegen den zweiten Helden, zu dem sich der Kopf, um Erbarmen flehend, wendet.

Gruppe 9. Ein jugendlicher Krieger mit Helm und Schild, über der Schulter die Chlamys, lehnt sich weit zurück, um mit dem halb verlorenen rechten Arm eine Amazone vom Pferde zu ziehen. Dieses, sehr klein gebildet, bäumt sich auf die Hinterbeine. Sie selbst ist im Begriff zu sinken. Die erschlafften Beine haben den Schluß verloren; vergebens klammert sie mit der Linken sich an den Hals des Pferdes und greift mit der Rechten in die Seite ihres Gegners. Das Haar wallt auf die entblößte Brust nieder. Obgleich sehr verstümmelt, zeigt sie hohe Schönheit; der linke Arm scheint zu lang.

Gruppe 10, verstümmelt. Man sieht nur das Bein und den Schweif eines Pferdes, dem ein Jüngling ohne Helm mit der Rechten einen Speer nachzusenden im Begriffe steht. Um den linken Arm hat er die Chlamys gewunden.

Gruppe 11. Ein Held kauert nieder und hält über sich den Schild; er stützt sich auf das rechte Knie, streckt das linke Bein weit von sich und wendet das Haupt nach links. Ueber ihm begegnen sich zwei pyramidalisch einander genäherte Gestalten: eine Amazone im Begriff auf ihn einzuhauen und ein Held, der den Schild vorhält und mit der Rechten das Schwert zum Hiebe erhebt. Beide strecken sich lang aus, der Krieger bis zum Unschönen lang und dürr, den Schild hoch erhoben und mit niedergelassenem Visir. Einige parallele, sehr flüchtige Meißelhiebe deuten die Muskeln des Unterbeins und der Füße, so wie des Handgelenkes an. Auch die Amazone ist zu weit ausgestreckt: Der Zwischenraum zwischen ihrem rechten und seinem linken Fuße beträgt über 4, der Abstand der Köpfe nur 1 Fuß. Sie trägt Stiefel, ein kurzes fliegendes Gewand und hohen Haarputz, in der linken erhobenen Hand hielt sie die Streitart, Beides aber fehlt. Diese Gruppe muß man mißlungen nennen.

Gruppe 12. Eine rechts hin laufende Amazone, mit flatterndem Helmbusche, fast von vorne gesehen, erhebt die Rechte und breitet mit der Linken das Gewand aus. Durch ihre heftige Bewegung füllt sie einen verhältnißmäßig großen Raum aus, wobei besonders das fliegende Gewand eine gute Masse bildet

Gruppe 13. Ein nackter verwundeter Held kniet nach vorn so stark gebückt, daß der Rücken sich bedeutend wölbt; mit dem Gelenk der linken Hand, von der man am Boden einen Rest nach innen geöffnet sieht, stützt er sich auf, hat das rechte Bein mehr eingezogen, so wie die linke Schulter, während die rechte sich hervorhebt, den nackten Kopf sehr tief gebückt. Diese originelle, leider sehr verstümmelte Figur ist kunstreich gezeichnet. Am Bauche seines Vertheidigers, der ihn mit dem linken Arme hielt, sieht man auch von seinem rechten Arme eine Spur. Ueber ihm nähern sich zwei Kämpfer. Links erscheint ein bärtiger Krieger in fliegendem Gewande, das über die linke Schulter geht. An einem über die Brust gezogenen Bande ist an der linken Seite das Wehrgehenk befestigt. Während er einen sehr großen runden Schild über den Gefallenen hält, zückt er mit dem jetzt verlorenen rechten Arm ein Schwert gegen eine Amazone, welche mit der Rechten eine Streitart schwingt. Ihr rechtes Bein und der linke Arm sind verloren. Schöne Arbeit.

Gruppe 14. Zwei kühn gedachte Personen. Ein Held ohne Helm hält mit der Linken einen großen Schild, die Chlamys um den linken Arm gewunden, und haut mit der Rechten gegen eine zu Boden gefallene Amazone. Nach der Bildung seiner Faust zu urtheilen, war die Waffe gar nicht ausgeführt. Auch ist seine Stellung nicht zu loben: jetzt zeigt er fast nur den Rücken und hat das Gesicht verdeckt. Besser wäre es gewesen, seine Gegnerin auf die andere Seite zu legen. Sie liegt halb auf dem Rücken und sucht ren Kopf mit den erhobenen Armen zu schützen. Kopf und Arme sind fast verloren. Ihr Leib ist zu mager, die Falten des Gewandes mit einer an Rohheit gränzender Flüchtigkeit behandelt.

Gruppe 15. Eine Amazone in phrygischer Mütze und fliegendem Gewande auf einem schwer galoppierenden Pferde. In der erhobenen Rechten hielt sie eine Waffe, die aber nicht abgebildet ist. Von ihrem Gegner sieht man nur links das Stück eines Mantels. Pferd und Reiterin sind vollkommen schön und der besten Kunstperiode würdig.

Gruppe 16. Ein nackter Held, neben sich einen großen Schild, will eine Amazone fortreißen. Sie kniet am Boden und wendet sich mit dem Oberleib nach der andern Seite zu ihrer Befreierin, die, um den linken Arm die Chlamys, in der Rechten die jetzt zerstörte Axt, anstürmt. Der Jüngling zeigt magere Proportionen, die kniende Amazone in dem ganz umgekehrten Gesichte eine bis zur Unmöglichkeit gewaltsame Bewegung.

Gruppe 17. Eine Amazone galoppiert gegen einen am Boden knienden Griechen, der, schon unter den Vorderfüßen des Pferdes, mit dem linken Beine kauert und das rechte weit von sich streckt, den linken Arm aber, in die Chlamys gewickelt, über seinem Haupte zum Schutze emporhält. Von dieser momentanen Erhebung ist die Chlamys in einen fliegenden Schwung gerathen, der unplastisch festgehalten wird und mit der nach der andern Seite fliegenden der Amazone im Widerspruche steht.

Gruppe 18. Eine Amazone liegt sterbend auf der Erde, das linke Bein gestreckt. Sie hält den rechten Arm weit über sich, der linke liegt schlaff an der Seite, daneben der halbmondförmige Schild. Ueber ihr kämpft eine vortreffliche Gestalt in wild fliegendem Mantel, den Schild mit dem linken Arme vorhaltend gegen einen Krieger der sich vertheidigt, und von seinem großen Schild fast ganz bedeckt wird. Sehr schöne Arbeit.

Gruppe 19. Eine Amazone liegt todt da auf dem linken ausgestrecktem Arme. Sie ist etwas kürzer als man erwarten würde, der Oberleib halb entblößt, der Kopf schön, aber ohne Ausdruck des Todes. Ein bärtiger Held steht zu ihren Füßen. Er hält den Oberleib weit zurück und schützt sich durch einen großen Schild, welchen er am linken Arme trägt, gegen eine schießende Amazone. Sie tritt mit dem rechten Fuße stark auf, etwas erhöht, hinter dem Kopfe der Gefallenen, in lebhafter Bewegung. Mit der erhobenen rechten Hand hat sie eben die Sehne des Bogens angezogen, den die linke Hand hielt. Diese ist erhalten, der linke Arm aber fehlt. Bogen und Sehne sind gar nicht dargestellt; der Köcher hängt an der Seite.

Die Amazone trägt Hosen und kurzes Haar, eine ganz vortreffliche Gestalt.

Gruppe 20. Eine ebenso ausgezeichnete Amazone in gleicher Kleidung hält mit der Linken den Schild zur Deckung ihrem Gegner entgegen, und hielt, wie es scheint, in der erhobenen Rechten eine Axt, womit sie zum Schlag ausholte. Ihr Gesicht hat etwas gelitten, ist aber von der edelsten Schönheit. Ihr steht ein Held in einer künstlichen Fechterstellung entgegen, mit dem Schilde bis zum Knie bedeckt, den rechten Arm mit dem Schwerte bis hinter den Kopf zurückgezogen. Er tritt auf den linken Fuß auf und hebt den rechten bis an die Zehen vom Boden auf, um wenn er zurückgeschlagen wird, ihn desto kräftiger niederzusetzen. Die Schwertscheide ragt hinter dem Schilde vor.

Gruppe 21. Herakles in der Löwenhaut schwingt mit dem rechten Arme die Keule hinter seinem Kopfe und hält mit der Linken das Haupt einer Amazone, welche auf beide Kniee gesunken, von wildem Schmerze bewegt wird. Mit der linken Hand fährt sie nach dem Haupte, die rechte ist verloren. Die Chlamys fliegt über die linke Schulter in die Höhe.

Während manche unter den älteren Stücken in der Ausführung weit hinter der Erfindung zurückbleiben, lassen die neu entdeckten in keiner Beziehung etwas zu wünschen übrig. Wir unterscheiden darin 7 Gruppen. Die erste (Taf. 10, a) zeigt eine Amazone, welche sich rücklings auf ihr Pferd gesetzt hat, wohl um ihren Bogen gegen einen jetzt fehlenden Feind, der ihr im Rücken stand, zu spannen. Die Leichtigkeit ihres Sitzes und der feste Schluß ihrer entblößten Schenkel verdient hohe Bewunderung, eben so das Pferd, welches sich in gestrecktem Galopp bäumt und mit den Vorderfüßen nach einem davorstehenden Krieger zu schlagen scheint, wie in dem Relief des Niketempels (Müller, Denkm. I. Tf. 29). Dieser ist in einem ungünsti-

gen Kampfe begriffen, er hat den Oberleib in künstlicher
Fechterstellung weit zurückgebogen und stützt ihn auf das
rechte Bein, indem er durch den vorgehaltenen Schild sich
gegen seine Feindin zu schützen sucht; die abgebrochene Rechte
wird einen Speer gehalten haben. Mit weit ausfallendem
Schritt, der den Chiton in jene parallelen Falten zieht, die
wir von den phigalischen Sculpturen her kennen, und den
Mantel in breiten Falten rückwärts fliegen läßt, dringt die
Amazone auf ihren Gegner ein; mit der Linken reißt sie
den Schild von seinem Oberleib weg und schwingt mit der
Rechten die Art, um ihm den tödtlichen Streich zu versetzen.
In der dritten Gruppe (Tf. 10, b) ist dagegen eine Ama=
zone rücklings zu Boden gesunken, die bis auf die größere
Hälfte des linken Beins verloren ist. Der Sieger, ein bär=
tiger Held in einem korinthischen Helme, beugt sich über
sie, um sie mit dem verlorenen rechten Arme zu erschlagen;
sein linker Arm, im Innern des Schildes sichtbar, ist sehr
künstlich gezeichnet, die ausfallende Stellung kürzer als in
der zweiten Gruppe, das erbarmungslose Gesicht von der
edelsten Schönheit. Nicht ganz so würdig wird der Grieche
der vierten Gruppe dargestellt (er ist etwas älter und,
wenn die photographische Abbildung nicht täuscht, stumpf=
nasig), die Gruppierung selbst desto interessanter. In un=
entschiedenem Gefecht begriffen, hält er den Schild vor,
während er mit der verlorenen Rechten das Schwert zückte.
Seine Gegnerin beugt sich, um diesem Stoße zu entgehen,
etwas zurück und schwingt mit beiden hocherhobenen Hän=
den die Art. Ihr ernstes, zornerfülltes Antlitz ist unbe=
schreiblich schön, eben so der fleischige, derbe Leib, welchen
der durch die gewaltsame Bewegung zurückgeschobene Chiton
mit Ausnahme des Gürtels völlig entblößt, vortrefflich

modeliert. Die fünfte Gruppe (Taf. 9, b) besteht aus einer
Amazone in Fechterstellung, die einen jugendlichen, unbe=
helmten Streiter niedergeschlagen hat und zu dem letzten
Hiebe ausholt. Der Besiegte ist auf das linke Knie ge=
sunken, hält, während er die rechte Hand auf den Boden
stützt, mit der linken den Schild hoch über sich und erwar=
tet mit gespanntem Blick die Bewegungen der Amazone.
Auch diese schwierige Figur ist in Anatomie und Verkür=
zung untadelhaft. Von der sechsten Gruppe, einer berit=
tenen Amazone vor einem ausgestreckten Griechen, der unter
ihr Pferd gefallen ist, hat sich nur wenig erhalten. Die
siebente (Taf. 9 a) zeigt eine Amazone auf einem pracht=
vollen Pferde in schwerem Galopp, das an die parthenoni=
schen Werke erinnert. Eben so läßt sich die Festigkeit der
halb erhaltenen Reiterin mit dem Parthenonsfriese verglei=
chen. Von ihrem Gegner sind nur wenige Glieder erhalten.

Nach diesen, durch das Erdreich geschützten und wohl
erhaltenen Stücken muß man die Meisterschaft der großen
Bildhauer, welche das Mausoleum ausstatteten, beurthei=
len; die übrigen haben mehr oder weniger durch das
Wetter gelitten, und auch in diesem Zustande verdienen
nicht wenige ein unbedingtes Lob. Für uns gewinnen
die zuletzt beschriebenen vier Platten durch ihren Fundort
ein erhöhtes Interesse. Sie sind nahe an der Stelle des
Gebäudes, an dessen Ostseite entdeckt worden, mithin für
Skopas Arbeiten zu halten. Was an diesen zuerst deut=
lich hervortritt, ist eine innere Geistesverwandtschaft mit
der Schule des Phidias. Die Bildung der Reiterfiguren
und der Pferde, das anspringende Gruppe 7 namentlich, in
ter Haltung, den Formen des Halses, der Mähne u. s. w.,
stimmen theils mit dem Friese des Parthenon, theils mit

14

den Reliefs des Niketempels, die kämpfenden Helden mit den ausschreitenden und gebückten Stellungen des Theseus= tempels überein. Dagegen läßt die Behandlung eine ge= waltsamere Bewegung und eine große Vorliebe für lebhafte Contraste erkennen, welche mit dem Friese von Phigalia wetteifert. Man vergleiche besonders die beiden ersten Gruppen. Mit dieser Steigerung des Ausdrucks verbindet sich eine absichtliche Hervorhebung der schönen nackten For= men; das Gewand der Amazone in der vierten Gruppe verschiebt sich in der Action so, daß der üppige Körper zur Schau gestellt wird. Unübertrefflich ist die Mannigfaltig= keit der Motivierung, die in den verschiedensten Gruppen einen Reichthum der Phantasie zeigt, welche, wenn wir von den erhaltenen Theilen auf die verlorenen schließen dür= fen, den Mustergruppen des vorigen Jahrhunderts wenig= stens gleich kömmt. Die Proportionen sind schlank, wie die Niobiden, ohne Magerkeit, die Verkürzungen gelehrt, die Gesichter ausdrucksvoll und edel*); die Gewänder fol= gen den Bewegungen des Körpers nicht so würdevoll wie am Parthenon, aber lebendiger — sie entsprechen dem be= rühmten Torso einer Niobidin im Museo Chiaramonti (Cla= rac 577. 1245) in einem Grade, der unwillkürlich vermu= then läßt, der Erfinder dieser Statue und der Meister jener Reliefs sei dieselbe Person.

Wir sehen also in Skopas und seinen Genossen auf der einen Seite treue Anhänger der von Phidias der Kunst gegebenen Richtung. Wie es sich von selbst verstand, daß sie in den Reliefs des Mausoleums dieselben Gegenstände

---

*) Newton hat auf die Aehnlichkeit zwischen dem bärtigen Hel= den der dritten Gruppe und den Bronzen von Siris aufmerksam ge= macht.

wiederholten, welche von den Meistern der beiden vorigen
Generationen am Theseustempel, am Parthenon, in Olym=
pia, in Phigalia, am Niketempel dargestellt waren, ohne
daß sie irgend einen Anlaß etwa in einheimischen Sagen
Kariens zu suchen hatten: ebenso behielten sie in den Mo=
tiven der Composition, in den Typen des Gesichts und
des Körpers dieselbe ideale Richtung bei. Dazu gesellte
sich aber eine, schon in Phigalia wahrnehmbare, hier gestei=
gerte Betonung des dramatischen Interesses, eine größere
Lebhaftigkeit des Ausdrucks und der Bewegung, welche sich
bei den weiblichen Figuren mit der Tendenz zu reizen und
zu rühren vereinigte. Darüber hinaus lag auf dem idealen
Gebiete kein Fortschritt mehr: die folgenden Schulen be=
schäftigte, wenn sie nicht an diese Muster sich anschlossen,
körperliche Kraft oder sinnlicher Reiz; neu konnte dazu nur
die reale Wahrheit kommen.

Daß die Genossen des Skopas im Wesentlichen sei=
ner Kunstrichtung angehörten, erhellt aus den erhaltenen
Resten zur Genüge; es war also mehr die Virtuosität der
Erfindung und die Bravour der Arbeit als die Verschie=
denheit des Stils, worin sie mit einander wetteiferten.
Dagegen bleibt die Frage ungelöst, woher es kömmt, daß
einzelne Arbeiten von Budrum hinter dem Kunstwerthe
der Mehrzahl auffallend zurückstehen. Die Einwirkung des
Wetters genügt zu ihrer Beantwortung so wenig, als die
Rücksicht auf die perspektivische Wirkung; denn diese gelten
von den guten und mittelmäßigen in gleichem Grade. Auch
läßt es sich nicht wohl denken, daß die letztern gar nicht
zum Mausoleum gehört haben, da alle gleichmäßig im
Kastell eingemauert, mithin sicher an derselben Stelle ge=
funden waren, auch ihre äußere Gestalt übereinstimmt.

Unter einander waren auch die athenischen Meister nicht
so verschieden, daß man den geringern die schlechteren Ar=
beiten zuschreiben dürfte. Höchstens läßt sich aus dem
Umstande, daß einige Werke kürzere, andere schlankere Pro=
portionen zeigen, vermuthen, daß die jüngern Künstler, von
denen Bryaxis über 50 Jahre jünger war als Skopas,
den von Euphranor angezeigten Weg in Uebereinstimmung
mit ihrem Zeitgenossen Lysippos, nur weniger entschlossen,
betraten. Es bleiben also nur zwei Möglichkeiten: entwe=
der beschäftigten die athenischen Meister, welche ja in der
kurzen Zeit, die ihnen zu Gebote stand, die Reliefs und
Statuen nicht alle mit eigenen Händen vollenden konnten,
neben tüchtigen Schülern auch ungeschickte Gesellen, welche
die schönen Entwürfe fehlerhaft ausführten, oder sie ließen
einige Stellen des Frieses leer, die dann in spätern Zeiten
mit Benutzung der alten ausgefüllt wurden, ähnlich wie
es dem Tempel der Artemis zu Magnesia ergangen ist,
dessen Bildwerke sämmtlich später als das Gebäude sind,
aber zum Theil aus der ersten Kaiserzeit zum Theil aus
dem dritten Jahrhundert herrühren*). In beiden Fällen
ist freilich Plinius Bericht ungenau, am meisten aber im
letztern. Da nun aber auch die schlechtern Arbeiten eine
große Stilähnlichkeit mit den bessern zeigen, auch die
Aeußerlichkeiten des Marmors übereinstimmen, halte ich
die erstere Vermuthung für wahrscheinlicher. Als Arte=
misia im J. 353 oder 351 (Ol. 107, 3 oder 108, 1) starb,
war das Werk noch unvollendet, wie es nicht anders sein

*) Steiner, über den Amazonen=Mythus in der antiken Plastik
S. 101 ff. Eine spätere Restauration des Mausoleums anzunehmen
ist nicht rathsam, da der mißlungnern Stücke doch zu viele sind, und
sie dem Stil nach doch älter als Plinius sind.

konnte *) in den Worten des Plinius **) scheint zu liegen, daß die Künstler von dem Nachfolger Idrieus keinen weitern Lohn zu erwarten hatten; daß sie mithin zwar ihre Aufgabe zu Ende führten, aber von dem Boden der Tyrannis fortzukommen eilten und deshalb nicht sowohl die besten als die raschesten ***) Hände unter ihren Arbeitern benutzten und auch mit mittelmäßigen Leistungen vorlieb nahmen, darf uns nicht wundern. Es wird dabei so zugegangen sein, wie am Friese des Erechtheion, der nach der Inschrift bei Brunn I. S. 248 von verschiedenen Händen ausgeführt wurde.

Auch so blieb ihre Leistung die größte und bedeutendste Darstellung des Gegenstandes; sie wirkte auf die spätern Arbeiten anregend und vorbildlich ein. Sowohl in dem berühmten Wiener Sarkophage, der vielleicht aus Ephesus stammt (bekanntlich sind die Angaben verschieden), gewiß aus der Diadochenzeit herrührt, als in dem Friese von Magnesia lassen sich mehrere Gruppen, z. B. die rückwärts sitzende Amazone, als Nachahmungen des Mausoleums erkennen.

---

*) Die Inschrift der Pyramide des Cestius rühmt, daß der Bau in 330 Tagen vollendet wurde, und was will der gegen das Mausoleum sagen?

**) Priusque quam peragerent regina obiit: non tamen recesserunt nisi absoluto, iam id gloriae ipsorum artisque monumentum indicantes.

***) Flüchtige Ausführung zeigt sich z. B. in der Gruppe 11 und 14 S. 204 und 205.

XII. Skopas Ende und Kunst.

Diese Werke, welche nicht vor Ol. 108—9 vollendet werden konnten, waren höchst wahrscheinlich Skopas letzte Arbeiten. Denn weder für Lykurgos noch für Philipp ist er thätig gewesen. Wir nehmen also an, daß er um Ol. 108—9 gestorben ist, wenn unsere Rechnung S. 5 zutrifft*), in einem Alter von 72—76 Jahren, und denken ihn uns gern in Athen, wohin die Künstler des Mausoleums sich wohl zunächst zurückbegeben**) haben, begraben.

Dürften wir die Niobidengruppe, die wir allerdings unserem Meister beizulegen geneigt sind***), ihm mit Ge-

---

*) Die dort ermittelten Zeitbestimmungen hat Overbeck II. S. 8 und 108 gebilligt, Bursian, N. Jahrb. f. Phil. LXXVII. 2. S. 102 bestritten. Er hält die eleische Statue für älter und meint, daß in der Stelle bei Plinius XXXIV. 49, wonach Skopas Ol. 90 blühte, eher der Anfang seiner künstlerischen Thätigkeit zu suchen sei, als, wie ich glaubte, seine Geburt. Danach müßte Skopas um Ol. 85 geboren worden sein; er wäre also, als er von Artemisia nach Halikarnaß berufen wurde, etwa 88 Jahre alt gewesen!

**) Leochares wenigstens, der für Lykurgs Theater arbeitete (s. meinen Vortrag in den Verhandlungen der Philologen vom Jahre 1861) gewiß.

***) S. die Uebersicht der Literatur bei Stark, Niobe S. 17 ff.

wißheit zuschreiben, so würden wir seine Bedeutung in der
Kunstgeschichte aus diesem erhabenen Denkmal allein ab=
leiten können. Auch jetzt wird wenigstens so viel sich be=
haupten lassen, daß die Niobe dem Charakter seiner Kunst
vollkommen entspricht und daß sie stets zur Ergänzung und
Verdeutlichung der spärlichen Angaben über seine Werke
herangezogen werden darf. Diese selbst haben wir zu er=
läutern gesucht, das Urtheil über seine Kunst ergibt sich
aus ihnen zur Genüge.

Die Stoffe seiner Rundwerke entlehnte Skopas aus=
schließlich dem Kreise der Götter: Herakles ausgenommen
wird nicht einmal eine Heroenstatue von ihm genannt. Es
ist also klar, daß er der von Phidias vollendeten idealen
Richtung der Kunst mit Bewußtsein folgte; und daß er
auch im Stil an diesen und Alkamenes sich anschloß, wenn
er auch von Polyklets feiner Charakteristik und der forma=
len Vollendung der Körperformen gelernt haben mag, be=
weisen die Aufträge, Gegenstücke zu des Erstern Werken
zu verfertigen. Unter diesen wählte er mit Vorliebe Jüng=
lings= und weibliche Gestalten. Einen Zeus hat er, wenn
man die nicht völlig sichere Statue in Halikarnaß ausnimmt,
nicht gearbeitet, Poseidon nur als Theil einer großen Gruppe.
Diese jugendlichen Bildungen erschienen theils in einfacher
Schönheit, theils in der Bestimmtheit einer mehr oder we=
niger momentanen Situation, Apollon als Leierspieler in
poetischer Begeisterung, Ares in Liebesgedanken, Aphrodite
in einer durch das Bad motivierten Entblößung, die Mä=
nade außer sich in bakchischer Schwärmerei. Es ist dadurch

auch meinen Vortrag über einige antike Kunstwerke S. 17—21. Ueber
Skopas Charakter im Allgemeinen handelt Brunn I. S. 324 ff. fein
und richtig.

schon die Anmuth als sein eigentlicher Vorzug angezeigt. Damit vereinigt sich eine besondere. Schärfe der Charakteristik, wie sie durch die ausgebildete Spekulation in Athen begründet, im Peloponnes durch Polyklet plastisch entwickelt wurde. Aeltern oder gleichzeitigen Statuen werden die verschiedenen Seiten ihres Wesens zur Seite oder gegenübergestellt, der Aphrodite Urania die Pandemos, Hekate in einer Gestalt den beiden andern gleichzeitiger Künstler, der Erinys des Kalamis zwei andere. Aber auch selbständig bestimmt der Meister eine Gottheit durch ihr Kind, Aphrodite durch Eros, Leto durch die Amme mit den Kindern, oder einen Begriff durch seine verschiedenen Momente, wovon die megarische Gruppe den besten Beleg gibt. Diese Charakterisierung ist wieder häufig (und darin erkennen wir unter der Einwirkung der Tragödie eine neue Entwicklung der Kunst*) ein gewaltiger Affekt, welcher sich in Bewegung und Ausdruck lebhaft kund gibt und den Beschauer von der Rührung zum tragischen Schrecken fortreißt. Zeigen sich diese Eigenschaften schon in Einzelwerken, wie jene Mänade, bewundernswürdig, so haben sie in der größern Gruppenbildung ihre höchste Stufe erreicht. An die Stelle der ruhigen gesellschaftlichen Gruppe, wie jene Eroten in Megara, tritt eine gehaltnere oder bis zum Gipfel der dramatischen Bewegung gesteigerte, pathetische Lebendigkeit. Die Gruppen der Niobe und des Achilleus bezeichnen die beiden Pole. In der letztern sammelt sich um einen würdig theilnehmenden Gott der Held und dessen Mutter, Gestalten, in denen Freude über die Verklärung des Sterblichen zum göttlichen Heros und Wehmuth über

---

*) S. meinen Vortrag in den Verh. der d. Philologen 1861.

die Kürze seiner irdischen Laufbahn sich mischen. In ju=
gendlicher Schönheit strömen die Nereiden, in jugendlicher
Kraft die Tritonen herbei und bilden gleichsam zwei Halb=
chöre jenen drei Hauptpersonen gegenüber. Vereint lassen
sie den Betrachter Wohlgefallen, Theilnahme und Rührung
zugleich empfinden. In der Niobegruppe fällt das erstere
fort, die Theilnahme wird zum Mitleid, die Rührung zum
Schrecken, denn alles Schöne, das in ihr erscheint, trägt
das Gefühl der Gefahr, die Ahnung der Ohnmacht, die
Schmerzen des Untergangs jener unvergleichlichen Mit=
telfigur zu, welche in dem Kinde die rührendste Anmuth,
in der gebeugten Königin das erhabenste Pathos zeigt.
Endlich betritt der kühne Meister auch dasjenige Gebiet der
Anmuth, welches vom sinnlichen Reize berührt wird. Mit
kecker Absichtlichkeit führt er die entblößten Reize der Aphro=
dite dem Auge vor und weiß selbst die schlachtentrunkne
Amazone als eine üppige Schöne darzustellen. Ueberschaut
man diese Stufenleiter der Motive, so vermißt man vom
Reizenden zum Erhabenen keines als die Entwickelung kör=
perlicher Kraft und Gewandtheit, sie hat im Friese von
Halikarnaß und in dem Giebelfelde von Tegea nicht gefehlt.

Bedarf es über die Kunst der Composition noch der
Worte? Sie ist in dem zuletzt angeführten Werke S. 18 ff.
ausführlich entwickelt, in der Gruppe des Achilleus S. 129 ff.
verfolgt worden, und in der Niobe steht sie vor unsern
Augen. Daß sie im Relief nicht geringer war, zeigen der
Münchner Fries und die Sculpturen von Halikarnaß.

Die Meisterschaft der Marmorarbeit, der sich der Künst=
ler ausschließlicher hingab als die Uebrigen, wird in der
Mänade am Deutlichsten hervorgetreten sein. Die ältern
Proportionen hat Skopas im Wesentlichen nicht verlassen,

jedoch etwas verlängert, das Nackte in schwierigen Stellungen und dem schwierigsten Vorwurf, dem weiblichen Körper, vollkommen ausgeführt, die Gewandung, welche den verschiedensten Bewegungen des Körpers folgt, mit der kühnsten Sicherheit und völliger Freiheit behandelt und hierin sich von dem Stile des Phidias entfernt.

Die Alten gaben Alkamenes den zweiten Preis in der Kunst, und er verdiente ihn gewiß, insofern er von jeder Ausartung und jedem Fehler frei den Weg seines Meisters gewandelt ist. Wenn aber neben der Schönheit die Originalität, der Reichthum der Erfindung, die Mannigfaltigkeit der Motive, endlich die Tiefe der Erregung in der Sculptur und die Tüchtigkeit des Baumeisters in Betracht kommen, so möchte Skopas ihm den Rang streitig machen.

Erste Beilage.
(zu S. 72).

Das Zeitalter des Dipönos und Skyllis.

Die einzige ausführlichere Nachricht über diese beiden Meister liefert bekanntlich Plinius XXXVI. 9 nach einem Schriftsteller, welcher später als Ol. 137, 3 geschrieben haben muß, da er Ambrakia zu Aetolien rechnet, also wohl nach Antigonos, dessen Zeugniß er bei Varro gelesen haben wird. Während die neuesten Geschichtsschreiber, Grote II. S. 404 d. Uebers., Dunker IV. S. 40 und Curtius I. S. 440, Plinius Stelle so verstehen, daß Dipönos und Skyllis um Ol. 50 geblüht haben, d. h. während der Regierung des Kleisthenes in Sikyon, ist Brunn (Gesch. d. gr. K. I. S. 43) geneigt, darin nicht eine Notiz über deren Blüthe, sondern über ihre Geburt zu lesen. Danach fiele ihre Wanderung in den Peloponnes, der eine gewisse Kunstübung in der Heimath vorausgegangen sein muß, frühestens Ol. 56; folglich würden ihre Schüler Angelion und Tektäos etwa zwischen Ol. 60 und 70, deren Schüler Kallon zwischen Ol. 70 und 80 zu setzen sein, so daß es Brunn gelingt, des Letztern Wirksamkeit bis nach dem Falle von Ithome Ol. 81, 2, d. h. in die Blüthezeit des Phidias, auszudehnen. Diese legte Folgerung lehnen zwar Bursian (N. Jahrb. f. Philol. LXXIII. S. 513) und Overbeck (Gesch. der gr. Plastik I. S. 82) ab, aber jene erste Bestimmung, die ihr zu Grunde liegt, haben sie ausdrücklich gebilligt. Um zu zeigen, daß sie auf einem Irrthum beruht, gehen wir die Worte des Schriftstellers einzeln durch. Marmore sculpendo primi omnium inclaruerunt Dipoenus et Scyllis geniti in Creta insula etiamnum Medis imperantibus priusque quam Cyrus in Persis regnare inciperet, hoc est olympiade circiter L. Es läßt sich nicht läugnen, daß die Zeitbestimmung dem Wortlaute nach eben sowohl zu geniti als zu inclaruerunt gehören kann. Wenn man nicht den Sprachgebrauch des Plinius berücksichtigt, wird man aus der Angabe des Geburtsorts auf das Erstere schließen; sie ist aber nichts Anderes als ein synonymer Ausdruck für die Herkunft, den Plinius der Abwechselung wegen wählt, wie XXXIV. 57 auf Polyclitus Sicyonius Myronem Eleutheris natum, XXXV. 111 und 114 auf Aristidis Thebani discipuli Antiphilus in Aegypto natus folgt. Sachlich aber haben seine Zeitbestimmungen durchgehends die Blüthe im Auge, wie er z. B. Phidias (XXXIV. 49, XXXVI. 15) und seinen Vettern*) Panänos (XXXV. 54) in dieselbe 83te Olympiade setzt. Gerade so verfährt Pausanias, wo er gleichartigen Quellen folgt**): er sagt nach einem Schriftsteller,

---

*) Frater ist nicht der Bruder, sondern wie z. B. bei Livius XXXV. 11. Vetter, ἀνεψιός oder ἀδελφιδοῦς patruelis.

**) Den Fehler Critias statt Kritios haben Beide, eben so in den oben angeführten Stellen denselben Synchronismus. Sikyon ist bei Plinius diu officinarum patria, die einzelnen Generationen gibt Pausanias IV. 3. 11. Alkamenes nennt Plinius XXXVI. 16 in primis nobilem, Pausanias V. 10. 8 den Ersten nach Phidias. Da nun Plinius Quellen entschiedene Fehler enthielten (ich erinnere nur an

nicht, wie Brunn S. 42 meint, nach den Einwohnern von Olympia*), V. 10. 2 von Byzes: ἡλικίαν δὲ ὁ Βύζης οὗτος κατὰ Ἀλυάττην (ἦν) τὸν Λυδὸν καὶ Ἀστυάγην τὸν Κυαξάρου βασιλεύοντα ἐν Μήδοις. Nirgends dagegen spricht Plinius von dem Geburtsjahr eines Künstlers; es müßte also der Gegenbeweis für eine einzelne Abweichung von seinem Sprachgebrauche geliefert werden. Dieser kann die zweifelhafte Notiz nicht sein, daß Kyros einige Werke des Dipönos und Skyllis aus Lydien fortgeführt haben soll (Brunn S. 43). Denn wenn sie um Ol. 50 zu arbeiten anfingen, so konnte Krösos ihre Werke natürlich eben so gut kaufen, als wenn sie erst Ol. 55 sich auszeichneten. Bis kein anderes Hinderniß vorliegt, werden wir also die Angabe bei Plinius nach seinem festen Gebrauche von der Blüthe zu verstehen haben.

Hi Sicyonem se contulere, quae diu fuit officinarum omnium talium patria.

Ueber die Herrschaft der Orthagoriden in Sikyon, welche Ol. 50 bestimmt noch fortdauerte, laufen die vereinzelten Nachrichten der Alten so auseinander, daß es vor Allem darauf ankommt, diejenigen auszuscheiden, auf die kein Verlaß Statt hat. Dazu gehört vor Allem die Erzählung bei Nikolaos von Damaskos Fr. 61, der Curtius I. S. 213 folgt. Ein Bruder Myrons kann Kleisthenes nicht gewesen sein, da Ersterer Ol. 33 in den olympischen, dieser Ol. 49, 3 in den pythischen Spielen siegte. Eben so wird die

---

Myron und Myro), so ist es auch bei Pausanias nicht verwunderlich, wenn er über die alten Samier irrt und in der berüchtigten Stelle III. 18. 5, vgl. IX. 14. 2, die alten amykläischen Dreifüße mit dem ersten messenischen Kriege in Verbindung bringt. Denn Brunns Erklärung S. 85 halte ich für richtig, die Sache für unmöglich.

*) φασίν und λέγουσι bedeutet oft das Citat eines Schriftstellers.

an sich glaubhafte Angabe, Kleisthenes habe 31 Jahre re-
giert, die Dunker seiner Erzählung zu Grunde legt (596
— 65 v. C.) durch die unmögliche Zahl von 7 Jahren,
welche auf Myron fallen, zweifelhaft, von dem unbekannten Bruder Isodamos zu geschweigen. Auch die Verlobung
der Tochter des Kleisthenes von Sikyon mit dem Alkmäoniden Megakles, wie sie Herodot VI. 126 anmuthig schildert, ist in ihren einzelnen Zügen so romanhaft, daß sie
nicht füglich als Ausgangspunkt der Untersuchung dienen
kann*). Die lange Dauer endlich, welche Herodot V. 68
für die verächtliche Benennung der dorischen Phylen angibt,
60 Jahre nach Kleisthenes Tode, ist undenkbar: eine so lange
Unterdrückung des stammverwandten Elements konnte das
übermächtige Sparta nicht zugeben. Dagegen glaube ich,

---

*) Der Stammbaum der Alkmäoniden läßt sich so vervollständigen:
Alkmäon?

(612) Megakles I.

(596) Alkmäon I. (irrthümlich mit Krösos zusammengebracht nach einem Logographen,
der einer falschen Zeitrechnung folgt, worüber an einem andern
Orte gehandelt werden wird.)

(575) Megakles II. — Agariste I., des Tyrannen Kleisthenes Tochter.

(529) Kleisthenes   Hippokrates   1 Tochter verheirathet um 550.
† vor 500 (?).

(490) Megakles III.   Megakles IV.   Agariste II. — Xanthippos. Alkmäon II.
                                                                (Gegner des
Deinomache — Kleinias. Euryptolemos I.   Ariphron. Perikles.   Themistokles.)
                                                       † 429.

Alkibiades Peisianax. Isodike. — Kimon. Hippokrates
† 405.   † 424.
Euryptolemos II.

Daß er mit einem jeden Datum für die Heirath des Megakles zwischen 680 und 65 verträglich ist, leuchtet ein. Den Nebenbuhler Hip-
pokleides, dessen Name z. B. 566 als Archon vorkömmt, hatte Hellani-
kos in seiner Asopis wahrscheinlich erwähnt Fr. 14., worin er nach dem
Titel zu urtheilen auch die Geschichte von Sikyon erzählte. Dadurch
wird gerade das Jahr 568 ausgeschlossen, in welches Dunker IV.
S. 47 den olympischen Sieg des Kleisthenes setzt. Denn wenn Hip-
pokleides sich nach 2 Monaten zur Bewerbung einstellte und ein Jahr,
also bis in das Jahr 566 hinein, in Sikyon verweilte, konnte er nicht
zugleich sich um das Archontat bewerben.

daß die Stiftung der nemeischen Spiele nur nach dem Ende
der Herrschaft des Kleisthenes und eben deswegen Statt
finden konnte. Nicht allein das Zeugniß des Solinus
VII. 14, wonach die isthmischen Spiele von Kypselos un=
terlassen, Ol. 49 gleich nach dem Ende der Kypseliden herge=
stellt wurden, spricht dafür, sondern die Geschichte von
Kleonä selbst, welches sich von dem sikyonischen Reiche los=
gerissen haben muß. Denn daß es einmal dazu gehört hat,
folgt aus der Erzählung Plutarchs über die späte göttliche
Strafe Kap. 7, wenn sie auch an einen Anachronismus
leidet. Die Sikyonier machten auf den Ruhm des Sieges,
welchen der Knabe Teletias aus Kleonä in den Pythien
(also nach Ol. 48, 3 = 586) davon trug, Anspruch; da die
Kleonäer ihn nicht fahren ließen, fand der Knabe im Hand=
gemenge seinen Tod: ἀφαιρούμενοι Κλεωναίων ὡς ἴδιον
πολίτην διέσπασαν. Kurz vorher also hatten die Kleonäer
aufgehört, Sikyonier zu sein, d. h. sie waren von Sikyon
abgefallen. Unterworfen hatte sie ohne Zweifel Kleisthe=
nes in dem glücklichen Kriege, welchen er gegen Argos
führte: es ist wahrscheinlich, daß seine Unternehmungen
noch weiter gingen und das glückliche Treffen, wodurch die
Orneaten die übermächtigen Sikyonier abwehrten (Pausan.
X. 18. 5), in dieselbe Zeit der Befreiung gehörte oder den
Angriffen des Tyrannen Halt gebot. Von Kleonä wurde
aber gerade in den nemeischen Spielen das Andenken des
Adrastos, welchem Kleisthenes sich feindlich bewies, ge=
feiert: folglich müssen die Spiele anfänglich eine antisikyo=
nische Tendenz gehabt haben. Der Tod des Kleisthenes,
welcher das Zeichen zum Losreißen jener argolischen Land=
schaften gab, fällt also kurz vor Ol. 51, 4 = 573). Das
Volk in Sikyon genoß aber seine Freiheit nicht lange; denn,

was das Orakel ihnen verkündigt hatte, daß sie noch der
Ruthe bedürften, vollendete sich durch die Tyrannis des
Aischines, welcher nach kurzer Regierung von den Spar=
tanern gestürzt wurde (Plut. Bosh. d. Herodot Kap. 21).
Denn daß wirklich die Spartaner auch die sikyonische Ty=
rannis abgeschafft haben, wozu ihnen, ehe sie einige Jahre
hindurch in einen nachtheiligen Krieg mit Tegea verwickelt
waren, durch Argolis und Arkadien, auch von Elis aus
durch letzteres Land der Weg offen stand, geht aus Thucyd.
I. 18 vgl. mit Herob. I. 65 hervor. Wenn Aischines, wie
es scheint, ein Verwandter des Kleisthenes war, so ist seine
Regierung in den Zeitraum der 100 Jahre, welchen Aristo=
teles Polit. V. 9. 21 und das Orakel bei Diobor Exc.
Vatic. p. 11 ihnen geben, einbegriffen, und es fragt sich
nur, wie lange sie gedauert hat. Erinnern wir uns, daß
sie von Sparta abgeschafft, dies aber von 565 an durch
Tegea beschäftigt wurde, so werden wir seine Unternehmun=
gen in das Jahr 566, einige Jahre nach der Demüthigung
der pisatischen Tyrannen, setzen dürfen und diesen Zeitpunkt
zugleich als das Ende der schimpflichen Benennung für die
dorischen Phylen gewinnen, wenn wir bei Herodot die leicht
verschriebene Zahl ἑξήκοντα in ἕξ ändern.

Danach fiele also die Erhebung des Orthagoras in
das Jahr 666 = Ol. 28, 3 und wäre mit einer Emancipa=
tion Sikyons von der vorübergehenden Herrschaft Pheidons,
den wir mit Weißenborn in Ol. 28 setzen, gleichbedeutend;
daß bei dieser Gelegenheit das delphische Orakel befragt
wurde, ist leicht erklärlich. Mit dieser Bestimmung stehen
die wenigen genauen Angaben über die Zeit der Orthago=
riden, so wie die Genealogie bei Herodot VI. 126 im Ein=
klange. Auf Orthagoras, den wir mit Andreas für identisch

halten, folgt Myron, welcher Ol. 33 = 643 in Olympia siegte, auf diesen Aristonymos und endlich Kleisthenes, in dessen Anfang der glückliche Krieg gegen Argos fällt (denn nach dem krissäischen würde die Pythia ihn nicht mit einem harten Scheltwort begrüßt haben), darauf 596—86 = Ol. 46, 2—48, 3 der Krieg gegen die Krissäer, der pythische Sieg Ol. 49, 3 und in Folge dieser rühmlichen Thaten die Verherrlichung der Stadt durch Bauwerke, wie die klisthenische Halle, und Statuen, von denen die eine bei Aristoteles Polit. V. 9. 21, die andere bei Plinius a. u. St. erwähnt werden. Diese letztern verfertigten also um Ol. 50—51 die kretischen Meister und legten dadurch den Grund zu der berühmten Schule von Sikyon.

Deorum simulacra publice locaverant iis Sicyonii, quae prius quam absolverentur artifices iniuriam questi abiere in Aetolos. Protinus Sicyonem fames invasit ac sterilitas maerorque dirus. Remedium petentibus Apollo Pythius respondit, si Dipoenus et Scyllis deorum simulacra perfecissent, quod magnis mercedibus obsequiisque impetratum est . . . Dipoeni quidem Ambracia, Argos, Cleonae operibus refertae fuere.

Kleisthenes siegte nach unserer Vermuthung in Olympia Ol. 51 = 576; in das folgende Jahr fällt die Anwesenheit der Freier, in Ol. 51, 3 die Verlobung und der Tod des Fürsten. Daß die Sikyonier statt seiner als Besteller der Statuen genannt werden, stimmt mit der bürgerfreundlichen Haltung der Dynastie überein; auch Myron widmete sein Weihgeschenk in Olympia für sich und den Demos der Sikyonier. Als Kleisthenes starb und der Staat in jene Gährung gerieth, welche die nächsten 6 Jahre erfüllte, wurden die Künstler als Anhänger des todten Tyrannen ge=

nöthigt, die Stadt zu verlassen: sie gingen nach Ambrakia (§. 14), wo sie längere Zeit geblieben sein müssen, da sie dort Werke hinterließen und Schüler bildeten. Unter diesen ging Polystratos nach Agrigent, wo er eine Statue des Tyrannen Phalaris verfertigte, der von Ol. 53, 4—57, 4 regierte; folglich wird er Ol. 52 den Unterricht des Dipönos und Skyllis genossen haben.

Das Orakel führte beide Meister Ol. 53 in die verlassene Stadt zurück, wo sie, von dem pythischen Gotte selbst empfohlen, in allen peloponnesischen Staaten hochgeehrt, von den meisten zahlreiche Schüler um sich versammelten; die meisten von Sparta*), welches an der Befreiung von Sikyon betheiligt, mit Ehrfurcht vor der delphischen Weisung erfüllt und damals auf der Höhe seiner Macht und für Poesie und Kunst gleich empfänglich war. Die Werke iu Kleonä und Argos wären vor dem Ende der Orthagoriden nicht möglich gewesen. Daß auch mit Korinth Verbindungen Statt hatten, beweist die Richtung nach Ambrakia, wohin die Kypseliden ihren Kunstsinn getragen hatten, und es ist in hohem Grade wahrscheinlich, daß wir in der berühmten Statue aus dem korinthischen Orte Tenea, welche die Glyptothek in München schmückt, ein echtes Werk aus der Schule, wenn nicht aus der Hand des Dipönos und Skyllis besitzen, für seine Zeit eben so meisterhaft wie die Aegineten, die ja auch mittelbar von Dipönos Lehre herstammen, für die ihrige.

Die Chronologie der Künstler stellt sich also:

Ol. 50 Reise nach Sikyon und Beginn der Arbeiten.

---

*) Daß sie in Sparta selbst gewohnt hätten, ist eine ganz willkürliche Vermuthung Overbecks a. a. O.

Ol. 51, 3—4 Reise nach Ambrakia und Einfluß auf Mittelgriechenland.

„ 53, 2—3 Rückkehr nach Sikyon.

„ 54 Beginn der größten Lehrthätigkeit im Peloponnes, die bis gegen Ol. 58 gedauert haben mag *).

---

*) Wenn ich S. 221 sagte, daß Plinius nirgends von dem Geburtsjahr eines Künstlers spricht, so nahm ich natürlich den verwirrten Katalog XXXIV. 49 aus, in dem verschiedene Daten gemischt sind.

Zweite Beilage.
(Zu S. 148.)

Die Baugeschichte des ephesischen Tempels.

Dieselbe Nacht, worin Alexander geboren wurde, legte Ol. 106, 1 den Tempel der Artemis zu Ephesus in Asche. Der Brand scheint eine That des politisch-religiösen Fanatismus gewesen zu sein. Herostratos, dessen Namen wir nur aus dem Zeugnisse Theopomps bei Valerius Maximus VIII. 14. 5 (das Fragment fehlt bei Müller) kennen, hoffte dadurch unsterblich zu werden. Vor Alexanders Eroberung herrschten in Ephesus Oligarchen, mit den Persern verbunden, aber noch nicht lange; denn bei Lebzeiten Philipps war die demokratische Partei am Ruder. Sie schickte Gesandte an Philipp, doch wohl nicht lange vor der Versammlung in Korinth, etwa Ol. 110, 3, um seine Hülfe gegen die Perser in Anspruch zu nehmen, und gegen sein Andenken wie gegen das des Befreiers Heropythos wütheten die Oligarchen (Arrian I. 17). Der Letztere hatte vermuthlich während der heftigen Parteikämpfe, die Ol. 101, 3 die Inseln des ägäischen Meers aufregten (Diodor XV. 45), seine Vaterstadt befreit, denn während Agesilaos Ol. 96, 2 in Ephesus lagerte, wird er keine Demokratie geduldet haben. Ich vermuthe also, daß Herostratos der unterlegenen oligarchischen Partei angehörte und den Tempel der Arte= mis aus Rachegefühl anzündete. Theopomp, der darin als Schutzflehender lebte (Suidas v. Ἔφορος) und wahrschein= lich den Brand selbst ansah, war malitiös genug, den Be= schluß der demokratischen Partei, daß Herostrats Name verschwiegen bleiben sollte, obgleich er nicht allein von den ephesischen Staatsgewalten gefaßt, sondern auch von der allgemeinen ionischen Festversammlung bestätigt war (Val. Max. a. a. O,, Gellius II. 6 a communi consilio Asiae, vgl. Thucyd. III. 104, Dionys. IV. 25), zu vereiteln.

Mit bewundernswürdiger Energie gingen die Ephesier an die Herstellung des Heiligthums. Den Bau leitete Deino= krates, und es erhob sich ein neuer Tempel, schöner und prächtiger als der alte (Strabo XIV. p. 640, Solinus 40). Ich habe vermuthet, er sei auch größer gewesen (Rhein. Museum X. S. 10). Dagegen meint Hirt in seiner ver= ständigen Abhandlung (der Tempel der Diana zu Ephesus S. 19), daß Deinokrates „bloß als der Wiederhersteller des alten Tempels nicht als der Erbauer eines neuen an= zusehen" ist, Brunn, Gesch. der griech. Künstler II. S. 347, „daß wir nicht einmal von einem eigentlichen Neubau zu sprechen vermögen." Es verlohnt sich also der Mühe, die spärlichen Nachrichten über den Bau dieses größten unter allen griechischen Tempeln von Neuem zusammenzustellen und zu beleuchten.

Zuerst fragt sich, welche Theile durch das Feuer zer= stört oder unbrauchbar wurden. Wir sehen von allgemei= nen Ausdrücken, wie opere pulcherrimo consumpto (Val. Max. a. a. O), ab und halten uns an Strabos genauen und ausführlichen Bericht, der von einem sehr zuverlässigen Ge=

währsmann, Artemidoros aus Ephesus, herrührt. Er war
selbst in Angelegenheiten des Tempels als Gesandter nach
Rom gegangen und hatte dessen Geschichte aus der besten
Quelle, den Volksbeschlüssen der Epheser selbst, studiert.
Artemidor weist die Erzählung des Timäos, daß der Bau
aus den persischen Depositen bestritten wurde, durch ein
bündiges Dilemma ab. Waren diese vorgeblichen Gelder
vor dem Brande im Tempel, so mußten sie mit diesem zu
Grunde gehen; waren sie aber damals noch nicht darin,
so konnten sie auch später nicht hineinkommen. Denn wer
würde, da das Dach zerstört war, dergleichen in einen un=
bedeckten Sekos gelegt haben? Daraus folgt zweierlei:

1) Daß das Dach abbrannte. Darüber ist kein Zwei=
fel. Wir wissen aus Plinius XVI. 213, daß das neue
Dach aus Cedernholz, (vgl. Vitruv II. 9. 13) 400 Jahre
vor seiner Zeit*) aufgeführt wurde.

2) Daß das Innere ausbrannte. Denn die Schätze,
welche zur Zeit des Brandes im Sekos waren, gingen mit
zu Grunde, dieser**) begreift wenigstens den Opisthodomos,
wo die ungeheuern Summen, die dem Heiligthum anver=
traut wurden (Dio Chrysost. 31. 54), geschützt lagen.

Es ist 3) nicht anzunehmen, daß neben diesen Kapita=
lien kleinere Weihgeschenke, welche wegen ihres Kunstwerths
und geringern Umfangs ein helles Licht erforderten, im
Opisthodomos bewahrt wurden: sie werden, wie wohl im
Parthenon, in der Cella und den Gallerien (ὑπερῷα)
derselben, die wir mit ziemlicher Sicherheit voraussetzen,
sich befunden haben. Nun wissen wir, daß die kostbaren

---

*) Statt utpoto cum tota Asia exstruente CCCC annis per-
actum sit ist wohl zu lesen: u. c. t. A. e. CCCC annis ante p. s.
**) Hesych. σηκός, ὁ ἐνδύτερον τόπος τοῦ ἱεροῦ.

Silbergefäße, welche von Mentor ciseliert waren, verbrannten (Plin. VII. 127, XXXIII. 154). Also auch die Cella wurde zerstört. Die hölzerne Treppe aus cyprischen Reben (Plin. XIV. 9), welche den Mithridates bis zum Dache führte (Strabo p. 641), wird auch neu gewesen sein, denn das Holzwerk blieb gewiß nicht verschont.

Der Brand erstreckte sich aber 4) noch weiter. Die große Thür aus Cypressenholz zierte den neuen Tempel*). Folglich gieng nicht allein das Dach, sondern alles Zerstörbare im Tempel zu Grunde. Das Holzwerk verbrannte gänzlich, die Metallarbeiten und die übrigen Kunstwerke wurden vernichtet. Nur das heilige Tempelbild wurde, wie es scheint, gerettet, und es wird sich mehr als ein Metellus gefunden haben, der Hand anlegte, um es den Flammen zu entziehen. Den Säulen im Innern aber wird es nicht besser gegangen sein als denen, welche die alte Paulskirche schmückten.

Damit hatte es aber keineswegs sein Bewenden.

5) Auch die doppelten Säulenhallen, welche den Tempel umgaben, haben nicht bleiben können, und die Bemühungen Hirts und Brunns sie zu schützen halten nicht Stich. Zwar so weit wie Brunn, der Strabo berichten läßt, „man habe die alten Säulen behalten“, geht Hirt nicht: er versteht Strabos Worte διαϑέμενοι δὲ καὶ τοὺς προτέρους κίονας so, wie sie verstanden werden müssen. „Aber,“ meint er, „es ist nicht wahrscheinlich, daß die Säu-„len des alten Tempels überhaupt weggenommen und ver-„äußert worden wären.“ Man habe nur diejenigen Säulen verkauft, welche im Brande zu viel gelitten haben mochten.

---

*) Theophrast Gesch. d. Pflanz. V. 4. 2 τοῦ νεωστὶ νεώ.

„Denn wie wäre es wohl möglich gewesen, einen solchen „Prachttempel während der kurzen Lebenszeit Alexanders „wieder von neuem aufzubauen?" Stände Strabos Zeugniß ganz allein, so würde man dennoch τούς nur von sämmtlichen Säulen verstehen können. Es kommen aber zwei sehr bestimmte Stellen hinzu: Einmal wird der Inhalt des ephesischen Beschlusses noch deutlicher als von Strabo in dem zweiten Buche der Oeconomica angegeben (Aristot. II. p. 1349 Becker): Ἐφέσιοι δεηϑέντες χρημάτων νόμον ἔϑεντο μὴ φορεῖν χρυσὸν τὰς γυναῖκας, ὅσον δὲ νῦν ἔχουσι, δανεῖσαι τῇ πόλει· τῶν τε κιόνων τῶν ἐν τῷ νεῷ τάξαντες ἀργύριον ὃ δεῖ καταβαλεῖν, ἐῶν ἐπιγράφεσϑαι τὸ ὄνομα τοῦ δόντος τὸ ἀργύριον ὡς ἀνατεϑεικότος*). Die beiden Theile des Beschlusses entsprechen genau Strabos Worten συνενέγκαντες τὸν τῶν γυναικῶν κόσμον καὶ τὰς ἰδίας οὐσίας, wozu von ihm die Erwähnung der verkauften alten Säulen hinzugefügt wird. Dann sagt Plinius XXXVI. 179: in Ephesiae Dianae aede quae prius fuit primum columnis spirae subditae u. s. w. Diejenigen Säulen also, auf welche er im Uebrigen nach Vitruv IV. 1. 7 die Ausbildung der ionischen Ordnung zurückführt, standen im alten Tempel, d. h. nicht mehr im neuen. Mögen sie insgesammt oder nur zum Theil verkalkt und beschädigt gewesen sein, man überzeugte sich, daß man sie nicht mehr gebrauchen konnte, und verkaufte sie, da sie für kleinere

---

*) Bötticher, Philol. XVII. S. 600 macht daraus folgende Geschichte: „legte noch Jemand baares Geld hinzu, dann wurde dies mit „dem Namen des Einlegers auf einer Stele verzeichnet, die man im „Tempel aufstellte, aber in einer Form, als habe er diese gleich. „sam geweiht." In Labranda haben sich solche Säulen mit ihren Inschriften erhalten, Alterth. v. Jonien S. 144 d. Uebers.

Gebäude noch ausreichten oder wenigstens als Material dienten.

6) Die marmornen Mauern mögen vielleicht theilweise noch brauchbar gewesen sein, doch ist es kaum denkbar, daß man sie in ihrem beschädigten Zustande in einem Gebäude, welches den Glanz des alten übertreffen sollte, belassen hätte. Es blieb sonach wesentlich nur das Fundament übrig.

Dagegen war der Raum vor und hinter dem Tempel, welcher mit zum Hieron gehörte, verschont geblieben. Denn darin standen noch in späterer Zeit folgende Statuen, gewiß sämmtlich aus Erz:

1) Die Nacht des Rhökos auf einer Umzäunung in der Nähe der Gemäldegallerie. 2) Der Koloß des Apollon von Myron, wahrscheinlich, wie die Gruppe des Zeus, der Athena und des Herakles vor dem Heratempel in Samos*), zum Dank für die Befreiung Joniens geweiht. Die Widmungen der Samier und Ephesier gehen regelmäßig neben einander her (Pausan. VI. 3. 15 ff.), beide Tempel wetteiferten in dem Anspruche, die ionische Nation zu vertreten. Myrons Statue scheint gegen 18 Fuß hoch gewesen zu sein. Denn darauf geht ohne Zweifel die Erzählung Vitruvs X. 2. 13, zu seiner Zeit habe man die Basis des kolossalen Apollon untersucht und durch eine neue ersetzt, d. h., als die von Antonius entführte Statue von Octavian zurückgegeben wurde (Plinius XXXIV. 58). Die Basis war 12' lang, 8' breit, 6' hoch; nimmt man die Höhe zu ⅓ des Standbildes an, so erhält man für dieses 18 Fuß.

---

*) Brunn I. S. 143 sagt: „im Hypäthron des Heratempels". Aber bei Strabo XIV. 637 heißt τὸ ὑπαιθρον der Raum im Freien vor dem Tempel.

3) Die berühmten Amazonen Polyklets und seiner Zeitge=
nossen (Plinius XXXIV. 53). 4) Die Statuen des Ly=
sandros und seiner Begleiter, die nach der Schlacht bei
Aegos Potamoi, 5) die des Konon und Timotheos, die nach
der Schlacht bei Knidos aufgestellt waren (Pausanias VI.
3. 15 hat sie selbst gesehen). Ob die Statue des Euthenos
von Dädalos dem Zweiten*) (corp. inscr. Gr. n. 2984)
im Tempelbezirk gestanden hat, weiß ich nicht.

Von Gemälden waren die Bilder des Zeuxis, Ti=
manthes, höchst wahrscheinlich auch des Kalliphon älter
als der Brand (Brunn II. S. 56, 81, 122). Das letztere
setzt Pausan. X. 26. 6 ausdrücklich in das Heiligthum, und
für die Werke der beiden erstern Künstler dürfen wir dieselbe
Stelle annehmen. Aber das οἴκημα τὸ ἔχον τὰς γραφάς
(Pauf. X. 38. 6) wird eben so wenig wie der benachbarte
Altar sich innerhalb der Tempelmauern befunden haben,
vielmehr werden so gut wie in Samos, wo Strabo XIV.
634 das Hieron und den Tempel ausdrücklich neben einan=
der nennt, auch in Ephesos neben dem Tempel andere
Gallerien innerhalb des Tempelbezirks gestanden haben.
Da der Ausdruck ganz derselbe ist, wie I. 22. 6 die Pina=
kothek in Athen, X. 25. 1 die Lesche in Delphi ein Oikema
genannt wird, stehe ich nicht an Thiersch beizupflichten,
wenn er in den Abhdl. der phil. Klasse der Münchener Aka=
demie V. 3. S. 439 unter dem ephesischen Oikema ein ei=
genes Nebengebäude versteht, wie auch Brunn II. S. 56,
obgleich Schubert Philol. XV. S. 393 Böttichers Auffassung
von einer Kapelle im Tempel billigt. Damit soll natürlich

---

*) Stark (Beiträge zur antiken Denkmälerkunde II. S. 36) un=
terscheidet richtig einen dritten Dädalos, auf den er die Venerem la=
vantem esse bei Plin. XXXVI. 35 zurückführt. Diese Unterscheidung
hat aber zuerst Thiersch, Epochen S. 49 Anm. gemacht, vgl. Sillig,
catal. art. p. 175.

nicht geläugnet werden, daß der Tempel selbst auch Ge=
mälde enthielt, wie der samische. Aber die ältern müssen
im Brande zerstört worden sein, und das ist ohne Zweifel
der Grund, warum von der blühenden ephesischen Maler=
schule vor Alexander fast gar keine Bilder erwähnt werden

Also das altberühmte Heiligthum selbst war ganz zu
Grunde gegangen. Zwar leistete auch jetzt die Gesammt=
heit der Ionier, wie sie jenen Beschluß gegen Herostratos
gefaßt hatte, zum Aufbau thätige Hülse*), aber von den
benachbarten Staaten war kein erheblicher Beistand zu er=
warten. Denn in dem Könige Maußolos hatte man einen
Feind zum Nachbarn, und mit den Persern, deren Verhält=
nisse ohnedies schon zerrüttet waren, stand die demokratische
Regierung wohl nicht im besten Vernehmen. Mochte auch
König Philipp eine Beisteuer gewähren, wozu ihn die Er=
innerung an die Nacht, darin ihm ein Sohn geboren war,
bestimmte**), das Meiste mußten die Ephesier selbst thun.
Sie machten die rühmlichsten Anstrengungen. Nicht einmal
die reiche Göttin selbst wurde in Anspruch genommen: nicht
sie, sondern der Staat entlieh den Goldschmuck der Frauen,
und die Kosten der Säulen bestritten die Bürger aus frei=
willigen Beiträgen. Holz lag seit langer Zeit aufgespei=
chert (Theophrast, Gesch. d. Pfl. V. 5), und der Verkauf
des alten Materials vermehrte die Mittel. Der Bau ging
mit großer Schnelligkeit von Statten. Als Alexander nach
22 Jahren Ol. 111, 3 Ephesus einnahm, war er großen=

---

*) Die Ausdrücke a communi consilio Asiae bei Gellius und
tota Asia exstruente bei Plinius a. a. O. beziehen sich auf dieselbe
Gemeinschaft des ionischen Stammes.

**) Seine Statue stand im Heiligthume (Arrian I. 17) und ihn
wie seinen Sohn lud man zum Befreiungskriege ein (Plutarch g.
Kolot. p. 1172 D., Philostrat. Soph. I. 4, IV. 11).

theils vollendet, da nach Arrian ein Tempelraub der Oli=
garchen vorfallen konnte, indeſſen noch nicht ganz fertig.
Denn ſonſt hätte das Anerbieten des Königs, welches die
Epheſier mit edlem Stolze zurückwieſen, wenn er ſelbſt in
der Inſchrift Erbauer genannt werde, wolle er ſämmtliche
Koſten, auch noch die bevorſtehenden, übernehmen (Strabo
a. a. O.), keinen Sinn. Man würde vermuthen, daß er
dieſen Vorſchlag während ſeines Aufenthalts that, wenn
nicht Artemidors Bericht einen Epheſier ſagen ließe, daß
es ſich für einen Gott nicht gezieme, den Göttern Weih=
geſchenke*) zu errichten. Das kann früheſtens nach der
Rückkehr Alexanders von dem Tempel des Ammon ge=
ſchehen ſein, d. h. Ol. 112, 1, wahrſcheinlich in Memphis,
wohin die griechiſchen Geſandtſchaften gekommen waren
(Strabo XVII. 813, Curtius IV. 8, Arrian III. 4). Alſo
werden wir wenigſtens ein Vierteljahrhundert auf die Dauer
des Baues rechnen müſſen, ungefähr den vierten Theil der=
jenigen Zeit, welche auf den ältern verwandt worden war.

Der Name des Baumeiſters war Deinokrates. Denn
wenn er auch in den Handſchriften ſehr verſchieden lautet
(Brunn II. S. 351), ſo läßt ſich doch über die richtige
Form nicht zweifeln. Es war derſelbe, welcher den Bau=
plan von Alexandrien entwarf; dieſer aber heißt bei Vi=
truv II. praef., Valer. Max. I. 4. 1 ext., Ammianus Mar=
cell. XXII. 16 und bei Solinus 32. 40 Dinocrates, an
der letztern Stelle mit der Bemerkung, daß er den epheſi=
ſchen Tempel herſtellte. Derſelbe Name iſt bei Strabo
und Artemidor in Χειροκράτους verſchrieben, was gar nicht
griechiſch (es müßte Χειρικράτους heißen) und von Mei=

---

*) Ἀνάθημα hieß alſo auch ein Kultustempel, was mit der be=
kannten Unterſcheidung Bötticher's nicht vereinbar iſt.

neße verbessert ist. Zwar wird bei Plinius V. 62 in Dad Dinochares, in R Dinocaros, ebb. VII. 125 in R Dinochares, in Td Dionarces geschrieben, das sind aber ähnliche Schreibfehler, wie der Baumeister des ersten Tempels VII. 125 und XXXVI. 95 Cresipron, Cresimphro, Cresiphro und nur im Bamberg. Cheresiphron statt Chersiphron, wie der Name hieß, genannt wird. Aehnliche Varianten finden sich bei Vitruv III. 2. 6 und VII. praef. §. 16. Nur bei Plutarch Aler. 72 und über die Tapferk. Aler. p. 535 bleibt der Gedächtnißfehler Stasikrates; denn auf Pseudo-Kallisthenes und Eustathius ist nichts zu geben. Verschieden von diesem ältern Architekten war der Baumeister Ptolemäus II., welcher bei Plinius XXXIV. 148 richtig Timochares, bei Ausonius Mosell. 312 Dinochares heißt. Ueber Deinokrates Heimath gibt es zwar ebenfalls verschiedene Nachrichten. Vitruvius und Solinus nennen ihn einen Macedonier, Tzetzes epist. p. 36 und 69 Tafel einen Bithyner, Pseudo-Kallisthenes und Jul. Valerius einen Rhodier, Eustathius endlich seinen Diokles einen Rheginer. Indessen ist wohl der Uebereinstimmung der zuerst genannten ältern Zeugen zu trauen. Die Erzählung aber, welche Vitruv von dem fabelhaften Aufputze als Herakles gibt, worin der Architekt sich bei Alexander eingeführt haben soll, ist unmöglich. Die Begegnung müßte vor dem Aufenthalte des Königs in Ephesus Statt gefunden haben, denn dort hatte Deinokrates als Baumeister des Tempels von selbst Zutritt zu Alexander. Er war aber schon bei Philipps Lebzeiten daselbst thätig, folglich konnte er nicht aus Macedonien dem Heere nachreisen. Dergleichen Mährchen mögen einem Onesikritos entstammen, auf Beachtung haben sie keinen Anspruch. Deinokrates erlangte bekanntlich die Gunst des Königs in dem Maße, daß er in Aegypten die neue Stadt absteckte und in Ekbatana Hephästions Grab aufführte. Er wird also die letzte Vollendung des Baus in Ephesus nach seinen Angaben andern Händen überlassen haben.

Der Tempel war nach Vitruv III. 2. 7 dipteros octastylos et pronao et postico .... uti est aedes .... Ephesiae Dianae Ionica a Chersiphrone constituta. Hätte der spätere anders ausgesehen, so würde dies bemerkt werden. Die Herstellung der Herausgeber von Stuarts Alterth. v. Athen. Bd. I. S. 332 der deutsch. Uebers.*), die ihn zu einem Dodekastylos machen, ist also von vorn herein abzuweisen und mit Hirt die Zahl von acht Säulen für beide schmale Seiten als feststehender Ausgangspunkt zu betrachten. Es fragt sich nur, wie viele Säulen wir auf die Langseite zu stellen haben. Glücklicher Weise gibt uns Plinius XXXVI. 95 genauere Nachrichten. Universo templo longitudo est CCCCXXV pedum, latitudo CCXXV, columnae centum viginti septem .... LX pedum altitudine, ex iis XXXVI caelatae, una a Scopa. Unter den 127 Säulen werden also 36 wegen eines besondern Umstandes ausgezeichnet: sie waren caelatae. Winckelmann und nach ihm Hirt S. 31 wollen dies Wort „in seinem weitesten Sinne" genommen wissen, „wo es bloß das Bearbeiten der Säulen mit dem Meißel ausdrückt **)." Demzufolge lesen Beide uno (e) scapo, eine Vermuthung, welche

---

*) Leakes Asia minor ist mir nicht zur Hand.

**) Was Hirt hinzufügt: „vielleicht wollte Plinius hiemit noch „den Sinn der Kannelirung verbinden" ist ganz verwerflich. Denn daß alle Säulen schon in dem ältern Tempel cannelirt waren, müßten wir voraussetzen, auch wenn es Vitruv nicht ausdrücklich sagte.

von Bruun I. S. 318 und von mir Chrestom. Plin. p. 399
gebilligt worden ist. Eine genauere Erwägung des Sprach=
gebrauchs führt auf eine andere Ansicht. Caelare wird
nie von einem Rundwerk, also auch von einer Säule nicht
gesagt, sondern bedeutet immer eine mit einem Kern zu=
sammenhängende, aus ihm vortretende Arbeit, meistens ge=
triebene, in hartem Stein aber Reliefs. So sagt Plinius
selbst XXXVI. 31 von dem Mausoleum ab oriente caelavit Scopas. Die columnae caelatae werden aber auch
nicht, wie Guhl Ephes. p. 173 meint, von ihren Kapitellen
benannt sein, die entweder ganz von Metall oder mit toreu=
tischer Arbeit geziert gewesen wären; denn das wären columnae capitulis aereis (XXXVI. 13) oder caelatis; sondern
sie sind einfach als Säulen zu fassen, deren Vorderseite mit je
einem Relief geschmückt war. Bisher war nur der Tempel
der Apollonis in Kyzikos bekannt, dessen Säulen in 19 Re=
liefs (στυλοπινάκια) die Liebe der Mutter und ihrer Söhne,
Attalos II. und Eumenes, durch Begebenheiten des Mythos
verherrlichte (Pal. Anthol. Buch III.); jetzt dürfen wir be=
haupten, daß jenes sinnige Werk dem ephesischen Tempel
nachgeahmt und Skopas 200 Jahre vorher der Erste war,
welcher es wagte, den bildnerischen Schmuck auf die Säule
zu übertragen. An sich freilich läßt sich diese Neuerung
nicht loben, da die Fläche eines Reliefs dem Umkreis einer
Säule widerspricht, indessen tritt doch ein sinnreiches Mo=
tiv hervor: es war gleichsam ein durch die Intercolumnien
unterbrochenes Längenrelief, ähnlich wie umgekehrt in dem
Didymäon zu Milet sich ein Fries zwischen den Pfeiler=
kapitellen an der Wand fortzieht. Ob es an der Basis
ein unterbrochener Sockel oder am obern Schaft ein unter=
brochener Fries war, ergibt weder für Ephesus der Ausdruck

bei Plinius noch für Kyzikos die magere Beschreibung der Anthologie. Eine Münze von Ephesus aus der Zeit Hadrians entscheidet für die erstere Möglichkeit. Sie zeigt (z. B. Millin, myth. Gall. 30. 109) die achtsäulige Front des ephesischen Tempels, am Fuße einer jeden Säule eine Statue. Offenbar war also damals die plastische Verzierung auf die äußern Hallen übertragen, gewiß an derselben Stelle, wo sie im Innern bewundert wurde. Man hatte also darin die Basis der Säule ihrem Kapitelle entsprechend prachtvoller auszustatten gesucht *).

Die Thatsache, daß Skopas eine von jenen Säulen ausschmückte, ist höchst wichtig. Sie zeigt, zusammengehalten mit jenen Arbeiten am Mausoleum, daß er die letzten Jahre seines Lebens in Asien zubrachte, wahrscheinlich von Ephesus nach Halikarnaß ging, und daß die junge athenische Kunstschule auch dort unter seinem Vorgange der asiatischen Kunst der Diadochen ihre Richtung anwies. Ja vielleicht entfaltete er, wie früher in Tegea, auch bei der baulichen Herstellung des Tempels keine unbedeutende Wirksamkeit. Die Arbeit wurde von mehreren Künstlern gleichzeitig besorgt, die Auswahl der Gegenstände unstreitig nach einem Plane (und wer hätte den besser angeben sollen als Skopas?) getroffen. Zwei derselben finden wir in Kyzikos, die Erlegung des Python und des Tityos, eine Besiegung der Amazonen, Niobiden u. dgl. dürfen wir vermuthen und überhaupt einen Theil der auf Apollon und Artemis bezüglichen griechisch-römischen Reliefs auf dieses

---

*) Einer Nachlässigkeit des Stempelschneiders sind die korinthischen Kapitelle der Münze zuzuschreiben. Daß Säulen in Pompeji mit Mosaik verziert, spätere mit geschweifter Cannelierung versehen sind, ist nur eine weitere Degeneration der reinen Kunst.

große Werk zurückführen. Diese 36 Säulen waren ähnlich gestellt wie die 19 in Kyzikos. Hier sehen wir 4 nach dem Pronaos hin, 3 ihnen gegenüber an der Nordseite, wo die Tempelstatue eine vierte verdeckte also ohne plastischen Schmuck ließ, und je 6 an jeder Langseite. Es ist gewiß richtig, den ephesischen mit Guhl einen Platz in der Cella anzuweisen. Hier werden wir sie aber, den Maßen des Gebäudes nach, nur auf beide Langseiten vertheilen, wie im Parthenon, so daß auf jeder Seite 2×9 Säulen über einander den hypäthralen Raum*) von den Seitenschiffen und ihren Hyperoen absonderten.

Es bleiben 91 Säulen. Davon ist zuerst die eine zu trennen, welche die Zahl zu einer ungeraden macht, und wie in dem Tempel von Phigalia hinter das Bild der Göttin zu stellen. Im Uebrigen werden wir zuerst für den doppelten Säulengang 76 Säulen in Anspruch zu nehmen haben. Daß nämlich Hirt mit Recht an die Langseiten je 15 Säulen stellt, ergibt sich unzweifelhaft aus dem Verhältnisse der Länge zur Breite. Bei der Proportion von 425 : 225 = 15 : 8 bleibt nur ein ganz kleiner Bruchtheil, eine Bestätigung für die Lesart CCXXV, die der Bamberger Codex hat, statt der frühern CCXX, die eine weit größere Differenz zurück läßt. Der Rest von 14 Säulen ist auf den Pronaos und Opisthodomos zu vertheilen. Die Restauration, welche Hirt von dem letztern gibt, ist verfehlt, da ein großer Raum für die Schätze nothwendig, dagegen eine große halbrunde Nische für das Tempelbild, die in den Opisthodomos hineinreicht, so wie eine Kammer für den Tempelhüter ohne Beispiel und überflüssig ist. Auch

---

*) Daß der Tempel hypäthral war, geht aus der Erwähnung der Decke bei Paus. V. 12 und aus den Maßen selbst hervor.

Guhls Herstellung unterliegt manchem Bedenken. Er ver=
muthet, das Dach des Opisthodomos sei von denjenigen
8 Säulen aus Verde antico getragen worden, die noch in
der Sophienkirche zu Konstantinopel ihren Dienst thun
(Anonym. bei Bandini imp. orientale tom. I. p. 66. n. 186).
Deren Schaft mißt aber nur 25½ Fuß. Wenn sie also
nicht sehr bedeutend an Größe verloren haben, können sie
nicht neben einander in zwei Reihen bis zur Decke des
Opisthodomos gereicht haben. Auch über einander, 4 Säulen
unten und 4 in einem obern Stockwerke, dürfen wir sie nicht
ordnen, da die obern kleiner sein mußten. Mir ist es daher
wahrscheinlich, daß diese 8 Säulen von einem andern ephe=
sischen Gebäude herrührten [*]). Es muß unentschieden bleiben,
wie viele Säulen im Opisthodomos standen, doch scheint
die Zahl 6, wenn man bedenkt, daß im viel kleinern Par=
thenon deren 4 die Decke trugen, nicht zu groß. Eben so wird
der Pronaos eher eine Reihe von 2×3, wie Hirt annimmt,
als von 2×2, wie Guhl will, (vielleicht neben einander?),
enthalten haben. Hinter dem Opisthodomos endlich mag
noch ein Säulenpaar zwischen den vorspringenden Eckpfei=
lern gestanden haben [**]). Ohne Zweifel aber war der
Opisthodomos, wie in Athen, von der Cella durch eine feste
Mauer getrennt.

Die Restauration des Grundrisses, wie sie Hirt und

---

[*]) Unmöglich wäre es nicht, daß sie zu den obern das Hyperoon
begränzenden Säulen gehörten. Indessen soll auch eine porta Dianae
Ephesiae Traiani donum in Konstantinopel gewesen sein (Gyllius
bei Bandini I. p. 396). Stand diese einmal an dem Artemistempel,
so mußte sie bei dem Brande von 262 n. C. zu Grunde gehen.

[**]) Der Name Hekatesson darf nicht mit Guhl auf den Opistho=
domos übertragen werden. Nach Strabo p. 641 befand es sich unter
den außerhalb des Tempels bewunderten Merkwürdigkeiten.

Guhl geben, laſſe ich unerörtert. Sie beruht auf der An=
nahme, daß Vitruvs Nachrichten IV. 1. 7 ein genaues Maß
der Säulen, die 8 Durchmeſſer hoch geweſen ſein ſollen,
enthalten, und daß die mittlern Säulen weiter von einan=
der entfernt geweſen ſeien. Da aber Vitruv von der dori=
ſchen Bauart gleich zuvor offenbar Unrichtiges ausſagt,
die Säule ſei zu Anfang 6 Durchmeſſer hoch geweſen, auch
jene Lehre von der Weite des mittelſten Intercolumniums
durch die Denkmäler keineswegs durchweg beſtätigt wird,
kann daraus ein ſicheres Ergebniß nicht abgeleitet wer=
den. Nur ein Säulenreſt würde dies möglich machen.
Ich begnüge mich mit den Angaben der Alten. Sie be=
ſchränken ſich auf Folgendes, was man zur Beſtimmung
der Höhe benutzen darf.

1)Das Krepidoma beſtand nach Philo (7 Weltwun=
der p. 18) aus 10 Stufen, d. h. in runder Zahl etwa 7 Fuß.

2) Die Treppe aus Weinrebenholz (Plin. XIV. 9)
wand ſich in wahrſcheinlich 146 Stufen bis zum Dache, von
welchem Mithridates einen Pfeil abſchoß, um die Grenze
des Aſyls nach Oſten zu beſtimmen. Dieſe Zahl ergibt
ſich aus der verdorbenen Stelle des Ampelius 8. 12 Introitu
dextra ac sinistra postes marmorei monolithi longi
cubitis viginti, qua super templum ascensu sunt centum
quadraginta milia, d. h. ascensus sunt centum quadraginta sex (S. rhein. Muſ. XVII. S. 634). Rechnet man
etwa nach Analogie des Pantheon die Höhe einer Stufe
etwas über 1 römiſchen Palm (194 : 190 Palm), ſo erhält
man 149 Palm, d. h. gegen 103 Fuß. Daſſelbe Verhältniß
zeigt die Trajansſäule, worin auf $127\frac{1}{2}$ römiſch. Fuß 180
Stufen gehen ($180 : 127\frac{1}{2} = 146 : 103\frac{1}{4}$). Wir dürfen alſo
die Höhe des Tempels bis zum Dach füglich zu 103—106

Fuß annehmen. Dazu kömmt für die Vorderansicht die Giebelhöhe. Rechnet man nach Vitruv $\frac{1}{9}$ der Breite, so erhält man 25 Fuß, oder, wenn man für die ionische Ord= nung die Proportion von 1:8 zu Grunde legt, 28 Fuß. Nach dem niedrigsten Ansatz ergibt sich also für die Ge= sammthöhe bis zum Giebel $7 + 103 + 25 = 135$ Fuß, d. h. mehr als die Höhe der Trajanssäule.

3) Die Thür stand nach der eben angeführten Stelle zwischen zwei Marmorpfosten aus einem Stück, deren Länge d. h. Tiefe das enorme Maß von 20 Ellen = 30 Fuß er= reicht haben soll, wohl doppelt so viel als der Anhalt der geöffneten Flügel erforderte, wenn wir auch die Thür mit Hirt 33 Fuß breit und im Lichten 55′ 2″, im Ganzen 66′ 5″ hoch sein lassen*). Dahinter befanden sich die dicken Quermauern der Cella, welche am Parthenon 6 Fuß, hier gewiß mehr als das Doppelte stark waren, und den Ober= bauten im Innern der Porticus, so wie den Treppen eine tüchtige Gegenlage bereiteten. Denn daß die Restauration Hirts und Guhls falsch ist, welche, obgleich in verschiede= ner Weise, die Treppen in oder am Opisthodomos suchen, beweist dies bisher nicht beachtete Zeugniß: sie befanden sich, wie z. B. in Pästum und Agrigent, zu beiden Seiten des Eingangs. Die Thür bestand aus festem Cypressenholz, welches 4 Generationen hindurch aufgespeichert gelegen hatte. Theophrast, G. d. Pfl. V. 4. 2: τὰ γοῦν ἐν Ἐφέσῳ, ἐξ ὧν αἱ ϑύραι τοῦ νεωστὶ νεώ, ϱεϑησαυϱισμένα τέτταϱας ἔκειτο γενεάς. Es läßt sich zwar nicht bestimmen, wann der Philosoph diese Bemerkung niedergeschrieben hat, da er zu verschiedenen Zeiten verschiedene Zusätze in sein Werk auf=

---

*) Ist vielleicht statt XX zu lesen XV?

genommen hat (Niebuhr, röm. Gesch. Bd. I. S. 22 der 3.
Ausg.), indessen kömmt auf diese Bestimmung nichts an,
weil der terminus ad quem nicht die Abfassung des Werks,
sondern der Anfang des Neubaus ist, bei dem man sich
des alten Holzes bediente, d. h. Ol. 106—7. Folglich geht
der terminus a quo auf Ol. 72—73 zurück. Eine sehr
nahe liegende Folgerung zieht daraus Hirt S. 41, „daß die
„Alten zu allerlei Bedürfnissen Vorräthe von Bauhölzern
„machten, um bei vorkommenden Arbeiten gutes und voll=
„kommenes Holz zu haben." Wenn dagegen Guhl p. 175
die Stelle simplicissima ratione so versteht, ut valvae
templi antiquioris quatuor fere γενεάς i. e. centum et
viginti annos ante Theophrastum . . . . ex usu recesserint
et in thesauris templi depositae ac servatae fuerint,
so hat er sie nicht genau angesehen*). Von der Verferti=
gung der Thür berichtet Plin. XVI. 215: Id quoque no-
tandum, valvas in glutinis compage quadriennio fuisse,
was Hirt in quadringentis annis verändern will. Denn,
meint er, „daß zusammengeleimte Bohlenstücke durch vier
„Jahre in den Fugen halten, ist doch wohl nichts merk=
„würdiges." Davon handelt es sich aber nicht, sondern von
der Vorsicht, womit man verhütete, daß das Holz sich warf.
Man stellte die Flügel auf die Zapfen, worin sich die An=
geln bewegten, und vollendete jene erst nach längerer Zeit.
Theophrast V. 4. 5: τὰς δὲ θύρας οὐκ εὐθὺς συντελοῦσιν
ἀλλὰ πήξαντες ἐφιστᾶσι, κἄπειτα ὑστέρῳ οἱ δὲ τῷ τρίτῳ
ἔτει συνετέλεσαν ἐὰν μᾶλλον σπουδάζωσι· τοῦ μὲν γὰρ
θέρους ἀναξηραινομένων διίστανται τοῦ δὲ χειμῶνος συμ-
μύουσιν. In Ephesus hatte man damit nicht drei, sondern
vier Jahre gewartet.

---

*) Guhl verwechselt das rohe Material mit dem verarbeiteten.

Wie jene ungeheure, das Parthenon dreimal übertref=
fende Fläche im Innern construiert und abgetheilt war, wird
uns nicht berichtet. Zu beiden Seiten müssen Mauern vor=
getreten sein, theils um den Oberbauten den nöthigen An=
halt zu gewähren, theils um das Tempelbild zu umgeben.
In dem freien Raum werden die Festzüge sich gesammelt
und die Sieger in den Festspielen ihre Belohnung empfan=
gen haben. An den Seitengängen an der innern Cellen=
mauer haben wir vielleicht das Hestiatorion für die Feste
und die Epheben, so wie diejenigen Kunstwerke, die nicht
im Pronaos und dem Posticum, so wie im Vorplatz ihre
Stelle fanden, zu suchen.

4) Das Tempelbild war durch einen Vorhang ab=
geschlossen, welcher nach dem undeutlichen Ausdrucke des
Pausanias V. 12 an die Decke hinaufgezogen werden konnte,
wahrscheinlich auch ein Geschenk des Antiochos, der lange
in Ephesus residierte. Es war weder, wie Hirt S. 40
meint, von einem kolossalen Goldelfenbeinbild verschieden,
noch, wie Guhl S. 176 annimmt, klein. Es rührte von
Endöos her (Plin. XVI. 214 nach Silligs evidenter Ver=
besserung, Athenagoras p. 14) und war aus dem alten Tem=
pel, gerade so wie die Athenastatue aus dem Brande des
Tempels zu Tegea, gerettet worden. Endöos aber gehört
höchst wahrscheinlich in die Zeit zwischen Ol. 50 und 60*);
er verfertigte für den zwischen Ol. 52 und 55 vollende=
ten Tempel in Tegea (S. 9) die alterthümliche Elfenbein=

*) Brunn will ihn zwar I. S. 99 f. um Ol. 70 ansetzen, aber aus
ungenügenden Gründen, weil eine Inschrift, worin ein Werk erwähnt
wird, kaum älter sein soll. Wenn dem so sein sollte, so wäre eher
an einen zweiten Endöos zu denken. Was von dem berühmten Mei
gesagt wird, weist auf jene ältere Zeit. Vgl. Overbeck I. S. 111
und 184.

Statue, für Erythrä ein Holzbild, und für den ephesischen Tempel die Hauptstatue, doch wohl nicht zu lange nach dessen Vollendung. Sonderbar erscheint nur die Verschiedenheit der Angaben über das Material. Daß es von Holz war, berichten Vitruv II. 9. 13 und Plinius XVI. 213, jener, es sei in Cedernholz, dieser, nach den Meisten sei es in Ebenholz, nach Mucianus in Rebenholz ausgeführt gewesen. Dagegen stellt Xenophon Anab. V. 17 sein aus Cypressenholz verfertigtes Nachbild dem Golde der ephesischen Statue ausdrücklich gegenüber. Diese Verschiedenheiten vereinigen sich, wenn man annimmt, die Statue sei von Holz, aber reich mit Gold verziert gewesen. Wenn man sich die bekannte Bildung der Artemis vergegenwärtigt, so sieht man, daß die Brüste, die Thierköpfe u. s. w. bei einer kolossalen Statue nicht wohl aus einem dunkeln Material bestehen durften. Daß sie aber kolossal und hohl war, beweist die Beschreibung der vielen Löcher, wodurch sie getränkt und die zusammengefügten Platten vor dem Reißen geschützt wurden; diese Löcher aber setzen Röhren voraus, welche, wie bei dem olympischen Zeus (Schubart, Zeitschr. f. d. A.-W. 1849 Nr. 107), die Feuchtigkeit vertheilten. Wir haben also bei diesem großen Werke ganz dieselbe Technik, wie bei den gleichzeitigen Arbeiten des Dontas in Olympia (Pausan. VI. 19. 9) κέδρου ζῴδια χρυσῷ διηνθισμένα, eine Technik, die in den Anfängen der verzierten Holzkunst, dem Charakter des Dipönos und Skyllis wurzelt. (Auch Smilis Statue der Hera in Samos gehört in diese Zeit). Die Holzart konnte man nicht genau unterscheiden; denn daß es undeutlich und schwarz geworden war, wie die alten Bilder in unsern Kirchen, konnte eben so gut Folge der Zeit und des Rauchs sein, wie die natürliche Farbe. Rebenholz führt Theophrast nicht unter dem plastischen Material an, und Mucianus ist kein klassischer Zeuge.

So viel wissen wir vom neuen Tempel, dessen spätere Schicksale wir übergehen, um auf den alten zurückzugehen. Wenn wir Eusebius glauben dürften, hätte er überhaupt nicht lange bestanden. Denn er berichtet unter Ol. 95, 3 ausdrücklich templum rursum Ephesi incensum. ὁ ἐν Ἐφέσῳ ναὸς αὖθις ἐνεπρήσθη. Aber von allem Andern abgesehen ist es unmöglich, daß Xenophon, welcher den Tempel besucht und Geld dort niedergelegt hatte, das ihm um Ol. 97 der Megabyzus zurückbrachte, jenen Brand nicht erwähnt hätte. Wir werden mit Scaliger fragen müssen: quid habebat in animo Eusebius, quum haec scriberet tot annorum prochronismum committens? Denn den herostratischen Brand erwähnt er nicht.

Dagegen bietet jene Stelle bei Theophrast, wonach das Cypressenholz der Thüren 4 Generationen = 133⅓ Jahre gelegen hatte, einen sehr wichtigen Anhalt. Wenn er nicht eine feste Epoche im Sinne gehabt hätte, würde er eine so genaue Angabe nicht haben machen können. Er rechnet von der Vollendung oder Einweihung des alten Tempels an. Es war sehr natürlich, daß man überschüssiges Cypressenholz verwahrte oder für andere Bauten zurücklegte und zwar an einem sichern Orte. Diese vier Generationen füllen also den Zwischenraum zwischen der Vollendung des alten und dem Beginn des neuen Baues aus. Rechnet man von dem Jahre des Brandes selbst, worin der Plan und die Ueberschau der bereiten Mittel auf jenen alten Holzvorath führte, 4 Jahre weiter (denn so lange blieb die Thür im Leim), so erhält man 137⅓ Jahre, und diese von

Ol. 106, 1 abgezogen, für die Vollendung oder Einweihung des alten Tempels Ol. 72, 1; läßt man sie außer Acht, was wohl das Richtigere sein wird, Ol. 71, 1, also, da nach Plin. XXXVI. 95 der Bau 120 Jahre gedauert hatte, für dessen Beginn Ol. 41—42, d. h. genau die Epochen, welche ich in meiner Abhandlung über die älteste samische Künstlerschule (rhein. Muf. X. S. 9) aus andern Gründen abgeleitet, Brunn II. S. 346 und 381 ff. bestimmt verworfen hat.

Doch es ist besser, wir gehen in der Geschichte des ältern Tempels rückwärts hinauf; vielleicht werden wir dadurch den Anfang des Baues nicht allein, sondern auch die Urheber desselben genauer kennen lernen. Als dem letzten Architekten begegnen wir dem Päonios von Ephesus, der als Baumeister des Didymäon von Milet neben Daphnis genannt wird. Ich habe a. a. O. behauptet, daß dieser letztere Bau nach der Schlacht bei Mykale Ol. 75, 2 oder rund um Ol. 76 begonnen wurde. Brunn dagegen meint S. 382, er habe ja auch erst Ol. 78 nach der Schlacht am Eurymedon anfangen können und sei wahrscheinlich erst um die 80. Olympiade fertig geworden. Sei ja doch auch Athen nicht gleich zu großen Tempelbauten geschritten. Dabei ist vergessen, daß man dort vor Allem die Stadt zu bauen hatte, und daß man dennoch das Theseion bald genug erbaute. Dann scheine aus Herodot I. 157 hervorzugehen, daß, als Herodot sich noch in Asien aufhielt, das Heiligthum nicht hergestellt war. Dies Argument beweist zu wenig. Wenn man aus den Worten ἦν ... μαντήιον ... τῷ Ἴωνες ... ἐώθεσαν χρέεσθαι folgern will, daß dies zu irgend einer spätern Zeit nicht der Fall gewesen sei, so muß man diese Zeit nicht mit Herodots Aufenthalt in Asien, sondern mit der Abfassung seines Werks in Verbindung bringen. Denn so weit war die alte Freundin von Sybaris, Milet, nicht von Italien entfernt, daß Herodot dort nichts von der Herstellung des Orakels der Branchiden erfahren hätte; und dann rückte Päonios an die 90. Olympiade hinunter. Endlich könnte ja auch Päonios beide Tempel, den milesischen und den ephesischen, zugleich gebaut haben, zumal da er an jedem Orte einen Genossen, in Milet Daphnis, in Ephesus den Demetrios als Genossen gehabt habe. Den Letzteren unmöglich; denn wenn die nur bei Vitruv VII. 16 aufgeführten Meister den Tempel in 120 Jahren bauten, dem Chersiphron aber sein Sohn Metagenes zu Anfang zur Hand ging, so kann Demetrios, wenn die vier Generationen herauskommen sollen, nur vor Päonios gebaut haben. Gegen den gleichzeitigen Bau spricht schon Hirt S. 16: „Mit Zuverlässigkeit läßt sich also annehmen, daß Päonius „erst diesen neuen Bau übernahm, als er den Ephesischen „schon vollendet hatte. Man bemerke zugleich dabei den „Umstand, daß der Tempel von Milet, nach dem Beispiel „des Ephesischen, in ionischer Bauart errichtet ward." Milet und Ephesus lagen auch keineswegs „so nahe bei einander, daß Päonios recht wohl für beide Orte zugleich „thätig sein konnte." Das Didymäon war 180 Stadien von Milet entfernt, d. h. eine Tagereise (Plin. V. 112, vgl. mit Herodot V. 53 f.), also drei Tagereisen von Ephesus; so viel gebrauchte wenigstens Chandler; so daß ein jeder Anstand erst nach 6 Tagen vom Baumeister erledigt werden konnte. Das wäre schwieriger gewesen, als wenn etwa heutzutage derselbe Künstler den Kölner und den Straßburger Dom zugleich ausbauen sollte. Nein, die Milesier werden sich beeilt haben, ihren Haupttempel neu aufzufüh-

ren, und Päonios riefen sie, weil er sich in Ephesus be=
währt, d. h. vor Ol. 75—76 den dortigen Tempel vollendet
hatte. Daß sie dies nicht unmittelbar nach Ol. 72 thaten,
um Brunns letzten Einwurf zu erwähnen, erklärt sich hin=
länglich aus ihren Verhältnissen. Ihr Gebiet wurde theils
von den Persern, theils von den Karern besetzt (Herod. VI.
20), und wenn sie auch seit Xerxes Regierungsantritt wie=
der zu Kräften gekommen waren, so wurden sie doch noch
in der Schlacht bei Mykale mißtrauisch beobachtet (ebend.
IX. 104); es ist also nicht wahrscheinlich, daß sie vorher
einen kostspieligen Neubau unternahmen. Auf keinen Fall,
und darauf kömmt es allein an, konnten sie ihn vor Ol. 72,
also vor der Vollendung des ephesischen Baus unternehmen.

Vor Päonios hatte Demetrios, ein Sklave der Ar=
temis, den Bau in Ephesus geleitet, und zwar während
einer Generation. Rechnen wir für den Ersteren, der ja
später noch in Milet beschäftigt war, 7 Olympiaden von
Ol. 71 ab und für Demetrios 8 Olympiaden, so begann
Demetrios seine Thätigkeit Ol. 56, d. h. kurz nach der Ein=
nahme der Stadt durch Krösos. Ihn halte ich für den
Unbekannten bei Strabo XIV. p. 640, der den Tempel, in=
dem er die von Krösos geschenkten Säulen (Herod. I. 92)
verwandte, größer gemacht hat. Brunn will auf jene Stelle
nicht viel geben (S. 347). Aber Strabos Quelle war Ar=
temidor, der sich sorgfältig umgesehen hatte. Entweder
fand er in den Urkunden über die Fortsetzung des Baues
keinen Eigennamen, oder Strabo hielt es nicht für noth=
wendig, denselben zu wiederholen. Chersiphrons Sohn Me=
tagenes konnte dies nicht sein, da er bei dem Bau seines
Vaters betheiligt war, namentlich bei der Auflegung des
Gebälks; Päonios nicht, da er später lebte als Krösos,

der doch etwas Namhaftes für den Bau gethan hat: also muß es Demetrios gewesen sein. Was hat er gethan? Meiner Vermuthung (S. 10) nach verwandelte er den Peripteros in einen Dipteros. Dieser setzt Brunn S. 347 „innere Gründe" entgegen. Er meint, „durch bloße Hinzufügung einer Säulenstellung würde das Verhältniß aller „Theile, namentlich in der Haupt= d. h. in der Vorderansicht „gründlich verrückt, die Schönheit der ursprünglichen Anlage gänzlich vernichtet worden sein," d. h. die Breite wäre im Verhältnisse zur Länge unförmlich gewesen. Nehmen wir einmal Hirts Herstellung zum Maßstabe, der für die Breite 220' und für den Säulendurchmesser 7' 6", für die Säulenweite 22' 1" rechnet, und lassen wir den Tempel des Chersiphron einen hexastylos mit 13 Säulen in der Länge sein, so gehen in beiden Richtungen je 1 Säule und 1 Säulenweite ab, d. h. 7'6" + 22' 1", und es stellen sich folgende Maße heraus:

1) in der Breite 6 Durchmesser $\quad$ 6 × 7' 6" = 45'
$\qquad\qquad$ 4 Säulenweiten $\quad$ 4 × 22' 1" = 88' 4"
$\qquad\qquad$ mittlere Säulenweite $\quad$ 24' 2" = 24' 2"
$\qquad\qquad$ 2 Basenvorsprünge $\quad$ 2 × 1' 4" = 2' 8"
$\qquad\qquad\qquad\qquad\qquad\qquad\qquad\qquad$ ———
$\qquad\qquad\qquad\qquad\qquad\qquad\qquad\qquad$ 160' 2"

2) in der Länge 13 Durchmesser $\quad$ 13 × 7' 6" = 97' 6"
$\qquad\qquad$ 12 Säulenweiten $\quad$ 12 × 22' 1" = 264'
$\qquad\qquad$ 2 Basenvorsprünge $\quad$ 2 × 1' 4" = 2' 8"
$\qquad\qquad\qquad\qquad\qquad\qquad\qquad\qquad$ ———
$\qquad\qquad\qquad\qquad\qquad\qquad\qquad\qquad$ 364' 2"

Diese Proportion 364 : 160 entspricht genau dem großen Tempel von Selinus 367 : 161 nach Göttling bei Müller S. 99 und weicht von der des großen Tempels in Agrigent (369 : 182) wenig ab. Von der Höhe läßt sich nur

muthmaßlich reden, sie würde allerdings nach unserer Rech=
nung +⅔ der Breite betragen. Die Cella würde im Ver=
hältniß zur Säulenstellung 98:160 breit erscheinen, aber
nicht breiter als in dem ältern, 50 Fuß kürzern Parthenon,
für welchen, wenn man auch hier 2 Säulen, d. h. gegen
30 Fuß abrechnet, eine muthmaßliche Proportion von 70:177
Fuß herauskömmt. Von diesen 70 Fuß kommen 30 auf
die Säulenstellung, wenn anders die erhaltenen Trommeln,
welche den jetzigen an Stärke fast gleich sind, zum ältern
Bau gehören, 40 auf die Cella (s. Leake S. 411, Roß, arch.
Aufs. I. S. 126 ff., Bursian, n. Jahrb. LXXIII. S. 435).
Alle diese Zahlen aber sind hypothetisch, da es ja noch nicht
feststeht, daß die Maße bei Plinius dem ältesten Bau ge=
hören. Sie können dem positiven Zeugnisse Strabos ge=
genüber nicht entscheiden. Bei diesem fragt sich nur, ob
man die Vergrößerung auf die Cella oder die Säulen oder
Beide zusammen erstrecken soll. Der erste und letzte Fall
würde dem Parthenon am analogsten sein, so daß in dem
ältern ephesischen Gebäude kein Opisthodomos oder ein zu
kleiner gewesen wäre. Aber, während der Parthenon ge=
waltsam zerstört war, müßte man hier einen völlig frei=
willigen Umbau und zu dem Ende einen Abbruch der Mauer
und eine neue Errichtung der Säulen voraussetzen, was
eine undenkbare Verschwendung der Kräfte erforderte. Nun
wissen wir aus Herodot u. A., daß der Tempel schon vor
Krösos weit vorgerückt war und Säulen hatte, daß aber
Krösos die meisten Säulen schenkte. Wenn er also vorher
wenigere Säulen hatte, so bleibt nichts übrig, als die grö=
ßere Zahl außen anzubringen, d. h. den Dipteros für später
zu halten. Allerdings war diese Erweiterung nicht eben
leicht. Man mußte Dach und Giebel theilweise abbrechen

und weiter hinausrücken, in das Gebälk neue Stücke setzen, damit es auf die äußeren Säulen reichte, das Krepidoma erweitern. Das ist aber doch viel weniger, als wenn man alle Säulen fortbewegt hätte, um die Cella zu erweitern. Braun versucht S. 348 „eine letzte Ausflucht;" „daß Cher=„siphron erst die Cella erbaut und die Säulen an der vor=„deren Hälfte des Tempels errichtet hätte. Wenn nun der „Weiterbau erst durch das Geschenk des Krösos möglich „wurde, so konnte man wohl von dem Architekten, welcher „diesen Weiterbau, wenn auch nach dem ursprünglichen Plane, „leitete, mit einem nicht streng richtigen Ausdrucke einmal „sagen, er habe den Tempel größer gemacht." Das ist mög=lich; auch habe ich nicht behauptet, daß eine Aenderung des Bauplans Statt gefunden habe. Es ist denkbar, daß Chersiphrons Plan auf einen Dipteros gerichtet war. Aber es scheint mir am einfachsten zu sagen, daß man mit der Cella anfing, dann ein Pteroma baute und, als Krösos sein Geschenk machte, das zweite daran setzte. Ich habe endlich S. 10 f. die Stelle Herodots III. 60 besprochen, welcher den kleinern Tempel in Samos den größten nennt, den er kenne und (nicht gerade „mit ziemlicher Zuversicht") ver=muthet, daß Deinokrates ihn nicht allein herstellte, sondern auch vergrößerte, daß Plinius Maße sich auf diesen letzten Bau beziehen, dabei ausdrücklich bemerkt, daß man diese Erklärung verwerfen könne, daß Herodots Stelle vielfach lebhafter gefärbt sei. Meine Zuversicht war also nicht so groß, als sie sein durfte. Denn bei Aristides 42 p. 770. ed. Dindorf steht ausdrücklich: (πῶς εἰκὸς) κατὰ μὲν τοὺς χρόνους τοὺς Περσικοὺς τοσαύτην αἰδῶ παρὰ τῶν βαρβά-ρων ὑπάρχειν τῇ Ἀρτέμιδι, ἡνίκα δ'αὐτός τε ὁ νεὼς ΜΕΙ-ΖΩΝ ἢ πρόσθεν ἕστηκεν κ. τ. λ. Also der Tempel, welchen

Aristides sah, war größer als derjenige, welchen die Perser verehrten, Deinokrates hat also den Tempel vergrößert.

Gehen wir nun auf die beiden ersten Baumeister zurück. Was Plinius XXXVI. 95 sagt, columnae a singulis regibus factae, ist nicht von den fremden Königen, sondern von einheimischen Herrschern, Krösos eingeschlossen, zu verstehen. Dies können die Basiliden nicht sein, die, wie in Erythrä, oligarchisch regierten und später Ehrenvorzüge behielten (Strabo p. 633), weil Plinius die Aufeinanderfolge einzelner Regenten im Sinne hat. Deren gab es in Ephesus bis auf Krösos eine ganze Reihe, welche Baton in einer eigenen Schrift (Athen. VII. p. 229) behandelt hatte. Als Krösos die Stadt belagerte, herrschte Pindaros (Aelian, versch. Gesch. III. 26), welcher capitulierte und abzog, worauf den Ephesiern die Freiheit gegeben wurde. Er war der Sohn des Melas und einer Tochter des Alyattes und erbte von seinem Vater die Regierung. Melas regierte also gleichzeitig mit Alyattes, etwa bis Ol. 54. Vor ihm, wir wissen nicht ob unmittelbar, regierte Pythagoras (Suidas u. d. W.), welcher durch den Demos die Basiliden stürzte. Ihm befahl, wie ausdrücklich berichtet wird, das delphische Orakel einen Tempel zu errichten, nachdem ein älterer (doch wohl derselbe?) durch den Tod einer Jungfrau entheiligt war. Dieser ältere war vermuthlich der von den Kimmeriern zerstörte und dann ohne Zweifel von den Basiliden hergestellt. Pythagoras baute den neuen. Rechnet man von Krösos Belagerung d. h. von Ol. 55 zwei Generationen zurück, so gelangt man auf Ol. 40 d. h. auf die Regierung des Pythagoras. Dieser also, baulustig wie alle Tyrannen, erbaute den gewaltigen Tempel; für ihn und seine Nachfolger arbeiteten Chersiphron

und Metagenes, und Krösos schenkte mehr Säulen zur Fort=
setzung als die einzelnen Tyrannen vor ihm. Nach der
Vertreibung des Pindaros beriefen die befreiten Ephesier
einen Aesymneten Aristarchos aus Athen, gewiß auf An=
rathen der Athener, die in der Phyle Euonymoi enthalten
waren (Ephor. Fr. 31, Suidas Ἀρίσταρχος). Er verließ
Athen zu der Zeit, als Cyrus von den Medern abfiel, d. h.
gleich nach der Eroberung von Ephesus. Wahrscheinlich
war es seine Regierung, die vielleicht 5 Jahre dauerte*),
unter der das Tempelbild von dem Athener Endbos ver=
fertigt wurde, und von dort aus ging dieser nach Erythrä.
Den Bau setzte er fort; auch ist kein Grund anzunehmen,
daß die spätern Zerwürfnisse, die Tyrannei des Komas
und Athenagoras (Suidas Ἱππῶναξ), einen Aufenthalt be=
wirkt hätten. Nur während des ionischen Aufstandes wird
der Bau gestockt haben. Um Ol. 55 also war der Peri=
pteros ziemlich fertig und sein Ruf auch nach Rom ge=
drungen (S. 9). Wenn daher Servius Tullius ihn sich
wirklich zum Muster für seinen Dianentempel nahm und
dennoch keinen Dipteros erbaute, so ist dies sehr erklärlich.
Auf jeden Fall hängt die Baugeschichte, wie wir sie geben,
zusammen und leidet an keinem innern oder äußern Wider=
spruch.

Wenn der Bau dagegen, wie Brunn will, erst Ol. 50
anfing, so war er erst Ol. 80 fertig. Danach wäre der
Tempel bei Milet erst um diese Zeit begonnen worden, d. h.

---

*) Die Stelle bei Suidas ist wahrscheinlich so zu lesen: οὗτος
τὴν ἐν Ἐφέσῳ μόναρχον εἶχεν ἐξουσίαν ἐκ τῶν Ἀθηνῶν ἥκων κλητός.
ἐκάλουν δὲ ἄρα αὐτὸν οἱ προσήκοντες. ὅτι ἐμμελῶς τε καὶ σὺν κηδε=
μονίᾳ αὐτῶν ἦρξεν ἔτεσιν έ. ὑπανέστη δὲ ἐκ τῶν Ἀθηνῶν κ. τ. λ.
ὅτι ist das Anführungswort einer Stelle aus Baton.

40 Jahre nach der Zerstörung des alten. Auch hätte Metagenes erst gegen Ol. 57 das Gebälk in Ephesus auflegen können, während fast ein Decennium früher die Säulen schon standen.

Der Grund, warum ich großen Werth auf diese genaue Bestimmung des Anfangs um Ol. 41 legte, ist die Betheiligung des Theodoros von Samos, welcher die Fundamente sicherte und bei dieser Gelegenheit sich in Ephesus aufhielt. Hätte er dies erst um Ol. 50 gethan, so würde die Chronologie der samischen Meister anders zu ordnen sein, als ich in jener Abhandlung versuchte. Brunns Einwendungen dagegen hat Bursian a. a. O. S. 510 hinreichend gewürdigt: ich halte sie nicht für erheblich. Bursian aber hat sich auch bei meiner Herstellung nicht beruhigt. Er nimmt statt zweier Theodoros deren drei an und setzt den ältesten gleichzeitig mit Rhökos in Ol. 25; nach folgendem Schema:

Ol. 25 Rhökos S. des Phileas. Theodoros S. des Telekles.
Ol. 33 Theodoros Telekles.

Telekles

Ol. 55   Theodoros.

Denn Pausanias sage, Rhökos und Theodoros, der Sohn des Telekles, habe den Erzguß erfunden (VIII. 14. 5, X. 38. 3); ferner setze Plinius XXXV. 152 beide Meister lange vor der Vertreibung der Bakchiaden, d. h. vor Ol. 30 an. Dieser Meinung, der neuesten, ist Overbeck I. S. 76 beigetreten. Ich läugne nicht, daß dieses Schema den Vortheil hat, alle Angaben der Alten gelten zu lassen, und daß es scharfsinnig vertheidigt wird. Doch habe ich gegen seine

17

Richtigkeit erhebliche Bedenken. Zwei Theodore sind blos
Oheime, zwei Telekles blos Väter, und 'zwischen ihnen
steht ein X. Kunstwerke werden von ihnen nicht angeführt,
und die Stellen, worauf der Stammbaum gegründet wird,
enthalten unzweifelhafte Irrthümer. Pausanias kennt offen=
bar nur einen Theodoros: er sagt es ausdrücklich, daß der
Erfinder des Erzgusses auch den Ring des Polykrates ver=
fertigte. Er verwechselt also offenbar den jüngsten mit
dem ältesten. Wenn nun jener der Sohn des Telekles war,
so konnte Pausanias dem ältesten keinen andern Vater ge=
ben. Mit dem Grunde fällt die Folge weg: sein Zeugniß
über den Vater des ältern Erzgießers ist nichtig. Eben
so enthält das Zeugniß bei Plinius einen Irrthum, nicht
etwa eine gleichgültige Verwechselung der Thonbildnerei
und des Erzgusses, sondern ein ganz falsches Raisonnement.
Wenn Damarat jene aus Korinth nach Etrurien brachte,
mußte sie in Korinth früher bekannt sein, d. h. vor der Ver=
treibung der Bakchiaden. Aber nicht kurze Zeit, sondern
lange vorher, d. h. nicht etwa 20 Jahre früher, wie Bursian
sich hilft, war diese Kunst in Samos erfunden; wir können
geradezu sagen, zur Zeit des Dädalos, mit welchem Theo=
doros ja auch in anderer Rücksicht den Ruhm der Erfin=
dungen theilt (s. m. Abhdlg. S. 21 und 23). Jene Worte
multo ante Bacchiadas pulsis enthalten also nicht eine
Zeitbestimmung: kurz vor der Wanderung des Damaratos,
sondern einen Widerspruch gegen die Behauptung, daß die
Kunst von einem Sicyonier in Korinth erfunden worden
sei, während zugegeben wird, daß sie von dort aus zufolge
der Vertreibung der Bakchiaden nach Italien weiter ver=
breitet wurde. Wir haben die Nachricht Apion oder einem
klügelnden Peripatetiker zuzuschreiben. Enthalten aber jene

Stellen unzuverlässige oder falsche Zeugnisse, so ist keine
bündige Folgerung daraus abzuleiten.

Zusätze und Berichtigungen.

Zu S. 8 vergl. die Aufsätze von Lajard und Gerhard,
archäol. Zeitung XII. Nr. 70 und 71. Stephani, antiq. du
bosph. limm. pl. 71, 4, compte rendu de la commission
archéol. pour 1859 p. 126 nebst Atlas pl. IV. 1. Ich
glaube nicht, daß Skopas Statue so dicht bekleidet war,
wie auf diesen Monumenten.

Zu S. 18 vergl. die schöne Dissertation von Kekule,
de fabula Meleagrica Berlin 1861 p. 34.

Zu S. 52 ff.: Stark hat v. Jans Vermuthung lampte-
ras statt campteras mit großem Scharffinn vertheidigt
(arch. Zeitung XVII. Nr. 127 S. 73 ff.) und Welcker, ebd.
XVIII. Nr. 133. 134 S. 7 seine Auffassung gebilligt. Ich
würde keinen Anstand nehmen, dasselbe zu thun, wenn es
sich um die Entscheidung zwischen zwei überlieferten Les=
arten handelte. Hier aber geben alle Handschriften den
Buchstaben c, der meines Wissens mit l nicht leicht ver=
wechselt wird, die einen als Anfang eines verdorbenen Wor=
tes, die Bamberger, auf deren Werth ich nicht hinzuweisen
brauche, in einem echt griechischen, aber nicht häufigen
Worte, und daß Plinius sich griechischer Kataloge bedient
hat, ist von mir bemerkt, von Brieger in seiner gründlichen
Schrift de fontibus etc. (1857) p. 49 ff. weiter ausgeführt

worden. Da nun campteres an sich plastisch eben so gut
verziert werden konnten wie lampteres, würde man wohl
die beiden des Asinius Pollio nie bezweifelt haben, wenn
nicht die servilianischen zu beiden Seiten einer Vesta an=
stößig erschienen wären. Daraus ließe sich höchstens fol=
gern, daß jene Zusammenstellung willkürlich in Rom ge=
schehen war, und das würde ja um so eher begreiflich sein,
da jene Sammlung in den servilianischen Gärten, die wohl
erst unter Nero kaiserlich wurde (Chrestom. Plin. S. 381),
nach dem Brande eine Menge neu erworbener Werke ent=
halten haben mag. Da könnte man eine sitzende Vesta
zwischen Kampteren gestellt haben, wie Kybele im Circus
zwischen Meten saß*). Dessen bedarf es aber nicht. Wenn
man in Olympia vor Allem der Hestia opferte, auf einem
Altar, nicht, wie Stark Paus. V. 14. 5 mißversteht, im
Tempel; wenn die Hestia im Prytaneion neben dem Gym=
nasium und den Palästren stand (ebend. 15. 8); wenn Mi=
kythos neben Iphitos und Ekecheiria gleich Hestia nebst
Amphitrite stellte, so mußte sie doch eine besondere Bedeu=
tung für Olympia und die olympischen Spiele haben. Sie
war deren fester Boden, welcher ihnen Platz, Dauer und
Schutz gewährte, und konnte plastisch nicht besser dargestellt
werden, als indem sie zwischen den Marken des Wettlaufs
saß. Daß sie in Athen, wo die Statue eines Pankratiasten
im Prytaneum stand (Pausan. I. 18. 3), ähnlich gebildet
wurde, ist wenigstens sehr wohl möglich. Ich habe nichts

---

*) Starks Bemerkung, daß die von mir angezogene Analogie mit
dem Bild „der Cybele durchaus unbegründet ist" verstehe ich nicht.
Ich habe gesagt, daß Hestia = Ge, „in späterer Zeit" auch Kybele = Ge;
folglich „in späterer Zeit" Kybele = Hestia. Die Vermuthung, daß
die von Tiberius entführte Statue vielleicht von Skopas herrührte,
habe ich schon S. 56 meiner Schrift geäußert.

dagegen, wenn man Skopas Werk nach Olympia versetzt, da Nero gerade dort mehrere Kunstwerke wegnahm, glaube indessen im Zweifelfalle eher an Athen, wo er sich länger aufhielt, denken zu dürfen. Warum sollte man ein ummauertes Gebäude, dergleichen ja auch Stadien, Hippodromen, wie Palästren und Gymnasien waren, nicht als Haus betrachten dürfen? Auf keinen Fall scheint es mir kritisch rathsam, an die Stelle des Schwierigern und Seltnern etwas Gewöhnliches und Leichtes durch bloße Conjectur zu setzen.

S. 72 Z. 5 statt „Sikyon" lies „Hellas".

Zu S. 109 vgl. die Abhandlung von Grohmann, Apollo Smintheus und die Bedeutung der Mäuse in der Mythologie der Indogermanen. Prag 1862.

Zu S. 128 und 129: Wahrscheinlich gab es im Palast S. Croce nur diesen einen Fries, der in 2 Theilen aufbewahrt sein mochte. Dies schließe ich aus der merkwürdigen Correspondenz Wagners mit König Ludwig, welche der hiesigen Universität gehört und für die Entstehung der Münchner Sammlungen die wichtigste Quelle ist. Wagner schreibt am 8. Januar 1811: „Neulich waren wir, Thor„waldsen, Eberhard und ich, im Palast S. Croce, in wel„chem 2 Friese von Basrelieven enthalten sind . . . . Es sind „einige Stücke sehr schön daran, doch ist Vieles von Stucco, „um die Länge des Frieses zu ergänzen." 28. August 1811: „Card. Fesch hat den Fries S. Croce gekauft um 1500 „Scudi." 6. September 1815: „Die besten davon" (von „den Stücken des Cardinals) „sind die zwei aus dem Hofe „von S. Croce aus Tritonen und Nereiden bestehenden Stücke. „Der andere, welcher eine Folge von Siegesgöttinnen ent„hält, ist sehr stark ergänzt; ich sah es bei seiner Ergänzung"

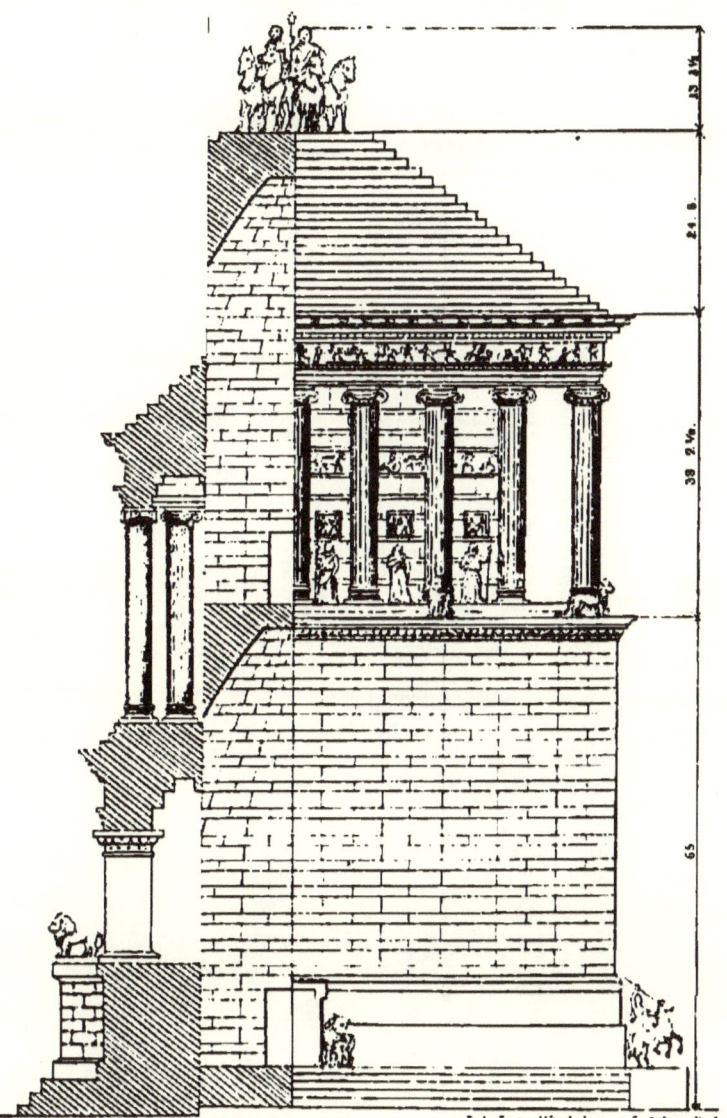

Zinc. Inst. v. Winckelmann & Sohne, Berlin.

llau's Herstellung

13.1¼

24. 8.

38 2.⅘

65

www.ingramcontent.com/pod-product-compliance
Lightning Source LLC
Chambersburg PA
CBHW020356030726
47496CB00007B/2163